U0904653

我这一辈子

老舍 著

江苏人民出版社

图书在版编目（CIP）数据

我这一辈子 / 老舍著 . — 南京 : 江苏人民出版社，2018.9（2023.5 重印）
ISBN 978-7-214-22246-6

Ⅰ . ①我… Ⅱ . ①老… Ⅲ . ①中篇小说—小说集—中国—当代②短篇小说—小说集—中国—当代 Ⅳ . ① I247.7

中国版本图书馆 CIP 数据核字 (2018) 第 149061 号

书　　名　我这一辈子
著　　者　老　舍
责任编辑　卞清波
出版发行　江苏人民出版社
地　　址　南京市湖南路 1 号 A 楼，邮编：210009
印　　刷　天津旭丰源印刷有限公司
开　　本　880 mm × 1 230 mm　1/32
印　　张　9.75
插　　页　4
字　　数　192 000
版　　次　2018 年 9 月第 1 版
印　　次　2023 年 5 月第 2 次印刷
标准书号　ISBN 978-7-214-22246-6
定　　价　49.80 元

目录

contents

我这一辈子

目录

c o n t e n t s

我 这 一 辈 子

大悲寺外

黄先生已死去二十多年了。这些年中，只要我在北平，我总忘不了去祭他的墓。自然我不能永远在北平；别处的秋风使我倍加悲苦：祭黄先生的时节是重阳的前后，他是那时候死的。去祭他是我自己加在身上的责任；他是我最钦佩敬爱的一位老师，虽然他待我未必与待别的同学有什么分别；他爱我们全体的学生。可是，我年年愿看看他的矮墓，在一株红叶的枫树下，离大悲寺不远。

已经三年没去了，生命不由自主地东奔西走，三年中的北平只在我的梦中！

去年，也不记得为了什么事，我跑回去一次，只住了三天。虽然才过了中秋，可是我不能不上西山去；谁知道什么时候才再有机会回去呢。自然上西山是专为看黄先生的墓。为这件事，旁的事都可以搁在一边；说真的，谁在北平三天能不想办一万样事呢。

这种祭墓是极简单的：只是我自己到了那里而已，没有纸钱，也没有香与酒。黄先生不是个迷信的人，我也没见他饮过酒。

从城里到山上的途中，黄先生的一切显现在我的心上。在我有口气的时候，他是永生的。真的；停在我心中，他是在死里活着。每逢遇上个穿灰布大褂，胖胖的人，我总要细细看一眼。是的，胖胖的而穿灰布大衫，因黄先生而成了对我个人的一种什么象征。甚至于有的时候与同学们聚餐，“黄先生呢？”常在我的舌尖上；我总以为他是还活着。还不是这么说，我应当说：我总以为他不会死，不应该死，即使我知道他确是死了。

他为什么做学监呢？胖胖的，老穿着灰布大衫！他做什么不比当学监强呢？可是，他竟自做了我们的学监；似乎是天命，不做学监他怎能在四十多岁便死了呢！

胖胖的，脑后折着三道肉印；我常想，理发师一定要费不少的事，才能把那三道弯上的短发推净。脸像个大肉葫芦，就是我这样敬爱他，也就没法否认他的脸不是招笑的。可是，那双眼！上眼皮受着“胖”的影响，松松地下垂，把原是一对大眼睛变成了俩螳螂卵包似的，留个极小的缝儿射出无限度的黑亮。好像这两道黑光，假如你单单地看着它们，把“胖”的一切注脚全勾销了。那是一个胖人射给一个活动、灵敏、快乐的世界的两道神光。他看着你的时候，这一点点黑珠就像是钉在你的心灵上，而后把你像条上了钩的小白鱼，钓起在他自己发射出的慈祥宽厚光朗的空气中。然后他笑了，极天真地一笑，你落在他的怀中，失去了你自己。那件松松裹着胖黄先生的灰布大衫，在这时节，变成了一件仙衣。在你没看见这双眼之前，假如你看他从远处来了，他不过是团蠕蠕而动的灰色什么东西。

无论是哪个同学想出去玩玩，而造个不十二分有伤于诚实的谎，去到黄先生那里请假，黄先生先那么一笑，不等你说完你的谎——好像唯恐你自己说漏了似的——便极用心地用苏字给填好“准假证”。但是，你必须去请假。私自离校是绝对不行的。凡关乎人情的，以人情的办法办；凡关乎校规的，校规是校规；这个胖胖的学监！

他没有什么学问，虽然他每晚必和学生们一同在自修室读书；他读的都是大本的书，他的笔记本也是庞大的，大概他的胖手指是不肯甘心伤损小巧精致的书页。他读起书来，无论冬夏，头上永远冒着热汗，他决不是聪明人。有时我偷眼看看他，他的眉、眼、嘴，好像都被书的神秘给迷住；看得出，他的牙是咬得很紧，因为他的腮上与太阳穴全微微地动弹，微微地，可是紧张。忽然，他那么天真地一笑，叹一口气，用块像小床单似的白手绢抹抹头上的汗。

先不用说别的，就是这人情的不苟且与傻用功已足使我敬爱他——多数的同学也因此爱他。稍有些心与脑的人，即使是个十五六岁的学生，像那时候的我与我的学友们，还能看不出：他的温和诚恳是出于天性的纯厚，而同时又能丝毫不苟地负责是足以表示他是温厚，不是懦弱？还觉不出他是“我们”中的一个，不是“先生”们中的一个；因为他那种努力读书，为读书而着急，而出汗，而叹气，还不是正和我们一样？

到了我们有了什么学生们的小困难——在我们看是大而不易解决

的——黄先生是第一个来安慰我们，假如他不帮助我们；自然，他能帮忙的地方便在来安慰之前已经自动地做了。二十多年前的中学学监也不过是挣六十块钱，他每月是拿出三分之一来，预备着帮助同学，即使我们都没有经济上的困难，他这三分之一的薪水也不会剩下。假如我们生了病，黄先生不但是殷勤地看顾，而且必拿来些水果、点心，或是小说，几乎是偷偷地放在病学生的床上。

但是，这位困苦中的天使也是平安中的君王——他管束我们。宿舍不清洁，课后不去运动……都要挨他的雷，虽然他的雷是伴着以泪做的雨点。

世界上，不，就说一个学校吧，哪能都是明白人呢。我们的同学里很有些个厌恶黄先生的。这并不因为他的爱心不普遍，也不是被谁看出他是不真诚，而是伟大与藐小的相触，结果总是伟大的失败，好似不如此不足以成其伟大。这些同学们一样地受过他的好处，知道他的伟大，但是他们不能爱他。他们受了他十样的好处后而被他申斥了一阵，黄先生便变成顶可恶的。我一点也没有因此而轻视他们的意思，我不过是说世上确有许多这样的人。他们并不是不晓得好歹，而是他们的爱只限于爱自己；爱自己是溺爱，他们不肯受任何的责备。设若你救了他的命，而同时责劝了他几句，他从此便永远记着你的责备——为是恨你——而忘了救命的恩惠。黄先生的大错处是根本不应来做学监，不负责的学监是有的，可是黄先生与不负责永远不能联结在一处。不论他怎样真诚，怎样厚道，管束。

他初来到学校，差不多没有一个人不喜爱他，因为他与别位先生是那样的不同。别位先生们至多不过是比书本多着张嘴的，我们佩服他们和佩服书籍差不多。即使他们是活泼有趣的，在我们眼中也是另一种世界的活泼有趣，与我们并没有多么大的关系。黄先生是个“人”，他与别位先生几乎完全不相同。他与我们在一处吃，一处睡，一处读书。

半年之后，已经有些同学对他不满意了，其中有的，受了他的规戒，有的是出于立异——人家说好，自己就偏说坏，表示自己有头脑，别人是顺竿儿爬的笨货。

经过一次小风潮，爱他的与厌恶他的已各一半了。风潮的起始，与他完全无关。学生要在上课的时间开会了，他才出来劝止，而落了个无理的干涉。他是个天真的人——自信心居然使他要求投票表决，是否该在上课时间开会！幸而投与他意见相同的票的多着三张！风潮虽然不久便平静无事了，可是他的威信已减了一半。

因此，要顶他的人看出时机已到：再有一次风潮，他管保得滚。谋着以教师兼学监的人至少有三位。其中最活动的是我们的手工教师，一个用嘴与舌活着的人，除了也是胖子，他和黄先生是人中的南北极。在教室上他曾说过，有人给他每月八百元，就是提夜壶也是美差。有许多学生喜欢他，因为上他的课时就是睡觉也能得八十几分。他要是做学监，大家岂不是入了天国！每天晚上，自从那次小风潮后，他的屋中有小的会议。不久，在这小会议中种的子粒便开了花。

校长处有人控告黄先生，黑板上常见“胖牛”，“老山药蛋”……

同时，有的学生也向黄先生报告这些消息。忽然黄先生请了一天的假。可是那天晚上自修的时候，校长来了，对大家训话，说黄先生向他辞职，但是没有准他。末后，校长说，“有不喜欢这位好学监的，请退学；大家都不喜欢他呢，我与他一同辞职。”大家谁也没说什么。可是校长前脚出去，后脚一群同学便到手工教员室中去开紧急会议。

第三天上黄先生又照常办事了，脸上可是好像瘦减了一圈。在下午课后他召集全体学生训话，到会的也就是半数。他好像是要说许多许多的话似的，及至到了台上，他第一个微笑就没笑出来，愣了半天，他极低细地说了一句：“咱们彼此原谅吧！”没说第二句。

暑假后，废除月考的运动一天扩大一天。在重阳前，炸弹爆发了。英文教员要考，学生们不考；教员下了班，后面追随着极不好听的话。及至事情闹到校长那里去，问题便由罢考改为撤换英文教员，因为校长无论如何也要维持月考的制度。虽然有几位主张连校长一齐推倒的，可是多数人愿意先由撤换教员做起。既不向校长做战，自然罢考须暂放在一边。这个时节，已经有人警告了黄先生：“别往自己身上拢！”

可是谁叫黄先生是学监呢？他必得维持学校的秩序。

况且，有人设法使风潮往他身上转来呢。

校长不答应撤换教员。有人传出来，在职教员会议时，黄先生主张严办学生，黄先生劝告教员合作以便抵抗学生，黄学监……

风潮急转了方向，黄学监，已经不是英文教员，是炮火的目标。

黄先生还终日与学生们来往，劝告，解说，笑与泪交替地揭露着天真与诚意。有什么用呢？

学生中不反对月考的不敢发言。依违两可的是与其说和平的话不如说激烈的，以便得同学的欢心与赞扬。这样，就是敬爱黄先生的连暗中警告他也不敢了：风潮像个魔咒捆住了全校。

我在街上遇见了他。

“黄先生，请你小心点。”我说。

“当然的。”他那么一笑。

“你知道风潮已转了方向？”

他点了点头，又那么一笑，“我是学监！”

“今天晚上大概又开全体大会，先生最好不用去。”

“可是，我是学监！”

“他们也许动武呢！”

“打‘我’？”他的颜色变了。

我看得出，他没想到学生要打他；他的自信力太大。可是同时他并不是不怕危险。他是个“人”，不是铁石做的英雄——因此我爱他。

“为什么呢？”他好似是诘问着他自己的良心呢。

“有人在后面指挥。”

“呕！”可是他并没有明白我的意思，据我看；他紧跟着问：

“假如我去劝告他们，也打我？”

我的泪几乎落下来。他问得那么天真，几乎是儿气的；始终以为善意待人是不会错的。他想不到世界上会有手工教员那样的人。

“顶好是不到会场去，无论怎样！”

“可是，我是学监！我去劝告他们就是了；劝告是惹不出事来的。谢谢你！”

我愣在那儿了。眼看着一个人因责任而牺牲，可是一点也没觉到他是去牺牲——一听见“打”字便变了颜色，而仍然不退缩！我看得出，此刻他绝不想辞职了，因为他不能在学校正极紊乱时候抽身一走。“我是学监！”我至今忘不了这一句话，和那四个字的声调。

果然晚间开了大会。我与四五个最敬爱黄先生的同学，故意坐在离讲台最近的地方，我们计议好：真要是打起来，我们可以设法保护他。

开会五分钟后，黄先生推门进来了。屋中连个大气也听不见了。主席正在报告由手工教员传来的消息——就是宣布学监的罪案——学监进来了！我知道我的呼吸是停止了一会儿。

黄先生的眼好似被灯光照得一时不能睁开了，他低着头，像盲人似地轻轻关好了门。他的眼睁开了，用那对慈善与宽厚做成的黑眼珠看着大众。他的面色是，也许因为灯光太强，有些灰白。他向讲台那边挪了两步，一脚登着台沿，微笑了一下。

“诸位同学，我是以一个朋友，不是学监的地位，来和大家说几句话！”

“假冒伪善！”

“汉奸！”

后边有人喊。

黄先生的头低下去，他万也想不到被人这样骂他。他绝不是恨这样骂他的人，而是怀疑了自己，自己到底是不真诚，不然……

这一低头要了他的命。

他一进来的时候，大家居然能那样静寂，我心里说，到底大家还是敬畏他；他没危险了。这一低头，完了，大家以为他是被骂对了，羞愧了。

“打他！”这是一个与手工教员最亲近的学友喊的，我记得。跟着，“打！”“打！”后面的全立起来。我们四五个人彼此按了按膝，“不要动”的暗号；我们一动，可就全乱了。我喊了一句。

“出去！”故意地喊得很难听，其实是个善意的暗示。

他要是出去——他离门只有两三步远——管保没有事了，因为我们四五个人至少可以把后面的人堵住一会儿。

可是黄先生没动！好像蓄足了力量，他猛然抬起头来。他的眼神极可怕了。可是不到半分钟，他又低下头去，似乎用极大的忏悔，矫正他的要发脾气。他是个“人”，可是要拿人力把自己提到超人的地步。我明白他那心中的变动：冷不防地被人骂了，自己怀疑自己是否正道；他的心告诉他——无愧；在这个时节，后面喊“打！”：他怒了；不应发怒，他们是些青年的学生——又低下头去。

随着说第二次低头，“打！”成了一片暴雨。

假如他真怒起来，谁也不敢先下手；可是他又低下头去——就是这么着，也还只听见喊打，而并没有人向前。这倒不是大家不勇敢，实在是因为多数——大多数——人心中有一句：“凭什么打这个老实人呢？”自然，主席的报告是足以使些人相信的，可是究竟大家不能忘了黄先生以前的一切；况且还有些人知道报告是由一派人造出来的。

我又喊了声，“出去！”我知道“滚”是更合适的，在这种场面上，但怎忍得出口呢！

黄先生还是没动。他的头又抬起来：脸上有点笑意，眼中微湿，就像个忠厚的小儿看着一个老虎，又爱又有点怕忧。

忽然由窗外飞进一块砖，带着碎玻璃碴儿，像颗横飞的彗星，打在他的太阳穴上。登时见了血。他一手扶住了讲桌。后面的人全往外跑。我们几个搀住了他。

“不要紧，不要紧。”他还勉强地笑着，血已几乎盖满他的脸。

找校长，不在；找校医，不在；找教务长，不在；我们决定送他到医院去。

“到我屋里去！”他的嘴已经似乎不得力了。

我们都是没经验的，听他说到屋中去，我们就搀扶着他走。到了屋中，他摆了两摆，似乎要到洗脸盆处去，可是一头倒在床上；血还一劲地流。

老校役张福进来看了一眼，跟我们说，“扶起先生来，我接校医去。”

校医来了，给他洗干净，绑好了布，叫他上医院。他喝了口白兰地，心中似乎有了点力量，闭着眼叹了口气。校医说，他如不上医院，便有极大的危险。他笑了。低声地说：

“死，死在这里；我是学监！我怎能走呢——校长们都没在这里！”

老张福自荐伴着“先生”过夜。我们虽然极愿守着他，可是我们知道门外有许多人用轻鄙的眼神看着我们；少年是最怕被人说“苟事”的——同情与见义勇为往往被人解释作“苟事”，或是“狗事”；有许多青年的血是能极热，同时又极冷的。我们只好离开他。连这样，当我们出来的时候还听见了：“美呀！黄牛的干儿子！”

第二天早晨，老张福告诉我们，“先生”已经说胡话了。

校长来了，不管黄先生依不依，决定把他送到医院去。

可是这时候，他清醒过来。我们都在门外听着呢。那位手工教员也在那里，看着学监室的白牌子微笑，可是对我们皱着眉，好像他是最关心黄先生的苦痛的。我们听见了黄先生说：

“好吧，上医院；可是，容我见学生一面。”

“在哪儿？”校长问。

“礼堂；只说两句话。不然，我不走！”

钟响了。几乎全体学生都到了。

老张福与校长搀着黄先生。血已透过绷布，像一条毒花蛇在头上盘着。他的脸完全不像他的了。刚一进礼堂门，他便不走了，从绷布下设法睁开他的眼，好像是寻找自己的儿女，把我们全看到了。他低下头去，似乎已支持不住，就是那么低着头，他低声——可是很清楚地——说：

“无论是谁打我来着，我决不，决不计较！”

他出去了，学生没有一个动弹的。大概有两分钟吧。忽然大家全往外跑，追上他，看他上了车。

过了三天，他死在医院。

谁打死他的呢？

丁庚。

可是在那时节，谁也不知道丁庚扔砖头来着。在平日他是“小姐”，没人想到“小姐”敢飞砖头。

那时的丁庚，也不过是十七岁。老穿着小蓝布衫，脸上长着小红疙瘩，眼睛永远有点水锈，像敷着些眼药。老实，不好说话，有时候跟他好，有时候又跟你好，有时候自动地收拾宿室，有时候一天不洗脸。所以是小姐——有点忽东忽西的小性。

风潮过去了，手工教员兼任了学监。校长因为黄先生已死，也就没深究谁扔的那块砖。说真的，确是没人知道。

可是，不到半年的工夫，大家猜出谁了——丁庚变成另一个人，完全不是“小姐”了。他也爱说话了，而且永远是不好听的话。他永远与那些不用功的同学在一起了，吸上了香烟——自然也因为学监不干涉——每晚上必出去，有时候嘴里喷着酒味。他还做了学生会的主席。

由“那”一晚上，黄先生死去，丁庚变了样。没人能想到“小姐”会打人。可是现在他已不是“小姐”了，自然大家能想到他是会打人的。变动的快出乎意料之外，那么，什么事都是可能的了；所以是“他”！

过了半年，他自己承认了——多半是出于自夸，因为他已经变成个“刺儿头”。最怕这位“刺儿头”的是手工兼学监那位先生。学监既变成他的部下，他承认了什么也当然是没危险的。自从黄先生离开了学监室，我们的学校已经不是学校。

为什么扔那块砖？据丁庚自己说，差不多有五六十个理由，他自己也不知道哪一个最好，自然也没人能断定哪个最可靠。

据我看，真正的原因是“小姐”忽然犯了“小姐性”。他最初是在大家开会的时候，连进去也不敢，而在外面看风势。忽然他的那个劲儿来了，也许是黄先生责备过他，也许是他看黄先生的胖脸好玩而试试打得破与否，也许……不论怎么着吧，一个十七岁的孩子，天性本来是变鬼变神的，加以脸上正发红泡儿的那股忽人忽兽的郁闷，他满可以做出些无意做而做了的事。从多方面看，他确是那样的人。在黄先生活着的时候，他便是千变万化的，有时候很喜欢人叫他“黛玉”。黄先生死后，他便不知道他是怎回事了。有时候，他听了几句好话，能老实一天，趴在桌上写小楷，写得非常秀润。第二天，一天不上课！

这种观察还不只限于学生时代，我与他毕业后恰巧在一块做了半年的事，拿这半年中的情形看，他确是我刚说过的那样的人。拿一件事说吧。我与他全做了小学教师，在一个学校里，我教初四。已教过两个月，他忽然想换班，唯一的原因是我比他少着三个学生。可是他和校长并没这样说——为少看三本卷子似乎不大好出口。他说，四年级级任比三年级的地位高，他不甘居人下。这虽然不很像一句话，可究竟是更精神一些的争执。他也告诉校长：他在读书时是做学生会主席的，主席当然是大众的领袖，所以他教书时也得教第一班。

校长与我谈论这件事，我是无可无不可，全凭校长调动。校长反倒以为已经教了快半个学期，不便于变动。这件事便这么过去了。到了快放年假的时候，校长有要事须请两个礼拜的假，他打算求我代理几天。丁庚又答应了。可是这次他直接地向我发作了，因为他亲自请求校长叫他代理是不好意思的。我不记得我的话了，可是大意是我应着去代他向校长说说：我根本不愿意代理。

及至我已经和校长说了，他又不愿意，而且忽然地辞职，连维持到年假都不干。校长还没走，他卷铺盖走了。谁劝也无用，非走不可。

从此我们俩没再会过面。

看见了黄先生的坟，也想起自己在过去二十年中的苦痛。坟头更矮了些，那么些土上还长着点野花，“美”使悲酸的味儿更强烈了些。太阳已斜挂在大悲寺的竹林上，我只想不起动身。深愿黄先生，胖胖的，穿着灰布大衫，来与我谈一谈。

远处来了个人。没戴着帽，头发很长，穿着青短衣，还看不出他的模样来，过路的，我想；也没大注意。可是他没顺着小路走去，而是舍了小道朝我来了。又一个上坟的?

他好像走到坟前才看见我，猛然地站住了。或者从远处是不容易看见我的，我是倚着那株枫树坐着呢。

“你。”他叫着我的名字。

我愣住了，想不起他是谁。

“不记得我了? 丁——”

没等他说完我想起来了，丁庚。除了他还保存着点“小姐”气——说不清是在他身上哪处——他绝对不是二十年前的丁庚了。头发很长，而且很乱。脸上乌黑，眼睛上的水锈很厚，眼窝深陷进去，眼珠上许多血丝。牙已半黑，我不由地看了看他的手，左右手的食指与中指全黄了一半。他一边看着我，一边从袋里摸出一盒“大长城”来。

不知道为什么我觉得一阵悲惨。我与他是没有什么感情的，可是幼时的同学……我过去握住他的手；他的手颤得很厉害。我们彼此看了一眼，眼中全湿了；然后不约而同地看着那个矮矮的墓。

“你也来上坟? ”这话已到我的唇边，被我压回去了。他点一支烟，向蓝天吹了一口，看看我，看看坟，笑了。

“我也来看他，可笑，是不是? ”他随说随坐在地上。

我不晓得说什么好，只好顺口搭音地笑了声，也坐下了。

他半天没言语，低着头吸他的烟，似乎是思想什么呢。烟已烧去半截，他抬起头来，极有姿式地弹着烟灰。先笑了笑，然后说：

“二十多年了！他还没饶了我呢！”

“谁？”

他用烟卷指了指坟头：“他！”

“怎么？”我觉得不大得劲；深怕他是有点疯魔。

“你记得他最后的那句？决——不——计——较，是不是？”

我点点头。

“你也记得咱们在小学教书的时候，我忽然不干了？我找你去叫你不要代理校长？好，记得你说的是什么？”

“我不记得。”

“决不计较！你说的。那回我要和你换班次，你也是给了我这么一句。你或者出于无意，可是对于我，这句话是种报复，惩罚。它的颜色是红的一条布，像条毒蛇；它确是有颜色的。它使我把生命变成一阵颤抖；志愿，事业，全随颤抖化为——秋风中的落叶。像这棵枫树的叶子。你大概也知道，我那次要代理校长的原因？我已运动好久，叫他不能回任。可是你说了那么一句——”

“无心中说的。”我表示歉意。

“我知道。离开小学，我在河务局谋了个差事。很清闲，钱也不少。半年之后，出了个较好的缺。我和一个姓李的争这个地位。我运动，他也运动，力量差不多是相等，所以命令多日没能下来。在这个期间，我们俩有一次在局长家里遇上了，一块打了几圈牌。局长，在打牌的时候，露出点我们俩竞争很使他为难的口话。我没说什么，可是姓李的一边打出一个红中，一边说：‘红的！我让了，决不计较！’红的！不计较！黄学监又立在我眼前，头上围着那条用血浸透的红布！我用尽力量打完了那圈牌，我的汗湿透了全身。我不能再见那个姓李的，他是黄学监第二，他用杀人不见血的咒诅在我魂灵上做祟：假如世上真有妖术邪法，这个便是其中的一种。我不干了。不干了！”他的头上出了汗。

“或者是你身体不大好，精神有点过敏。”我的话一半是为安慰他，一半是不信这种见神见鬼的故事。

“我起誓，我一点病没有。黄学监确是跟着我呢。他是假冒伪善的人，所以他会说假冒伪善的恶咒。还是用事实说明吧。我从河务局出来不久便成婚。”这一句还没说全，他的眼神变得像失了雏儿的恶鹰似的，瞪着地上一颗半黄的鸡爪草，半天，他好像神不附体了。我轻嗽了声，他一哆嗦，抹了抹头上的汗，说：“很美，她很美。可是——不贞。在第一夜，洞房便变成地狱，可是没有血，你明白我的意思？没有血的洞房是地狱，自然这是老思想，可是我的婚事老式的，当然感情也是老式的。她都说了，只求我，央告我，叫我饶恕她。按说，美是可以博得一切赦免的。可是我那时铁了心；我下了不戴绿帽的决心。她越哭，我越狠，说真的，折磨她给我一些愉快。末后，她的泪已干，她的话已尽，她说出最后的一句：‘请用我心中的血代替吧，’她打开了胸，‘给这儿一刀吧；你有一切的理由，我死，决不计较你！’我完了，黄学监在洞房门口笑我呢。我连动一动也不能了。第二天，我离开了家，变成一个有家室的漂流者，家中放着一个没有血的女人，和一个带着血的鬼！但是我不能自杀，我跟他干到底，他劫去我一切的快乐，不能再叫他夺去这条命！”

“丁：我还以为你是不健康。你看，当年你打死他，实在不是有意的。况且黄先生的死也一半是因为耽误了，假如他登时上医院去，一定不会有性命的危险。”我这样劝解；我准知道，设若我说黄先生是好人，绝不能死后做祟，丁庚一定更要发怒的。

“不错。我是出于无心，可是他是故意地对我发出假慈悲的原谅，而其实是种恶毒的诅咒。不然，一个人死在眼前，为什么还到礼堂上去说那个呢？好吧，我还是说事实吧。我既是个没家的人，自然可以随意地去玩了。我大概走了至少也有十二三省。最后，我在广东加入了革命军。打到南京，我已是团长。设若我继续工作，现在来至少也做了军长。可是，在清党的时节，我又不干了。是这么回事，一个好朋友姓王，他是左倾的。他比我职分高。设若我能推倒他，我登时便能取得他的地位。陷害他，是极容易的事，我有许多对他不利的证据，但是我不忍下手。我们俩出死入生地在一处已一年多，一同入医院就有两次。可是我又不能抛弃这个机会；志愿使英雄无论如何也得辣些。我不是个十足的英雄，所以我想个不太激进的办法来。我托了一个人向他去说，他的危险怎样的大，不如及早逃走，把一切事务交给我，我自会代他筹画将来的安全。他不听。我火了。不能不下毒手。我正在想主意，这个不知死的鬼找我来了，没带着一个人。有些人是这样：至死总假装宽厚大方，一点不为自己的命想一想，好像死是最便宜的事，可笑。这个人也是这样，还在和我嘻嘻哈哈。我不等想好主意了，反正他的命是在我手心里，我对他直接地说了——我的手摸着手枪。他，他听完了，向我笑了笑。‘要是你愿杀我，’他说，还是笑着，‘请，我决不计较。’这能是他说的吗？怎能那么巧呢？我知道，我早就知道了，凡是我要成功的时候，‘他’老借着个笑脸来报仇，假冒伪善的鬼会拿柔软的方法来毁人。我的手连抬也抬不起来了，不要说还要拿枪打人。姓王的笑着，笑着，走了。他走了，能有我的好处吗？他的地位比我高。拿证据去告发他恐怕已来不及了，他能不马上想对待我的法子吗？结果，我得跑！到现在，我手下的小卒都有做团长的了，我呢？我只是个有妻室而没家，不当和尚而住在庙里的——我也说不清我是什么！”

乘他喘气，我问了一句：“哪个庙事？”

“眼前的大悲寺！为是离着他近。”他指着坟头。

看我没往下问，他自动地说明：

“离他近，我好天天来诅咒他！”

不记得我又和他说了什么，还是什么也没说，无论怎样吧！我是踏着金黄的秋色下了山，斜阳在我的背后。我没敢回头，我怕那株枫树，叶子不是怎么红得似血！

微神

清明已过了，大概是；海棠花不是都快开齐了吗？今年的节气自然是晚了一些，蝴蝶们还很弱；蜂儿可是一出世就那么挺拔，好像世界确是甜蜜可喜的。天上只有三四块不大也不笨重的白云，燕儿们给白云上钉小黑丁字玩呢。没有什么风，可是柳枝似乎故意地轻摆，像逗弄着四外的绿意。田中的清绿轻轻地上了小山，因为娇弱怕累得慌，似乎是，越高绿色越浅了些；山顶上还是些黄多于绿的纹缕呢。山腰中的树，就是不绿的也显出柔嫩来，山后的蓝天也是暖和的，不然，大雁们为何唱着向那边排着队去呢？石凹藏着些怪害羞的三月兰，叶儿还赶不上花朵大。

小山的香味只能闭着眼吸取，省得劳神去找香气的来源，你看，连去年的落叶都怪好闻的。那边有几只小白山羊，叫的声儿恰巧使欣喜不至过度，因为有些悲意。偶尔走过一只来，没长犄角就留下须的小动物，向一块大石发了会儿愣，又颠颠着俏式的小尾巴跑了。

我在山坡上晒太阳，一点思念也没有，可是自然而然地从心中滴下些诗的珠子，滴在胸中的绿海上，没有声响，只有些波纹走不到腮上便散了的微笑；可是始终也没成功一整句。一个诗的宇宙里，连我自己好似只是诗的什么地方的一个小符号。

越晒越轻松，我体会出蝶翅是怎样的欢欣。我搂着膝，和柳枝同一律动前后左右地微动，柳枝上每一黄绿的小叶都是听着春声的小耳勺儿。有时看看天空，啊，谢谢那块白云，它的边上还有个小燕呢，小得已经快和蓝天化在一处了，像万顷蓝光中的一粒黑痣，我的心灵像要往那儿飞似的。

远处山坡的小道，像地图上绿的省份里一条黄线。往下看，一大片麦田，地势越来越低，似乎是由山坡上往那边流动呢，直到一片暗绿的松树把它截住，很希望松林那边是个海湾。及至我立起来，往更高处走了几步，看看，不是；那边是些看不甚清的树，树中有些低矮的村舍；一阵小风吹来极细的一声鸡叫。

春晴的远处鸡声有些悲惨，使我不晓得眼前一切是真还是虚，它是梦与真实中间的一道用声音做的金线；我顿时似乎看见了个血红的鸡冠：在心中，村舍中，或是哪儿，有只——希望是雪白的——公鸡。

我又坐下了；不，随便地躺下了。眼留着个小缝收取天上的蓝光，越看越深，越高；同时也往下落着光暖的蓝点，落在我那离心不远的眼睛上。不大一会儿，我便闭上了眼，看着心内的晴空与笑意。

我没睡去，我知道已离梦境不远，但是还听得清清楚楚小鸟的相唤与轻歌。说也奇怪，每逢到似睡非睡的时候，我才看见那块地方——

不晓得一定是哪里，可是在入梦以前它老是那个样儿浮在眼前。就管它叫作梦的前方吧。

这块地方并没有多大，没有山，没有海。像一个花园，可又没有清楚的界限。差不多是个不甚规则的三角，三个尖端浸在流动的黑暗里。一角上——我永远先看见它——是一片金黄与大红的花，密密层层！没有阳光，一片红黄的后面便全是黑暗，可是黑的背景使红黄更加深厚，就好像大黑瓶上画着红牡丹，深厚得至于使美中有一点点恐怖。黑暗的背景，我明白了，使红黄的一片抱住了自己的彩色，不向四外走射一点；况且没有阳光，彩色不飞入空中，而完全贴染在地上。我老先看见这块，一看见它，其余的便不看也会知道的，正好像一看见香山，准知道碧云寺在哪儿藏着呢。

其余的两角，左边是一个斜长的土坡，满盖着灰紫的野花，在不漂亮中有些深厚的力量，或者月光能使那灰的部分多一些银色，显出点诗的灵空；但是我不记得在哪儿有个小月亮。无论怎样，我也不厌恶它。不，我爱这个似乎被霜弄暗了的紫色，像年轻的母亲穿着暗紫长袍。右边的一角是最漂亮的，一处小草房，门前有一架细蔓的月季，满开着单纯的花，全是浅粉的。

设若我的眼由左向右转，灰紫、红黄、浅粉，像是由秋看到初春，时候倒流；生命不但不是由盛而衰，反倒是以玫瑰做香色双艳的结束。

三角的中间是一片绿草，深绿、软厚、微湿；每一短叶都向上挺着，似乎是听着远处的雨声。没有一点风，没有一个飞动的小虫；一个鬼艳的小世界，活着的只有颜色。

在真实的经验中，我没见过这么个境界。可是它永远存在，在我的梦前。英格兰的深绿，苏格兰的紫草小山，德国黑林的幽晦，或者是它的祖先们，但是谁准知道呢。从赤道附近的浓艳中减去阳光，也有点像它，但是它又没有虹样的蛇与五彩的禽，算了吧，反正我认识它。

我看见它多少多少次了。它和“山高月小，水落石出”，是我心中的一对画屏。可是我没到那个小房里去过。我不是被那些颜色吸引得不动一动，便是由它的草地上恍惚地走入另种色彩的梦境。它是我常遇到的朋友，彼此连姓名都晓得，只是没细细谈过心。我不晓得它的中心是什么颜色的，是含着一点什么神秘的音乐——真希望有点响动！

这次我决定了去探险。

一想就到了月季花下，或也许因为怕听我自己的足音？月季花对于我是有些端阳前后的暗示，我希望在哪儿贴着张深黄纸，印着个朱红的判官，在两束香艾的中间。没有。只在我心中听见了声“樱桃”的吆喝。这个地方是太静了。

小房子的门闭着，窗上门上都挡着牙白的帘儿，并没有花影，因为阳光不足。里边什么动静也没有，好像它是寂寞的发源地。轻轻地推开门，静寂与整洁双双地欢迎我进去，是欢迎我；室中的一切是“人”的，假如外面景物是“鬼”的——希望我没用上过于强烈的字。

一大间，用幔帐截成一大一小的两间。幔帐也是牙白的，上面绣着些小蝴蝶。外间只有一条长案，一个小椭圆桌儿，一把椅子，全是暗草色的，没有油饰过。椅上的小垫是浅绿的，桌上有几本书。案上有一盆小松，两方古铜镜，锈色比小松浅些。内间有一个小床，罩着一块快垂到地上的绿毯。床首悬着一个小篮，有些快干的茉莉花。地上铺着一块长方的蒲垫，垫的旁边放着一双绣白花的小绿拖鞋。

我的心跳起来了！我绝不是入了复杂而光灿的诗境；平淡朴美是此处的音调，也不是幻景，因为我认识那只绣着白花的小绿拖鞋。

爱情的故事往往是平凡的，正如春雨秋霜那样平凡。可是平凡的人们偏爱在这些平凡的事中找些诗意；那么，想必是世界上多数的事物是更缺乏色彩的；可怜的人们！希望我的故事也有些应有的趣味吧。

没有像那一回那么美的了。我说“那一回”，因为在那一天那一会儿的一切都是美的。她家中的那株海棠花正开成一个大粉白的雪球；沿墙的细竹刚拔出新笋；天上一片娇晴；她的父母都没在家；大白猫在花下酣睡。听见我来了，她像燕儿似地从帘下飞出来；没顾得换鞋，脚下一双小绿拖鞋像两片嫩绿的叶儿。她喜欢得像清早的阳光，腮上的两片苹果比往常红着许多倍，似乎有两颗香红的心在脸上开了两个小井，溢着红润的胭脂泉。那时她还梳着长黑辫。

她父母在家的时候，她只能隔着窗儿望我一望，或是设法在我走去的时节，和我笑一笑。这一次，她就像一个小猫遇上了个好玩的伴儿；我一向不晓得她“能”这样的活泼。在一同往屋中走的工夫，她的肩挨上了我的。我们都才十七岁。我们都没说什么，可是四只眼彼此告诉我们是欣喜到万分。我最爱看她家壁上那张工笔百鸟朝凤；这次，我的眼匀不出工夫来。我看着那双小绿拖鞋；她往后收了收脚，连耳根儿都有点红了；可是仍然笑着。我想问她的功课，没问；想问新生的小猫有全白的没有，没问；心中的问题多了，只是口被一种什么力量给封起来，我知道她也是如此，因为看见她的白润的脖儿直微微地动，似乎要将些不相干的言语咽下去，而真值得一说的又不好意思说。

她在临窗的一个小红木凳上坐着，海棠花影在她半个脸上微动。有时候她微向窗外看看，大概是怕有人进来。及至看清了没人，她脸上的花影都被欢悦给浸渍得红艳了。她的两手交换着轻轻地摸小凳的沿，显着不耐烦，可是欢喜得不耐烦。最后，她深深地看了我一眼，极不愿意而又不得不说地说，“走吧！”我自己已忘了自己，只看见，不是听见，两个什么字由她的口中出来？可是在心的深处猜对那两个字的意思，因为我也有点那样的关切。我的心不愿动，我的脑知道非走不可。我的眼盯住了她的。她要低头，还没低下去，便又勇敢地抬起来，故意地，不怕地，羞而不肯羞地，迎着我的眼。直到不约而同地垂下头去，又不约而同地抬起来，又那么看。心似乎已碰着心。

我走，极慢地，她送我到帘外，眼上蒙了一层露水。我走到二门，回了回头，她已赶到海棠花下。我像一个羽毛似地飘荡出去。

以后，再没有这种机会。

有一次，她家中落了，并不使人十分悲伤的丧事。在灯光下我和她说了两句话。她穿着一身孝衣。手放在胸前，摆弄着孝衣的扣带。站得离我很近，几乎能彼此听得见脸上热力的激射，像雨后的禾谷那样带着声儿生长。可是，只说了两句极没有意思的话——口与舌的一些动作：我们的心并没管它们。

我们都二十二岁了，可是五四运动还没降生呢。男女的交际还不是普通的事。我毕业后便做了小学的校长，平生最大的光荣，因为她给了我一封贺信。信笺的末尾——印着一枝梅花——她注了一行：不要回信。我也就没敢写回信。可是我好像心中燃着一束火把，无所不尽其极地整顿学校。我拿办好了学校作为给她的回信；她也在我的梦中给我鼓着得胜的掌——那一对连腕也是玉的手！

提婚是不能想的事。许多许多无意识而有力量的阻碍，像个专以力气自雄的恶虎，站在我们中间。

有一件足以自慰的，我那系在心上的耳朵始终没听到她的定婚消息。还有件比这更好的事，我兼任了一个平民学校的校长，她担任着一点功课。我只希望能时时见到她，不求别的。她呢，她知道怎么躲避我——已经是个二十多岁的大姑娘。她失去了十七八岁时的天真与活泼，可是增加了女子的尊严与神秘。

又过了二年，我上了南洋。到她家辞行的那天，她恰巧没在家。

在外国的几年中，我无从打听她的消息。直接通信是不可能的。间接探问，又不好意思。只好在梦里相会了。说也奇怪，我在梦中的女性永远是“她”。梦境的不同使我有时悲泣，有时狂喜；恋的幻境里也自有一种味道。她，在我的心中，还是十七岁时的样子：小圆脸，眉眼清秀中带着一点媚意。身量不高，处处都那么柔软，走路非常得轻巧。那一条长黑的发辫，造成最动心的一个背影。我也记得她梳起头来的样儿，但是我总梦见那带辫的背影。

回国后，自然先探听她的一切。一切消息都像谣言，她已做了暗娼！

就是这种刺心的消息，也没减少我的热情；不，我反倒更想见她，更想帮助她。我到她家去。已不在那里住，我只由墙外看见那株海棠树的一部分。房子早已卖掉了。

到底我找到她了。她已剪了发，向后梳拢着，在项部有个大绿梳子。穿着一件粉红长袍，袖子仅到肘部，那双臂，已不是那么活软的了。脸上的粉很厚，脑门和眼角都有些褶子。可是她还笑得很好看，虽然一点活泼的气象也没有了。设若把粉和油都去掉，她大概最好也只像个产后的病妇。她始终没正眼看我一次，虽然脸上并没有羞愧的样子，她也说也笑，只是心没在话与笑中，好像完全应酬我。我试着探问她些问题与经济状况，她不大愿意回答。她点着一支香烟，烟很灵通地从鼻孔出来，她把左膝放在右膝上，仰着头看烟的升降变化，极无聊而又显着刚强。我的眼湿了，她不会看不见我的泪，可是她没有任何表示。她不住地看自己的手指甲，又轻轻地向后按头发，似乎她只是为它们活着呢。提到家中的人，她什么也没告诉我。我只好走吧。临出来的时候，我把住址告诉给她——深愿她求我，或是命令我，做点事。她似乎根本没往心里听，一笑，眼看看别处，没有往外送我的意思。她以为我是出去了，其实我是立在门口没动，这么着，她一回头，我们对了眼光。只是那么一擦似地她转过头去。

初恋是青春的第一朵花，不能随便掷弃。我托人给她送了点钱去。留下了，并没有回话。

朋友们看出我的悲苦来，眉头是最会出卖人的。她们善意地给我介绍女友，惨笑地摇首是我的回答。我得等着她。初恋像幼年的宝贝永远是最甜蜜的，不管那个宝贝是一个小布人，还是几块小石子。慢慢的，我开始和几个最知己的朋友谈论她，他们看在我的面上没说她什么，可是假装闹着玩似地暗刺我，他们看我太愚，也就是说她不配一恋。他们越这样，我越顽固。是她打开了我的爱的园门，我得和她走到山穷水尽。怜比爱少着些味道，可是更多着些人情。不久，我托友人向她说明，我愿意娶她。我自己没胆量去。友人回来，带回来她的几声狂笑。她没说别的，只狂笑了一阵。她是笑谁？笑我的愚，很好，多情的人不是每每有些傻气吗？这足以使人得意。笑她自己，那只是因为不好意思哭，过度的悲郁使人狂笑。

愚痴给我些力量，我决定自己去见她。要说的话都详细地编制好，演习了许多次，我告诉自己——只许胜，不许败。她没在家。又去了两次，都没见着。第四次去，屋门里停着小小的一口薄棺材，装着她。她是因打胎而死。

一篮最鲜的玫瑰，瓣上带着我心上的泪，放在她的灵前，结束了我的初恋，开始终生的虚空。为什么她落到这般光景？我不愿再打听。反正她在我心中永远不死。

我正呆看着那小绿拖鞋，我觉得背后的幔帐动了一动。一回头，帐子上绣的小蝴蝶在她的头上飞动呢。她还是十七八岁时的模样，还是那么轻巧，像仙女飞降下来还没十分立稳那样立着。我往后退了一步，似乎是怕一往前凑就能把她吓跑。这一退的工夫，她变了，变成二十多岁的样子。她也往后退了，随退随着脸上加着皱纹。她狂笑起来。我坐在那个小床上。刚坐下，我又起来了，扑过她去，极快；她在这极短的时间内，又变回十七岁时的样子。在一秒钟里我看见她半生的变化，她像是不受时间的拘束。我坐在椅子上，她坐在我的怀中。我自己也恢复了十五六年前脸上的红色，我觉得出。我们就这样坐着，听着彼此心血的潮荡。不知有多么久。最后，我找到声音，唇贴着她的耳边，问：

“你独自住在这里？”

“我不住在这里；我住在这儿。”她指着我的心说。

“始终你没忘了我，那么？”我握紧了她的手。

“被别人吻的时候，我心中看着你！”

“可是你许别人吻你？”我并没有一点妒意。

“爱在心里，唇不会闲着；谁教你不来吻我呢？”

“我不是怕得罪你的父母吗？不是我上了南洋吗？”

她点了点头，“惧怕使你失去一切，隔离使爱的心慌了。”

她告诉了我，她死前的光景。在我出国的那一年，她的母亲死去。她比较得自由了一些。出墙的花枝自会招来蜂蝶，有人便追求她。她还想念着我，可是肉体往往比爱少些忍耐力，爱的花不都是梅花。她接受了一个青年的爱，因为他长得像我。他非常地爱她，可是她还忘不了我，肉体的获得不就是爱的满足，相似的容貌不能代替爱的真形。他疑心了，她承认了她的心是在南洋。他们俩断绝了关系。这时候，她父亲的财产全丢了。她非嫁人不可。她把自己卖给一个阔家公子，为是供给她的父亲。

“你不会去教学挣钱？”我问。

“我只能教小学，那点薪水还不够父亲买烟吃的！”

我们俩都愣起来。我是想：假使我那时候回来，以我的经济能力说，能供给得起她的父亲吗？我还不是大睁白眼地看着她卖身？

“我把爱藏在心中，”她说，“拿肉体挣来的茶饭营养着它。我深恐肉体死了，爱便不存在，其实我是错了；先不用说这个吧。他非常的妒忌，永远跟着我，无论我是干什么。上哪儿去，他老随着我。他找不出我的破绽来，可是觉得出我是不爱他。慢慢的，他由讨厌变为公开地辱骂我，甚至于打我，他逼得我没法不承认我的心是另有所寄。忍无可忍也就顾不及饭碗问题了。他把我赶出来，连一件长衫也没给我留。我呢，父亲照样和我要钱，我自己得吃得穿，而且我一向吃好的穿好的惯了。为满足肉体，还得利用肉体，身体是现成的本钱。凡给我钱的便买去我点筋肉的笑。我很会笑：我照着镜子练习那迷人的笑。环境的不同使人做退一步想，这样零卖，到是比终日叫那一个阔公子管着强一些。在街上，有多少人指着我的后影叹气，可是我到底是自由的，有时候我与些打扮得不漂亮的女子遇上，我也有些得意。我一共打过四次胎，但是创痛过去便又笑了。”

“最初，我颇有一些名气，因为我既是做过富宅的玩物，又能识几个字，新派旧派的人都愿来照顾我。我没工夫去思想，甚至于不想积蓄一点钱，我完全为我的服装香粉活着。今天的漂亮是今天的生活，明天自有明天管照着自己，身体的疲倦，只管眼前的刺激，不顾将来。不久，这种生活也不能维持了。父亲的烟是无底的深坑。打胎需要花许多费用。以前不想剩钱；钱自然不会自己剩下。我连一点无聊的傲气也不敢存了。我得极下贱地去找钱了，有时是明抢。有人指着我的后影叹气，我也回头向他笑一笑了。打一次胎增加两三岁。镜子是不欺人的，我已老丑了。疯狂足以补足衰老。我尽着肉体的所能伺候人们，不然，我没有生意。我敞着门睡着，我是大家的，不是我自己的。一天二十四小时，什么时间也可以买我的身体。我消失在欲海里。在清醒的世界中我并不存在。我的手指算计着钱数。我不思想，只是盘算——怎能多进五毛钱。我不哭，哭不好看。只为钱着急，不管我自己。”

她休息了一会儿，我的泪已滴湿她的衣襟。

“你回来了！”她继续着说，“你也三十多了；我记得你是十七岁的小学生。你的眼已不是那年——多少年了？——看我那双绿拖鞋的眼。可是，你，多少还是你自己，我，早已死了。你可以继续做那初恋的梦，我已无梦可做。我始终一点也不怀疑，我知道你要是回来，必定要我。及至见着你，我自己已找不到我自己，拿什么给你呢？你没回来的时候，我永远不拒绝，不论是对谁说，我是爱你；你回来了，我只好狂笑。单等我落到这样，你才回来，这不是有意戏弄人？假如你永远不回来，我老有个南洋做我的梦景，你老有个我在你的心中，岂不很美？你偏偏回来了，而且回来这样迟——”

“可是来迟了并不就是来不及了。”我插了一句。

“晚了就是来不及了。我杀了自己。”

“什么？”

“我杀了我自己。我命定的只能住在你心中，生存在一首诗里，生死有什么区别？在打胎的时候我自己下了手。有你在我左右，我没法子再笑。不笑，我怎么挣钱？只有一条路，名字叫死。你回来迟了，我别再死迟了：我再晚死一会儿，我便连住在你心中的希望也没有了。我住在这里，这里便是你的心。这里没有阳光，没有声响，只有一些颜色。颜色是更持久的，颜色画成咱们的记忆。看那双小鞋，绿的，是点颜色，你我永远认识它们。”

“但是我也记得那双脚。许我看看吗？”

她笑了，摇摇头。

我很坚决，我握住她的脚，扯下她的袜，露出没有肉的一支白脚骨。

“去吧！”她推了我一把，“从此你我无缘再见了！我愿住在你的心中，现在不行了；我愿在你心中永远是青春。”

太阳已往西斜去；风大了些，也凉了些，东方有些黑云。春光在一个梦中惨淡了许多。我立起来，又看见那片暗绿的松树。立了不知有多久。远处来了些蠕动的小人，随着一些听不甚真的音乐。越来越近了，田中惊起许多白翅的鸟，哀鸣着向山这边飞。我看清了，一群人们匆匆地走，带起一些灰土。三五鼓手在前，几个白衣人在后，最后是一口棺材。春天也要埋人的。撒起一把纸钱，蝴蝶似地落在麦田上。东方的黑云更厚了，柳条的绿色加深了许多，绿得有些凄惨。心中茫然，只想起那双小绿拖鞋，像两片树叶在永生的树上做着春梦。

柳家大院

这两天我们的大院里又透着热闹，出了人命。

事情可不能由这儿说起，得打头儿来。先交代我自己吧，我是个算命的先生。我也卖过酸枣、落花生什么的，那可是先前的事了。现在我在街上摆卦摊，好了呢，一天也抓弄个三毛五毛的。老伴儿早死了，儿子拉洋车。我们爷儿俩住着柳家大院的一间北房。

除了我这间北房，大院里还有二十多间房呢。一共住着多少家子？谁记得清！住两间房的就不多，又搭上今天搬来，明天又搬走，我没有那么好记性。大家见面招呼声“吃了吗”，透着和气；不说呢，也没什么。大家一天到晚为嘴奔命，没有工夫扯闲话儿。爱说话的自然也有啊，可是也得先吃饱了。

还就是我们爷儿俩和王家可以算作老住户，都住了一年多了。早就想搬家，可是我这间屋子下雨还算不十分漏；这个世界哪去找不十分漏水的屋子？不漏的自然有哇，也得住得起呀！再说，一搬家又得花三份儿房钱，莫如忍着吧。晚报上常说什么“平等”，铜子儿不平等，什么也不用说。这是实话。就拿媳妇们说吧，娘家要是不使彩礼，她们一定少挨点揍，是不是?

王家是住两间房。老王和我算是柳家大院里最“文明”的人了。“文明”是三孙子，话先说在头里。我是算命的先生，眼前的字儿颇念一气。天天我看俩大子的晚报。“文明”人，就凭看篇晚报，别装孙子啦！老王是给一家洋人当花匠，总算混着洋事。其实他会种花不会，他自己晓得；若是不会的话，大概他也不肯说。给洋人院里剪草皮的也许叫作花匠；无论怎说吧，老王有点好吹。有什么意思？剪草皮又怎么低下呢？老王想不开这一层。要不怎么我们这种穷人没起色呢，穷不是，还好吹两句！大院里这样的人多了，老跟“文明”人学；好像“文明”人的吹胡子瞪眼睛是应当应分。反正他挣钱不多，花匠也罢，草匠也罢。

老王的儿子是个石匠，脑袋还没石头顺溜呢，没见过这么死巴的人。他可是好石匠，不说屈心话。小王娶了媳妇，比他小着十岁，长得像搁陈了的窝窝头，一脑袋黄毛，永远不乐，一挨揍就哭，还是不短挨揍。老王还有个女儿，大概也有十四五岁了，又贼又坏。他们四口住两间房。

除了我们两家，就得算张二是老住户了；已经在这儿住了六个多月。虽然欠下俩月的房钱，可是还对付着没叫房东给撵出去。张二的媳妇嘴真甜甘，会说话；这或者就是还没叫撵出去的原因。自然她只是在要房租来的时候嘴甜甘；房东一转身，你听她那个骂。谁能不骂房东呢；就凭那么一间狗窝，一月也要一块半钱？！可是谁也没有她骂得那么到家，那么解气。连我这老头子都有点爱上她了，不是为别的，她真会骂。可是，任凭怎么骂，一间狗窝还是一块半钱。这么一想，我又不爱她了。没有真力量，骂骂算得了什么呢。

张二和我的儿子同行，拉车。他的嘴也不善，喝俩铜子的“猫尿”能把全院的人说晕了；穷嚼！我就讨厌穷嚼，虽然张二不是坏心肠的人。张二有三个小孩，大的捡煤核，二的滚车辙，三的满院爬。

提起孩子来了，简直地说不上来他们都叫什么。院子里的孩子足够一混成旅，怎能记得清楚呢？男女倒好分，反正能光眼子就光着。在院子里走道总得小心点；一慌，不定踩在谁的身上呢。踩了谁也得闹一场气。大人全憋着一肚子委屈，可不就抓个碴儿吵一阵吧。越穷，孩子越多，难道穷人就不该养孩子？不过，穷人也真得想个办法。这群小光眼子将来都干什么去呢？又跟我的儿子一样，拉洋车？我倒不是说拉洋车就低贱，我是说人就不应当拉车；人嘛，当牛马？可是，好些个还活不到能拉车的年纪呢。今年春天闹瘟疹，死了一大批。最爱打孩子的爸爸也咧着大嘴哭，自己的孩子哪有不心疼的？可是哭完也就完了，小席头一卷，夹出城去；死了就死了，省吃是真的。腰里没钱心似铁，我常这么说。这不像一句话，总得想个办法！

除了我们三家子，人家还多着呢。可是我只提这三家子就够了。我不是说柳家大院出了人命吗？死的就是王家那个小媳妇。我说过她像窝窝头，这可不是拿死人打哈哈。我也不是说她“的确”像窝窝头。我是替她难受，替和她差不多的姑娘媳妇们难受。我就常思索，凭什么好好的一个姑娘，养成像窝窝头呢？从小儿不得吃，不得喝，还能油光水滑的吗？是，不错，可是凭什么呢？

少说闲话吧；是这么回事：老王第一个不是东西。我不是说他好吹吗？是，事事他老学那些“文明”人。娶了儿媳妇，嗬，他不知道怎么好了。一天到晚对儿媳妇挑鼻子弄眼睛，派头大了。为三个钱的油，两个大的醋，他能闹得翻江倒海。我知道，穷人肝气旺，爱吵架。老王可是有点存心找毛病；他闹气，不为别的，专为学学“文明”人的派头。他是公公；妈的，公公几个铜子儿一个！我真不明白，为什么穷小子单要充“文明”，这是哪一股儿毒气呢？早晨，他起得早，总得也把小媳妇叫起来，其实有什么事呢？他要立这个规矩，穷酸！她稍微晚起来一点，听吧，这一顿揍！

我知道，小媳妇的娘家使了一百块的彩礼。他们爷儿俩大概再有一年也还不清这笔亏空，所以老拿小媳妇出气。可是要专为这一百块钱闹气，也倒罢了，虽然小媳妇已经够冤枉的。他不是专为这点钱。他是学“文明”人呢，他要做足了当公公的气派。他的老伴不是死了嘛，他想把婆婆给儿媳妇的折磨也由他承办。他变着方儿挑她的毛病。她呢，一个十七岁的孩子可懂得什么？跟她要排场？我知道他那些排场是打哪儿学来的：在茶馆里听那些“文明”人说的。他就是这么个人——和“文明”人要是过两句话，替别人吹几句，脸上立刻能红堂堂的。在洋人家里剪草皮的时候，洋人要是跟他过一句半句的话，他能把尾巴摆动三天三夜。他确是有尾巴。可是他摆一辈子的尾巴了，还是他妈的住破大院啃窝窝头。我真不明白！

老王上工去的时候，把磨折儿媳妇的办法交给女儿替他办。那个贼丫头！我一点也没有看不起穷人家的姑娘的意思；她们给人家做丫环去呀，做二房去呀，是常有的事（不是应该的事），那能怨她们吗？不能！可是我讨厌王家这个二妞，她和她爸爸一样地讨人嫌，能钻天觅缝地给她嫂子小鞋穿，能大睁白眼地乱造谣言给嫂子使坏。我知道她为什么这么坏，她是由那个洋人供给着在一个学校念书，她一万多个看不上她的嫂子。她也穿一双整鞋，头发上也戴着一把梳子，瞧她那个美！我就这么琢磨这回事：世界上不应当有穷有富。可是穷人要是够着有钱的，往高处爬，比什么也坏。老王和二妞就是好例子。她嫂子要是做一双青布新鞋，她变着方儿给踩上泥，然后叫他爸爸骂儿媳妇。我没工夫细说这些事儿，反正这个小媳妇没有一天得着好气；有的时候还吃不饱。

小王呢，石厂子在城外，不住在家里。十天半月地回来一趟，一定揍媳妇一顿。在我们的柳家大院，揍儿媳妇是家常便饭。谁叫老婆吃着男子汉呢，谁叫娘家使了彩礼呢，挨揍是该当的。可是小王本来可以不揍媳妇，因为他轻易不家来，还愿意回回闹气吗？哼，有老王和二妞在旁边挑拨啊。老王罚儿媳妇挨饿，跪着；到底不能亲自下手打，他是自居为“文明”人的，哪能落个公公打儿媳妇呢？所以挑唆儿子去打；他知道儿子是石匠，打一回胜似别人打五回的。儿子打完了媳妇，他对儿子和气极了。二妞呢，虽然常拧嫂子的胳臂，可也究竟是不过瘾，恨不能看着哥哥把嫂子当作石头，一下子捶碎才痛快。我告诉你，一个女人要是看不起另一个女人的，那就是活对头。二妞自居女学生；嫂子不过是花一百块钱买来的一个活窝窝头。

王家的小媳妇没有活路。心里越难受，对人也越不和气；全院里没有爱她的人。她连说话都忘了怎么说了。也有痛快的时候，见神见鬼地闹撞客[①]。总是在小王揍完她走了以后，她又哭又说，一个人闹欢了。我的差事来了，老王和我借宪书，抽她的嘴巴。他怕鬼，叫我去抽。等我进了她的屋子，把她安慰得不哭了——我没抽过她，她要的是安慰，几句好话——他进来了，掐她的人中，用草纸熏；其实他知道她已缓醒过来，故意地惩治她。每逢到这个节骨眼，我和老王吵一架。平日他们吵闹我不管；管又有什么用呢？我要是管，一定是向着小媳妇；这岂不更给她添毒？所以我不管。不过，每逢一闹撞客，我们俩非吵不可了，因为我是在那儿，眼看着，还能一语不发？奇怪的是这个，我们俩吵架，院里的人总说我不对；妇女们也这么说。他们以为她该挨揍。他们也说我多事。男的该打女的，公公该管教儿媳妇，小姑子该给嫂子气受，他们这群男女信这个！怎么会信这个呢？谁教给他们的呢？哪个王八蛋的“文明”可笑，又可哭！

①撞客指碰到鬼邪。

前两天，石匠又回来了。老王不知怎么一时心顺，没叫儿子揍媳妇，小媳妇一见大家欢天喜地，当然是喜欢，脸上居然有点像要笑的意思。二妞看见了这个，仿佛是看见天上出了两个太阳。一定有事！她嫂子正在院子里做饭，她到嫂子屋里去搜开了。一定是石匠哥哥给嫂子买来了贴己的东西，要不然她不会脸上有笑意。翻了半天，什么也没翻出来。我说“半天”，意思是翻得很详细；小媳妇屋里的东西还多得了吗？我们的大院里一共也没有两张整桌子来，要不怎么不闹贼呢。我们要是有钱票，是放在袜筒儿里。

二妞的气大了。嫂子脸上敢有笑容？不管查得出私弊查不出，反正得惩治她！

小媳妇正端着锅饭澄米汤，二妞给了她一脚。她的一锅饭出了手。“米饭”！不是丈夫回来，谁敢出主意吃“饭”！她的命好像随着饭锅一同出去了。米汤还没澄干，稀粥似的白饭摊在地上。她拚命用手去捧，滚烫，顾不得手；她自己还不如那锅饭值钱呢。实在太热，她捧了几把，疼到了心上，米汁把手糊住。她不敢出声，咬上牙，扎着两只手，疼得直打转。

“爸！瞧她把饭全洒在地上啦！”二妞喊。

爷儿俩全出来了。老王一眼看见饭在地上冒热气，登时就疯了。他只看了小王那么一眼，已然是说明白了：“你是要媳妇，还是要爸爸？”

小王的脸当时就涨紫了，过去揪住小媳妇的头发，拉倒在地。小媳妇没出一声，就人事不知了。

“打！往死了打！打！”老王在一旁嚷，脚踢起许多土来。

二妞怕嫂子是装死，过去拧她的大腿。

院子里的人都出来看热闹，男人不过来劝解，女的自然不敢出声；男人就是喜欢看别人揍媳妇——给自己的那个老婆一个榜样。

我不能不出头了。老王很有揍我一顿的意思。可是我一出头，别的男人也蹭过来。好说歹说，算是劝开了。

第二天一清早，小王老王全去工作。二妞没上学，为是继续给嫂子气受。

张二嫂动了善心，过来看看小媳妇。因为张二嫂自信会说话，所以一安慰小媳妇，可就得罪了二妞。她们俩抬起来了。当然二妞不行，她还说得过张二嫂！“你这个丫头要不……，我不姓张！”一句话就把二妞骂闷过去了，“三秃子给你俩大子，你就叫他亲嘴；你当我没看见呢？有这么回事没有？有没有？”二嫂的嘴就堵着二妞的耳朵眼，二妞直往后退，还说不出话来。

这一场过去，二妞搭讪着上了街，不好意思再和嫂子闹了。

小媳妇一个人在屋里，工夫可就大啦。张二嫂又过来看一眼，小媳妇在炕上躺着呢，可是穿着出嫁时候的那件红袄。张二嫂问了她两句，她也没回答，只扭过脸去。张家的小二，正在这么工夫跟个孩子打起来，张二嫂忙着跑去解围，因为小二被敌人给按在底下了。

二妞直到快吃饭的时候才回来，一直奔了嫂子的屋子去，看看她做好了饭没有。二妞向来不动手做饭，女学生嘛！一开屋门，她失了魂似地喊了一声，嫂子在房梁上吊着呢！一院子的人全吓惊了，没人想起把她摘下来，谁肯往人命事儿里搀合呢?

二妞捂着眼吓成孙子了。“还不找你爸爸去?！”不知道谁说了这么一句，她扭头就跑，仿佛鬼在后头追她呢。

老王回来也傻了。小媳妇是没有救儿了；这倒不算什么，脏了房，人家房东能饶得了他吗？再娶一个，只要有钱，可是上次的债还没归清呢！这些个事叫他越想越气，真想咬吊死鬼儿几块肉才解气！

娘家来了人，虽然大嚷大闹，老王并不怕。他早有了预备，早问明白了二妞，小媳妇是受张二嫂的挑唆才想上吊；王家没逼她死，王家没给她气受。你看，老王学“文明”人真学得到家，能瞪着眼扯谎。

张二嫂可抓了瞎，任凭怎么能说会道，也禁不住贼咬一口，入骨三分！人命，就是自己能分辩，丈夫回来也得闹一阵。打官司自然是不会打的，柳家大院的人还敢打官司？可是老王和二妞要是一口咬定，小媳妇的娘家要是跟她要人呢，这可不好办！柳家大院的人是有眼睛的，不过，人命关天，大家不见得敢帮助她吧？果然，张二一回来就听说了，自己的媳妇惹了祸。谁还管青红皂白，先揍完再说，反正打媳妇是理所当然的事。张二嫂挨了顿好的。

小媳妇的娘家不打官司；要钱；没钱再说厉害的。老王怕什么偏有什么；前者娶儿媳妇的钱还没还清，现在又来了一档子！可是，无论怎样，也得答应着拿钱，要不然屋里放着吊死鬼，才不像句话。

小王也回来了，十分像个石头人，可是我看得出，他的心里很难过，谁也没把死了的小媳妇放在心上，只有小王进到屋中，在尸首旁边坐了半天。要不是他的爸爸“文明”，我想他决不会常打她。可是，爸爸“文明”，儿子也自然是要孝顺了，打吧！一打，他可就忘了他的胳臂本是砸石头的。他一声没出，在屋里坐了好大半天，而且把一条新裤子——就是没补丁呀——给媳妇穿上。他的爸爸跟他说什么，他好像没听见。他一个劲儿地吸“蝙蝠牌”的烟，眼睛不错眼珠地看着点什么——别人都看不见的一点什么。

娘家要一百块钱——五十是发送小媳妇的，五十归娘家人用。小王还是一语不发。老王答应了拿钱。他第一个先找了张二去。“你的媳妇惹的祸，没什么说的，你拿五十，我拿五十；要不然我把吊死鬼搬到你屋里来。”老王说得温和，可又硬张。

张二刚喝了四个大子的猫尿，眼珠子红着。他也来得不善：“好王大爷的话，五十？我拿！看见没有？屋里有什么你拿什么好了。要不然我把这两个大孩子卖给你，还不值五十块钱？小三的妈！把两个大的送到王大爷屋里去！会跑会吃，决不费事，你又没个孙子，正好嘛！”

老王碰了个软的。张二屋里的陈设大概一共值不了几个铜子儿！俩孩子叫张二留着吧。可是，不能这么轻轻地便宜了张二；拿不出五十呀，三十行不行？张二唱开了打牙牌[1]，好像很高兴似的。“三十干

①牙牌别称骨牌，古时一种汉族民间娱乐工具。

吗？还是五十好了，先写在账上，多咱我叫电车轧死，多咱还你。”

老王想叫儿子揍张二一顿。可是张二也挺壮，不一定能揍得了他。张二嫂始终没敢说话，这时候看出一步棋来，乘机会自己找找脸：“姓王的，你等着好了，我要不上你屋里去上吊，我不算好老婆，你等着吧！”

老王是“文明”人，不能和张二嫂斗嘴皮子。而且他也看出来，这种野娘们什么也干得出来，真要再来个吊死鬼，可得更吃不了兜着走了。老王算是没敲上张二。

其实老王早有了“文明”主意，跟张二这一场不过是虚晃一刀。他上洋人家里去，洋大人没在家，他给洋太太跪下了，要一百块钱。洋太太给了他，可是其中的五十是要由老王的工钱扣的，不要利钱。

老王拿着回来了，鼻子朝着天。

开张殃榜就使了八块；阴阳生要不开这张玩艺，麻烦还小得了嘛。这笔钱不能不花。

小媳妇总算死得“值”。一身新红洋缎的衣裤，新鞋新袜子，一头银白铜的首饰。十二块钱的棺材。还有五个和尚念了个光头三[①]。娘家弄了四十多块去；老王无论如何不能照着五十的数给。

事情算是过去了，二妞可遭了报，不敢进屋子。无论干什么，她

①光头三指人死后第三天念经超度。

老看见嫂子在房梁上挂着呢。老王得搬家。可是，脏房谁来住呢？自己住着，房东也许马马虎虎不究真儿；搬家，不叫赔房才怪呢。可是二妞不敢进屋睡觉也是个事儿。况且儿媳妇已经死了，何必再住两间房？让出那一间去，谁肯住呢？这倒难办了。

老王又有了高招儿，儿媳妇一死，他更看不起女人了。四五十块花在死鬼身上，还叫她娘家拿走四十多，真堵得慌。因此，连二妞的身份也落下来了。干脆把她打发了，进点彩礼，然后赶紧再给儿子续上一房。二妞不敢进屋子呀，正好，去她的。卖个三百二百的除给儿子续娶之外，自己也得留点棺材本儿。

他搭讪着跟我说这个事。我以为要把二妞给我的儿子呢；不是，他是托我给留点神，有对事的外乡人肯出三百二百的就行。我没说什么。

正在这个时候，有人来给小王提亲，十八岁的大姑娘，能洗能做，才要一百二十块钱的彩礼。老王更急了，好像立刻把二妞铲出去才痛快。

房东来了，因为上吊的事吹到他耳朵里。老王把他唬回去了：房脏了，我现在还住着呢！这个事怨不上来我呀，我一天到晚不在家；还能给儿媳妇气受？架不住有坏街坊，要不是张二的娘们，我的儿媳妇能想得起上吊？上吊也倒没什么，我呢，现在又给儿子张罗着，反正混着洋事，自己没钱呀，还能和洋人说句话，接济一步。就凭这回事说吧，洋人送了我一百块钱！

房东叫他给唬住了，跟旁人一打听，的的确确是由洋人那儿拿来的钱。房东没再对老王说什么，不便于得罪混洋事的。可是张二这个家伙不是好调货，欠下两个月的房租，还由着娘们拉舌头扯簸箕，撵他搬家！张二嫂无论怎么会说，也得补上俩月的房钱，赶快滚蛋！

张二搬走了，搬走的那天，他又喝得醉猫似的。张二嫂臭骂了房东一大阵。

等着看吧。看二妞能卖多少钱，看小王又娶个什么样的媳妇。什么事呢！“文明”是孙子，还是那句！

不成问题的问题

任何人来到这里——树华农场——他必定会感觉到世界上并没有什么战争，和战争所带来的轰炸、屠杀，与死亡。专凭风景来说，这里真值得被称为乱世的桃源。前面是刚由一个小小的峡口转过来的江，江水在冬天与春天总是使人愿意跳进去的那么澄清碧绿。背后是一带小山。山上没有什么，除了一丛丛的绿竹矮树，在竹、树的空处往往露出赭色的块块儿，像是画家给点染上的。

小山的半腰里，那青青的一片，在青色当中露出一两块白墙和二三屋脊的，便是树华农场。江上的小渡口，离农场大约有半里地，小船上的渡客，即使是往相反的方向去的，也往往回转头来，望一望这美丽的地方。他们若上了那斜着的坡道，就必定向农场这里指指点点，因为树上半黄的橘柑，或已经红了的苹果，总是使人注意而想夸赞几声的。到春暖花开的时候，或遇到什么大家休假的日子，城里的士女有时候也把逛一逛树华农场人作为一种高雅的举动，而这农场的美丽恐怕还多少地存在一些小文与短诗之中咧。

创办一座农场必定不是为看着玩的：那么，我们就不能专来谀赞风景而忽略更实际一些的事儿了。由实际上说，树华农场的用水是没有问题的，因为江就在它的脚底下。出品的运出也没有问题。它离重庆市不过三十多里路，江中可以走船，江边上也有小路。它的设备是相当可观的：有鸭鹅池、有兔笼、有花畦、有菜圃、有牛羊圈、有果园。鸭蛋、鲜花、青菜、水果、牛羊乳……都正是像重庆那样的都市所必需的东西。况且，它的创办正在抗战的那一年：重庆的人口，在抗战后，一天比一天多；所以需要的东西，像青菜与其他树华农场所产生的东西，自然的也一天比一天多。赚钱是没有问题的。

从渡口上的坡道往左走不远，就有一些还未完全风化的红石，石旁生着几丛细竹。到了竹丛，便到了农场的窄而明洁的石板路。离竹丛不远，相对地长着两株青松，松树上挂着两面粗粗刨平的木牌，白漆漆着“树华农场”。石板路边，靠江的这一面，都是花；使人能从花的各种颜色上，慢慢地把眼光移到碧绿的江水上面去。靠山的一面是许多直立的扇形的葡萄架，架子的后面是各种果树。走完了石板路，有一座不甚高，而相当宽的藤萝架，这便是农场的大门，横匾上刻着“树华”两个隶字。进了门，在绿草上，或碎石堆花的路上，往往能看见几片柔软而轻的鸭鹅毛，因为鸭鹅的池塘便在左手方。这里的鸭是纯白而肥硕的，真正的北平填鸭。对着鸭池是平平的一个坝子，满种着花草与菜蔬。在坝子的末端，被竹树掩覆着，是办公厅。这是相当坚固而十分雅致的一所两层的楼房，花果的香味永远充满了全楼的每一角落。牛羊圈和工人的草舍又在楼房的后边，时时有羊羔悲哀地啼唤。

这一些设备，教农场至少要用二十来名工人。可是，以它的生产能力，和出品销路的良好来说，除了一切开销，它还应当赚钱。无论是内行人还是外行人，只要看过这座农场，大概就不会想像到这是赔钱的事业。

然而，树华农场赔钱。

创办的时候，当然要往“里”垫钱。但是，鸡鸭、青菜、鲜花、牛羊乳，都是不需要很长的时间就可以在利润方面有些数目字的。按照行家的算盘上看，假若第二年还不十分顺利的话，至迟在第三年的开始就可以绝对地看赚了。

可是，树华农场的赔损是在创办后的第三年。在第三年首次股东会议的时候，场长与股东们都对着账簿发了半天的愣。

赔点钱，场长是绝不在乎的，他不过是大股东之一，而被大家推举出来做场长的。他还有许多比这座农场大得多的事业。可是，即使他对这小小的事业赔赚都不在乎，即使他一走到院中，看看那些鲜美的花草，就把赔钱的事忘得一干二净，他现在——在股东会上——究竟有点不大好过。他自信是把能手，他到处会赚钱，他是大家所崇拜的实业家。农场赔钱？这伤了他的自尊心。他赔点钱，股东他们赔点钱，都没有关系：只是，下不来台！这比什么都要紧！

股东们呢，多数的是可以与场长立在一块儿呼兄唤弟的。他们的名望、资本、能力，也许都不及场长，可是在赔个万儿八千块钱上来说，场长要是沉得住气，他们也不便多出声儿。很少数的股东的确是想投了资，赚点钱，可是他们不便先开口质问，因为他们股子少，地位也就低，假若粗着脖子红着筋地发言，也许得罪了场长和大股东们——这，恐怕比赔点钱的损失还更大呢。

事实上，假若大家肯打开窗子说亮话，他们就可以异口同声地，确凿无疑地，马上指出赔钱的原因来。原因很简单，他们错用了人。场长，虽然是场长，是不能、不肯、不会、不屑于到农场来监督指导一切的。股东们也不会十趟八趟跑来看看的——他们只愿在开会的时候来做一次远足，既可以欣赏欣赏乡郊的景色，又可以和老友们喝两盅酒，附带地还可以露一露股东的身份。除了几个小股东，多数人接到开会的通知，就仿佛在箱子里寻找迎节当令该换的衣服的时候，偶然地发现了想不起怎么随手放在那里的一卷钞票——“呕，这儿还有点玩艺儿呢！”

农场实际负责任的人是丁务源，丁主任。

丁务源，丁主任，管理这座农场已有半年。农场赔钱就在这半年。

连场长带股东们都知道，假若他们脱口而出地说实话，他们就必定在口里说出“赔钱的原因在——”的时节，手指就确切无疑地伸出，指着丁务源！丁务源就在一旁坐着呢。

但是，谁的嘴也没动，手指自然也就无从伸出。

他们，连场长带股东，谁没吃过农场的北平大填鸭，意大利种的肥母鸡，琥珀心的松花，和大得使儿童们跳起来的大鸡蛋鸭蛋？谁的瓶里没有插过农场的大枝的桂花、腊梅、红白梅花，和大朵的起楼子的芍药、牡丹与茶花？谁的盘子里没有盛过使男女客人们赞叹的山东大白菜，绿得像翡翠般的油菜与嫩豌豆？

这些东西都是谁送给他们的？丁务源！

再说，谁家落了红白事，不是人家丁主任第一个跑来帮忙？谁家出了不大痛快的事故，不是人家丁主任像自天而降的喜神一般，把大事化小，小事化无？

是的，丁主任就在这里坐着呢。可是谁肯伸出指头去戳点他呢？

什么责任问题，补救方法，股东会都没有谈论。等到丁主任预备的酒席吃残，大家只能拍拍他的肩膀，说声“美满闭会”了。

丁务源是哪里的人？没有人知道。他是一切人——中外无别——的乡亲。他的言语也正配得上他的籍贯，他会把他所到过的地方的最简单的话，例如四川的“啥子”与“要得”，上海的“唔啥”，北平的“妈啦巴子”……都美好地联结到一处，变成一种独创的“国语”；有时候也还加上一半个“孤得”，或“夜司”，增加一点异国情味。

四十来岁，中等身量，脸上有点发胖，而肉都是亮的，丁务源不是个俊秀的人，而令人喜爱。他脸上那点发亮的肌肉，已经教人一见就痛快，再加上一对光满神足，顾盼多姿的眼睛，与随时变化而无往不宜的表情，就不只讨人爱，而且令人信任他了。最足以表现他的天才而使人赞叹不已的是他的衣服。他的长袍，不管是绸的还是布的，不管是单的还是棉的，永远是半新半旧的，使人一看就感到舒服；永远是比他的身材稍微宽大一些，于是他垂着手也好，揣着手也好，掉背着手更好，老有一些从容不迫的气度。他的小褂的领子与袖口，永远是洁白如雪；这样，即使大褂上有一小块油渍，或大襟上微微有点褶皱，可是他的雪白的内衣的领与袖会使人相信他是最爱清洁的人。他老穿礼服呢厚白底子的鞋，而且裤脚儿上扎着绸子带儿；快走，那白白的鞋底与颤动的腿带，会显出轻灵飘洒；慢走，又显出雍容大雅。长袍，布底鞋，绸子裤脚带儿合在一处，未免太老派了，所以他在领子下面插上了一支派克笔和一支白亮的铅笔，来调和一下。

他老在说话，而并没说什么。“是呀”，“要得么”，“好”，这些小字眼被他轻妙地插在别人的话语中间，就好像他说了许多话似的。到必要时，他把这些小字眼也收藏起来，而只转转眼珠，或轻轻一咬嘴唇，或给人家从衣服上弹去一点点灰。这些小动作表现了关切、同情、用心，比说话的效果更大得多。遇见大事，他总是斩钉截铁地下这样的结论——没有问题，绝对的！说完这一声，他便把问题放下，而闲扯些别的，使对方把忧虑与关切马上忘掉。等到对方满意地告别了，他会倒头就睡，睡三四个钟头；醒来，他把那件绝对没有问题的事忘得一干二净。直等到那个人又来了，他才想起原来曾经有过那么一回事，而又把对方热诚地送走。事情，照例又推在一边。及至那个人快恼了他的时候，他会用农场的出品使朋友仍然和他和好。

天下事都绝对没有问题，因为他根本不去办。

他吃得好，穿得舒服，睡得香甜，永远不会发愁。他绝对没有任何理想，所以想发愁也无从发起。他看不出彼此敷衍有什么不对的地方。他只知道敷衍能解决一切，至少能使他无忧无虑，脸上胖而且亮。凡足以使事情敷衍过去的手段，都是绝妙的手段。当他刚一得到农场主任的职务的时候，他便被姑姑老姨舅爷，与舅爷的舅爷包围起来，他马上变成了这群人的救主。没办法，只好一一敷衍。于是一部分有经验的职员与工人马上被他“欢送”出去，而舅爷与舅爷的舅爷都成了护法的天使。占据了地上的乐园。

没被辞退的职员与园丁，本都想辞职。可是，丁主任不给他们开口的机会。他们由书面上通知他，他连看也不看。于是，大家想不辞而别。但是，赶到真要走出农场时，大家的意见已经不甚一致。新主任到职以后，什么也没过问，而在两天之中把大家的姓名记得飞熟，并且知道了他们的籍贯。

“老张！”丁主任最富情感的眼，像有两条紫外光似地射到老张的心里，“你是广元人呀？乡亲！硬是要得！”丁主任解除了老张的武装。

“老谢！”丁主任的有肉而滚热的手拍着老谢的肩膀，“呕，恩施？好地方！乡亲！要得么！”于是，老谢也缴了械。

多数的旧人们就这样受了感动，而把“不辞而别”的决定视为一时的冲动，不大合理。那几位比较坚决的，看朋友们多数鸣金收兵，也就不便再说什么，虽然心里还有点不大得劲儿。及至丁主任的胖手也拍在他们的肩头上，他们反觉得只有给他效劳，庶几乎可以赎出自己的行动幼稚、冒昧的罪过来。“丁主任是个朋友！”这句话即使不便明说，也时常在大家心中飞来飞去，像出笼的小鸟，恋恋不忍去似的。

大家对丁主任的信任心是与时俱增的。不管大事小事，只要向丁主任开口，人家丁主任是不会眨眨眼或愣一愣再答应的。他们的请托的话还没有说完，丁主任已说了五个“要得”。丁主任受人之托，事实上，是轻而易举的。比方说，他要进城——他时常进城——有人托他带几块肥皂。在托他的人想，丁主任是精明人，必能以极便宜的价钱买到极好的东西。而丁主任呢，到了城里，顺脚走进那最大的铺子，随手拿几块最贵的肥皂。拿回来，一说价钱，使朋友大吃一惊。“货物道地，”丁主任要交代清楚，“你晓得！多出钱，到大铺子去买，吃不了亏！你不要，我还留着用呢！你怎样？”怎能不要呢，朋友只好把东西接过去，连声道谢。

大家可是依旧信任他。当他们暗中思索的时候，他们要问：托人家带东西，带来了没有？带来了。那么人家没有失信。东西贵，可是好呢。进言无二价的大铺子买东西，谁不会呢，何必托他？不过，既然托他，他——堂堂的丁主任——岂是挤在小摊子上争钱讲价的人？这只能怪自己，不能怪丁主任。

慢慢地，场里的人们又有耳闻：人家丁主任给场长与股东们办事也是如此。不管办个“三天”，还是“满月”，丁主任必定闻风而至，他来到，事情就得由他办。烟，能买“炮台”就买“炮台”，能买到“三五”就是“三五”。酒，即使找不到“茅台”与“贵妃”，起码也是绵竹大曲。饭菜，呕，先不用说饭菜吧，就是糖果也必得是冠生园的，主人们没法挑眼。不错，丁主任的手法确是太大；可是，他给主人们做了脸哪。主人说不出话来，而且没法不佩服丁主任见过世面。有时候，主妇们因为丁主任太好铺张而想表示不满，可是丁主任送来的礼物，与对她们的殷勤，使她们也无从开口。她们既不出声，男人们就感到事情都办得合理，而把丁主任看成了不起的人物。这样，丁主任既在场长与股东们眼中有了身分，农场里的人们就不敢再批评什么；即使吃了他的亏，似乎也是应当的。

及至丁主任做到两个月的主任，大家不但不想辞职，而且很怕被辞了。他们宁可舍着脸去逢迎谄媚他，也不肯失掉了地位。丁主任带来的人，因为不会做活，也就根本什么也不干。原有的工人与职员虽然不敢照样公然怠工，可是也不便再像原先那样实对实地每日做八小时工。他们自动把八小时改为七小时，慢慢地又改为六时，五小时。赶到主任进城的时候，他们干脆就整天休息。休息多了，又感到闷得慌，于是麻将与牌九就应运而起；牛羊们饿得乱叫，也压不下大家的欢笑与牌声。有一回，大家正赌得高兴，猛一抬头，丁主任不知道什么时候人不知鬼不觉地站在老张的后边！大家都愣了！

“接着来，没关系！”丁主任的表情与语调顿时教大家的眼都有点发湿，“干活是干活，玩是玩！老张，那张八万打得好，要得！”

大家的精神，就像都刚胡了满贯似的，为之一振。有的人被感动得手指直颤。

大家让主任加入。主任无论如何不肯破坏原局。直等到四圈完了，他才强被大家拉住，改组。“赌场上可不分大小，赢了拿走，输了认命，别说我是主任，谁是园丁！”主任挽起雪白的袖口，微笑着说。大家没有异议。“还玩这么大的，可是加十块钱的望子，自摸双？”大家又无异议。新局开始。主任的牌打得好。不但好，而且牌品高，打起牌来，他一声不出，连“要得”也不说了。他自己胡牌，轻轻地好像抱歉似地把牌推倒。别人胡牌，他微笑着，几乎是毕恭毕敬地送过筹码去。十次，他总有八次赢钱，可是越赢越受大家敬爱；大家仿佛宁愿把钱输给主任，也不愿随便赢别人几个。把钱输给丁主任似乎是一种光荣。

不过，从实际上看，光荣却不像钱那样有用。钱既输光，就得另想生财之道。由正常的工作而获得的收入，谁都晓得，是有固定的数目。指着每月的工资去与丁主任一决胜负是做不通的。虽然没有创设什么设计委员会，大家可是都在打主意，打农场的主意。主意容易打，执行的勇气却很不易提起来。可是，感谢丁主任，他暗示给大家，农场的东西是可以自由处置的。没看见吗，农场的出品，丁主任都随便自己享受，都随便拿去送人。丁主任是如此，丁主任带来的“亲兵”也是如此，那么，别人又何必分外的客气呢？

于是，树华农场的肥鹅大鸭与油鸡忽然都罢了工，不再下蛋，这也许近乎污蔑这一群有良心的动物们，但是农场的账簿上千真万确看不见那笔蛋的收入了。外间自然还看得见树华的有名的鸭蛋——为孵小鸭用的——可是价钱高了三倍。找好鸭种的人们都交头接耳地嘀咕：“树华的填鸭鸭蛋得托人情才弄得到手呢。”在这句话里，老张、老谢、老李都成了被恳托的要人。

在蛋荒之后，紧接着便是按照科学方法建造的鸡鸭房都失了科学的效用。树华农场大闹黄鼠狼，每晚上都丢失一两只大鸡或肥鸭。有时候，黄鼠狼在白天就出来为非作歹，而在他们最猖獗的时间，连牛犊和羊羔都被劫去；多么大的黄鼠狼呀！

鲜花、青菜、水果的产量并未减少，因为工友们知道完全不工作是自取灭亡。在他们赌输了，睡足了之后，他们自动地努力工作，不是为公，而是为了自己。不过，产量虽未怎么减少，农场的收入却比以前差得多了。果子、青菜，据说都闹虫病。果子呢，须要剔选一番，而后付运，以免损害了农场的美誉。不知道为什么那些落选的果子仿佛更大更美丽一些，而先被运走。没人能说出道理来，可是大家都喜欢这么做。菜蔬呢，以那最出名的大白菜说吧，等到上船的时节，三斤重的就变成了一斤或一斤多点；那外面的大肥叶子——据说是受过虫伤的——都被剥下来，洗净，另捆成一把一把地运走，当作“猪菜”卖。这种猪菜在市场上有很高的价格。

这些事，丁主任似乎知道，可没有任何表示，当夜里闹黄鼠狼子的时候，即使他正醒着，听得明明白白，他也不会失去身分地出来看看。及至次晨有人来报告，他会顺口答应地声明："我也听见了，我睡觉最警醒不过！"假若他高兴，他会继续说上许多关于黄鼬和他夜间怎样警觉的故事，当被黄鼬拉去而变成红烧的或清炖的鸡鸭，摆在他的面前，他就绝对不再提黄鼬，而只谈些烹饪上的问题与经验，一边说着，一边把最肥的一块鸭夹起来送给别人，"这么肥的鸭子，非挂炉烧烤不够味；清炖不相宜，不过，汤还看得！"他极大方地尝了两口汤。工人们若献给他钱——比如卖猪菜的钱——他绝对不肯收。"咱们这里没有等级，全是朋友；可是主任到底是主任，不能吃猪菜的钱！晚上打几圈儿好啦！要得吗？"他自己亲热地回答上，"要得！"把个"得"字说得极长。几圈麻将打过后，大家的猪菜钱至少有十分之八，名正言顺地入了主任的腰包。当一五一十地收钱的时候，他还要谦逊地声明："咱们的牌都差不多，谁也说不上高明。我的把弟孙宏英，一月只打一次就够吃半年的。人家那才叫会打牌！不信，你给他个司长，他都不做，一个月打一次小牌就够了！"

秦妙斋从十五岁起就自称为宁夏第一才子。到二十多岁，看"才子"这个词儿不大时兴了，乃改称为全国第一艺术家。据他自己说，他会雕刻、会作画、会弹古琴与钢琴、会作诗、小说，与戏剧：全能的艺术家。可是，谁也没有见过他雕刻，画图，弹琴，和做文章。

在平时，他自居为艺术家，别人也就顺口答应地称他为艺术家，倒也没什么。到了抗战时期，正是所谓国乱显忠臣的时候，艺术家也罢，科学家也罢，都要拿出他的真正本领来报效国家，而秦妙斋先生什么也拿不出来。这也不算什么。假若他肯虚心地去学习，说不定他也许有一点天才，能学会画两笔，或做些简单而通俗的文字，去宣传抗战，或者，干脆放弃了天才的梦，而脚踏实地地去做中小学的教师，或到机关中服务，也还不失为尽其在我。可是他不肯去学习，不肯去吃苦，而只想飘飘摇摇地做个空头艺术家。

他在抗战后，也曾加入艺术家们的抗战团体。可是不久便冷淡下来，不再去开会。因为在他想，自己既是第一艺术家，理当在各团体中取得领导的地位。可是，那些团体并没有对他表示敬意。他们好像对他和对一切好虚名的人都这么说：谁肯出力做抗战工作，谁便是好朋友；反之，谁要是借此出风头，获得一点虚名与虚荣，谁就乘早儿退出去。秦妙斋退了出来。但是，他不甘寂寞。他觉得这样的败退，并不是因为自己的浅薄虚伪，而是因为他的本领出众，不见容于那些妒忌他的人们。他想要独树一帜，自己创办一个什么团体，去过一过领导的瘾。这，又没能成功，没有人肯听他号召。在这之后，他颇费了一番思索，给自己想出两个字来：清高。当他和别人闲谈，或独自呻吟的时候，他会很得意地用这两个字去抹杀一切，而抬高自己："而今的一般自命为艺术家的，都为了什么？什么也不为，除了钱！真正懂得什么叫作清高的是谁？"他的鼻尖对准了自己的胸口，轻轻地点点头，"就连那做教授的也算不上清高，教授难道不拿薪水么？……"可是"你怎么活着呢？你的钱从什么地方来呢？"有那心直口快的这么问他。"我，我，"他有点不好意思，而不能回答，

“我爸爸给我！”

是的，秦妙斋的父亲是财主。不过，他不肯痛快地供给儿子钱花。这使秦妙斋时常感到痛苦。假若不是被人家问急了，他不肯轻易地提出“爸爸”来。就是偶尔地提到，他几乎要把那个最有力量的形容字——不清高——也加在他的爸爸头上去！

按照着秦老者的心意，妙斋应当娶个知晓三从四德的老婆，而后一扑纳心地在家里看守着财产。假若妙斋能这样办，哪怕就是吸两口鸦片烟呢，也能使老人家的脸上纵起不少的笑纹来。可是，有钱的老子与天才的儿子仿佛天然是对头。妙斋不听调遣。他要做诗，画画，而且——最使老人伤心的——他不愿意在家里蹲着。老人没有旁的办法，只好尽量地勒着钱。尽管妙斋的平信，快信，电报，一齐来催钱，老人还是毫不动感情地到月头才给儿子汇来“点心费”。这点钱，到妙斋手里还不够还债的呢。我们的诗人，是感受着严重的压迫。挣钱去吧，既不感觉趣味，又没有任何本领；不挣钱吧，那位不清高的爸爸又是这样的吝啬！金钱上既受着压迫，他满想在艺术界活动起来，给精神上一点安慰。而艺术界的人们对他又是那么冷淡！他非常的灰心。有时候，他颇想模仿屈原，把天才与身体一齐投在江里去。投江是件比较难于做到的事。于是，他转而一想，打算做个青年的陶渊明。“顶好是退隐！顶好！”他自己念道着，“世人皆浊我独清！只有退隐，没别的话好讲！”

高高的个子，长长的脸，头发像粗硬的马鬃似的，长长的，乱七八糟的，披在脖子上。虽然身量很高，可好像里面没有多少骨头，走起路来，就像个大龙虾似地那么东一扭西一躬的。眼睛没有神，而且爱在最需要注意的时候闭上一会儿，仿佛是随时都在做梦。

做着梦似的秦妙斋无意中走到了树华农场。不知道是为欣赏美景，还是走累了，他对着一株小松叹了口气，而后闭了会儿眼。

也就是上午一点钟吧，天上有几缕秋云，阳光从云隙发出一些不甚明的光，云下，存着些没有完全被微风吹散的雾。江水大体上还是黄的，只有江岔子里的已经静静地显出绿色。葡萄的叶子就快落净，茶花已顶出一些红瓣儿来。秦妙斋在鸭塘的附近找了块石头，懒洋洋地坐下。看了看四下里的山、江、花、草，他感到一阵难过。忽然地很想家，又似乎要作一两句诗，仿佛还有点触目伤情……这时候，他的感情极复杂，复杂到了既像万感俱来，又像茫然不知所谓的程度。坐了许久，他忽然在复杂混乱的心情中找到可以用话语说出来的一件事来。“我应当住在这里！”他低声对自己说。这句话虽然是那么简短，可是里边带着无限的感慨。离家，得罪了父亲，功未成，名未就……只落得独自在异乡隐退，想住在这静静的地方！他呆呆地看着池里的大白鸭，那洁白的羽毛，金黄的脚掌，扁而像涂了一层蜡的嘴，都使他心中更混乱，更空洞，更难过。这些白鸭是活的东西，不错；可是他们干吗活着呢？正如同天生下我秦妙斋来，有天才，有志愿，有理想，但是都有什么用呢？想到这里，他猛然地，几乎是身不由己地，立了起来。他恨这个世界，恨这个不叫他成名的世界！连那些大白鸭都可恨！他无意中地、顺手地捋下一把树叶，揉碎，扔在地上。他发誓，要好好地，痛快淋漓地写几篇文字，把那些有名的画家、音乐家、文学家都骂得一个小钱也不值！那群不清高的东西！

他向办公楼那面走，心中好像在说："我要骂他们！就在这里，这里，写成骂他们的文章！"

丁主任刚刚梳洗完，脸上带着夜间又赢了钱的一点喜气。他要到院中吸点新鲜空气。安闲地，手揣在袖口里，像采菊东篱下的诗人似的，他慢慢往外走。

在门口，他几乎被秦妙斋撞了个满怀。秦妙斋，大龙虾似的，往旁边一闪；照常往里走。他恨这个世界，碰了人就和碰了一块石头或一株树一样，只有不快，用不着什么客气与道歉。

丁主任，老练，安详，微笑地看着这位冒失的青年龙虾。"找谁呀？"他轻轻问了声。

秦妙斋稍一愣，没有搭理他。

丁主任好像自言自语地说，"大概是个画家。"

秦妙斋的耳朵仿佛是专为听这样的话的，猛地立住，向后转，几乎是喊叫地，"你说什么？"

丁主任不知道自己的话是说对了，还是说错了，可是不便收回或改口。迟顿了一下，还是笑着："我说，你大概是个画家。"

"画家？画家？"龙虾一边问，一边往前凑，做着梦的眼睛居然瞪圆了。

丁先生不晓得怎样回答才好，只啊啊了两声。

妙斋的眼角上汪起一些热泪，口中的热涎喷到丁主任的脸上："画家，我是——画家，你怎么知道？"说到这里，他仿佛已筋疲力尽，像快要晕倒的样子，摇晃着，摸索着，找到一只小凳，坐下，闭上了眼睛。

丁主任还笑着，可是笑得莫名其妙，往前凑了两步。还没走到妙斋的身边，妙斋的眼睛睁开了。"告诉你，我还不仅是画家，而且是全能的艺术家！我都会！"说着，他立起来，把右手扶在丁主任的肩上。"你是我的知己！你只要常常叫我艺术家，我就有了生命！生我者父母，知我者——你是谁？"

"我？"丁主任笑着回答，"小小园丁！"

"园丁？"

"我管着这座农场！"丁主任停住了笑，"你姓什么！"毫不客气地问。

"秦妙斋，艺术家秦妙斋。你记住，艺术家和秦妙斋老得一块儿喊出来；一分开，艺术家和我就都不存在了！"

"呕！"丁主任的笑意又回到脸上，进了大厅，眼睛往四面一扫——壁上挂着些时人的字画。这些字画都不甚高明，也不十分丑恶。在丁主任眼中，它们都怪有个意思，至少是挂在这里总比四壁皆空强一些。不过，他也有个偏心眼，他顶爱那张长方的，石印的抗战门神爷，因为色彩鲜明，"真"有个意思。他的眼光停在那片色彩上。

随着丁主任的眼，妙斋也看见了那些字画，他把眼光停在了那张抗战画上。当那些色彩分明地印在了他的心上的时候，他觉到一阵恶心，像忽然要发痧似的，浑身的毛孔都像针儿刺着，出了点冷汗。定一定神，他扯着丁先生，扑向那张使他恶心的画儿去。发颤的手指，像一根挺身作战的小枪似的，指着那堆色彩："这叫画？这叫画？用抗战来欺骗艺术，该杀！该杀！"不由分说，他把画儿扯了下来，极快地撕碎，扔在地上，用脚狠狠地揉搓，好像把全国的抗战艺术家都踩在了泥土上似的。他痛快地吐了口气。

来不及拦阻妙斋的动作，丁主任只说了一串口气不同的"唉"！

妙斋犹有余怒，手指向四壁普遍地一扫："这全要不得！通通要不得！"

丁主任急忙挡住了他，怕他再去撕毁。妙斋却高傲地一笑："都扯了也没有关系，我会给你画！我给你画那碧绿的江、赭色的山、红的茶花、雪白的大鸭！世界上有那么多美丽的东西，为什么单单去画去写去唱血腥的抗战？混蛋！我要先写几篇文章，臭骂，臭骂那群污辱艺术的东西们。然后，我要组织一个真正艺术家的团体，一同主张——主张——清高派，暂且用这个名儿吧，清高派的艺术！我想你必赞同？"

"我？"丁主任不知怎样回答。

"你当然同意！我们就推你做会长！我们就在这里做画、治乐、写文章！”

“就在这里？”丁主任脸上有点不大得劲，用手摸了摸。

“就在这里！今天我就不走啦！”妙斋的嘴犄角直往外溅水星儿，“想想看，把这间大厅租给我，我爸爸有钱，你要多少我给多少。然后，我们艺术家们给你设计，把这座农场变成最美的艺术之家，艺术乐园！多么好！多么好！”

丁主任似乎得到一点灵感。口中随便用“要得”“不错”敷衍着，心中可打开了算盘。在那次股东会上，虽然股东们对他没有什么决定的表示，可是他自己看得清清楚楚，大家对他多少有点不满意。他应当把事情调整一下，教大家看看，他不是没有办法的人。是呀，这里的大厅闲着没有用，楼上也还有三间空房，为什么不租出去，进点租钱呢？况且这笔租金用不着上账；即使教股东们知道了，大家还能为这点小事来质问吗？对！他决定先试一试这位艺术家。“秦先生，这座大厅咱们大家合用，楼上还有三间空房，你要就得都要，一年一万块钱，一次交清。”

妙斋闭了眼，“好啦，一言为定！我给爸爸打电报要钱。”

“什么时候搬进来？”丁主任有点后悔。交易这么容易成功，想必是要少了钱。但是，再一想，三间房，而且在乡下，一万元应当不算少。管它呢，先进一万再说别的！“什么时候搬进来？”

“现在就算搬进来了！”

“啊？”丁主任有点悔意了，“难道你不去拿行李什么的？”

“没有行李，我只有一身的艺术！”妙斋得意地哈哈地笑起来。

“租金呢？”

“那，你尽管放心：我马上打电报去！”

秦妙斋就这样地侵入了树华农场。不到两天，楼上已住满他的朋友。这些朋友，有男有女，有老有少，都时来时去，而绝对不客气。他们要床，便见床就搬了走；要桌子，就一声不响地把大厅的茶几或方桌拿了去。对于鸡鸭菜果，他们的手比丁主任还更狠，永远是理直气壮地拿起就吃。要摘花他们便整棵的连根儿拔出来。农场的工友甚至于须在夜间放哨，才能抢回一点东西来！

可是，丁主任和工友们都并不讨厌这群人。首要的因为这群人中老有女的，而这些女的又是那么大方随便，大家至少可以和他们开句小玩笑。她们仿佛给农场带来了一种新的生命。其次，讲到打牌，人家秦妙斋有艺术家的态度，输了也好，赢了也好，赌钱也好，赌花生米也好，一坐下起码二十四圈。丁主任原是不屑于玩花生米的，可是妙斋的热情感动了他，他不好意思冷淡地谢绝。

丁主任的心中老挂念着那一万元的租金。他时常调动着心思与语言，在最适当的机会暗示出催钱的意思。可是妙斋不接受暗示。虽然如此，丁主任可是不忍把妙斋和他的朋友撵了出去。一来是，他打听出来，妙斋的父亲的的确确是位财主；那么，假若财主一旦死去，妙斋岂不就是财产的继承人？“要把眼光放远一些！”丁主任常常这样警戒自己。二来是，妙斋与他的友人们，在实在没有事可干的时候，总是坐在大厅里高谈艺术。而他们的谈论艺术似乎专为骂人。他们把国内有名的画家、音乐家、文艺作家，特别是那些尽力于抗战宣传的，提名道姓地一个一个挨次咒骂。这，使丁主任闻所未闻。慢慢地，他也居然记住了一些艺术家的姓名。遇到机会，他能说上来他们的一些故事，仿佛他同艺术家们都是老朋友似的。这，使与他来往的商人或闲人感到惊异，他自己也得到一些愉快。还有，当妙斋们把别人咒腻了，他们会得意地提出一些社会上的要人来，“是的，我们要和他取得联络，来建设起我们自己的团体来！那，我可以写信给他；我要告诉明白了他，我们都是真正清高的艺术家！”……提到这些要人，他们大家口中的唾液都好像甜蜜起来，眼里发着光。“会长！”他们在谈论要人之后，必定这样叫丁主任：“会长，你看怎样？”丁主任自己感到身量又高了一寸似的！他不由地怜爱了这群人，因为他们既可以去与要人取得联络，而且还把他自己视为要人之一！他不便发表什么意见，可是常常和妙斋肩并肩地在院中散步。他好像完全了解妙斋的怀才不遇，妙斋微叹，他也同情地点着头。二人成了莫逆之交！

丁主任爱钱，秦妙斋爱名，虽然所爱的不同，可是在内心上二人有极相近的地方，就是不惜用卑鄙的手段取得所爱的东西。因此，丁主任往往对妙斋发表些难以入耳的最下贱的意见，妙斋也好好地静听，并不以为可耻。

眨眨眼，到了阳历年。

除夕，大家正在打牌，宪兵从楼上抓走两位妙斋的朋友。

丁主任口里直说“没关系”，心中可是有点慌。他久走江湖，晓得什么是利，哪是害。宪兵从农场抓走了人，起码是件不体面的事，先不提更大的干系。

秦妙斋丝毫没感到什么。那两位被捕的人是谁？他只知道他们的姓名，别的一概不清楚。他向来不细问与他来往的人是干什么的。只要人家捧他，叫他艺术家，他便与人家交往。因此，他有许多来往的人，而没有真正的朋友。他们被捕去，他绝对没有想到去打听打听消息，更不用说去营救了。有人被捕去，和农场丢失两只鸭子一样无足轻重。本来嘛，神圣的抗战，死了那么多的人，流了那么多的血，他都无动于衷，何况是捕去两个人呢？当丁主任顺口搭音地盘问他的时候，他只极冷淡地说：“谁知道！枪毙了也没法子呀！”

丁主任，连丁主任，也感到一点不自在了。口中不说，心里盘算着怎样把妙斋赶了出去。“好嘛，给我这儿招来宪兵，要不得！”他自己念道着。同时，他在表情上，举动上，不由地对妙斋冷淡多了。他有点看不起妙斋。他对一切不负责任，可是他心中还有“朋友”这个观念。他看妙斋是个冷血动物。

妙斋没有感觉出这点冷淡来。他只看自己，不管别人的表情如何，举动怎样。他的脑子只管计划自己的事，不管替别人思索任何一点什么。

慢慢地，丁主任打听出来：那两位被捕的人是有汉奸的嫌疑。他们的确和妙斋没有什么交情，但是他们口口声声叫他艺术家，于是他就招待他们，甚至于允许他们住在农场里。平日虽然不负责任，可是一出了乱子，丁主任觉出自己的责任与身份来。他依然不肯当面告诉妙斋："我是主任，有人来往，应当先告诉我一声。"但是，他对妙斋越来越冷淡。他想把妙斋"冰"了走。

到了一月中旬，局势又变了。有一天，忽然来了一位有势力，与场长最相好的股东。丁主任知道事情要不妙。从股东一进门，他便留了神，把自己的一言一笑都安排得像蜗牛的触角似的，去试探，警惕。一点不错，股东暗示给他，农场赔钱，还有汉奸随便出入，丁主任理当辞职。丁主任没有否认这些事实，可也没有承认。他说着笑着，态度极其自然。他始终不露辞职的口气。

股东告辞，丁主任马上找了秦妙斋去。秦妙斋是——他想——财主的大少爷，他须起码教少爷明白，他现在是替少爷背了罪名。再说，少爷自称为文学家，笔底下一定很好，心路也多，必定能替他给全体股东写封极得体的信。是的，就用全体职工的名义，写给股东们，一致挽留丁主任。不错，秦妙斋是个冷血动物；但是，"我走，他也就住不下去了！他还能不卖气力吗？"丁主任这样盘算好，每个字都裹了蜜似的，在门外呼唤："秦老弟！艺术家！"

秦妙斋的耳朵竖了起来，龙虾的腰挺直，他准备参加战争。世界上对他冷淡得太久了，他要挥出拳头打个热闹，不管是为谁，和为什么！"宁自一把火把农场烧得干干净净，我们也不能退出！"他喷了丁主任一脸唾沫星儿，倒好像农场是他一手创办起来似的。

丁主任的脸也增加了血色。他后悔前几天那样冷淡了秦妙斋，现在只好一口一个“艺术家”地来赎罪。谈过一阵，两个人亲密得很，有些像双生的兄弟。最后，妙斋要立刻发动他的朋友：“我们马上放哨，一直放到江边。他们假若真敢派来新主任，我就会教他怎么来，怎么滚回去！”同时，他召集了全体职工，在大厅前开会。他登在一块石头上，声色俱厉地演说了四十分钟。

妙斋在演说后，成了树华农场的灵魂。不但丁主任感激，就是职员与工友也都称赞他：“人家姓秦的实在够朋友！”

大家并不是不知道，秦先生并不见得有什么高明的确切的办法。不过，闹风潮是赌气的事，而妙斋恰好会把大家感情激动起来，大家就没法不承认他的优越与热烈了。大家甚至于把他看得比丁主任还重要，因为丁主任虽然是手握实权，而且相当地有办法，可是他到底是多一半为了自己；人家秦先生呢，根本与农场无关，纯粹是路见不平，拔刀相助。这样，秦先生白住房、偷鸡蛋，与其他一切小小的罪过，都变成了理所当然的事。他，在大家的眼中，现在完全是个侠肠义胆的可爱可敬的人。

丁主任有十来天不在农场里。他在城里，从股东的太太与小姐那里下手，要挽回他的颓势。至于农场，他以为有妙斋在那里，就必会把大家团结得很坚固，一定不会有内奸，捣他的乱。他把妙斋看成了一座精神堡垒！等到他由城中回来，他并没对大家公开地说什么，而只时常和妙斋有说有笑地并肩而行。大家看着他们，心中都得到了安慰，甚至于有的人喊出：“我们胜利了！”

农场糟到了极度。那喊叫“我们胜利了”的，当然更肆无忌惮，几乎走路都要模仿螃蟹；那稍微悲观一些的，总觉得事情并不能这么容易得到胜利，于是抱着干一天算一天的态度，而拚命往手中搂东西，好像是说：“滚蛋的时候，就是多拿走一把小镰刀也是好的！”

旧历年是丁主任的一“关”。表面上，他还很镇定，可是喝了酒便爱发牢骚。“没关系！”他总是先说这一句，给自己壮起胆气来。慢慢地，血液循环的速度增加了，他身上会忽然出点汗。想起来了：张太太——张股东的二夫人——那里的年礼送少了！他愣一会儿，然后，自言自语地说：“人事，都是人事；把关系拉好，什么问题也没有！”酒力把他的脑子催得一闪一闪的，忽然想起张三，忽然想起李四，“都是人事问题！”

新年过了，并没有任何动静。丁主任的心像一块石头落了地。新年没有过好，必须补充一下；于是一直到灯节，农场中的酒气牌声始终没有断过。

灯节后的那么一天，已是早晨八点，天还没甚亮。浓厚的黑雾不但把山林都藏起去，而且把低处的东西也笼罩起来，连房屋的窗子都像挂起黑的帘幕。在这大雾之中，有些小小的雨点，有时候飘飘摇摇地像不知落在哪里好，有时候直滴下来，把雾色加上一些黑暗。农场中的花木全静静地低着头，在雾中立着一团团的黑影。农场里没有人起来，梦与雾好像打成了一片。

大雾之后容易有晴天。在十点钟左右，雾色变成红黄，一轮红血的太阳时时在雾薄的时候露出来，花木叶子上的水点都忽然变成小小的金色的珠子。农场开始有人起床。秦妙斋第一个起来，在院中绕了一个圈子。正走在大藤萝架下，他看见石板路上来了三个人。最前面的是一位女的，矮身量，穿着不知有多少衣服，像个油篓似地慢慢往前走，走得很吃力。她的后面是个中年的挑案，挑着一大一小两只旧皮箱，和一个相当大的、风格与那位女人相似的铺盖卷，挑案的头上冒着热汗。最后，是一位高身量的汉子，光着头，发很长，穿着一身不体面的西服，没有大衣，他的肩有些向前探着，背微微有点弯。他的手里拿着个旧洋瓷的洗脸盆。

秦妙斋以为是他自己的朋友呢，他立在藤萝架旁，等着和他们打招呼。他们走近了，不相识。他还没动，要细细看看那个女的，对女的他特别感觉兴趣。那个大汉，好像走得不耐烦了，想赶到前边来，可是石板路很窄，而挑案的担子又微微地横着，他不容易赶过来。他想踏着草地绕过来，可是脚已迈出，又收了回去，好像很怕踏损了一两根青草似的。到了藤架前，女的立定了，无聊地，含怨地，轻叹了一声。挑案也立住。大汉先往四下一望，而后挤了过来。这时候，太阳下面的雾正薄得像一片飞烟，把他的眉眼都照得发光。他的眉眼很秀气，可是像受过多少什么无情的折磨似的，他的俊秀只是一点残余。他的脸上有几条来早了十年的皱纹。他要把脸盆递给女人，她没有接取的意思。她仅“啊”了一声，把手缩回去。大概她还要夸赞这农场几句，可是，随着那声“啊”，她的喜悦也就收敛回去。阳光又暗了一些，他们的脸上也黯淡了许多。

那个女的不甚好看。可是，眼睛很奇怪，奇怪得使人没法不注意她。她的眼老像有什么心事——像失恋，损伤了儿女或破产那类的大事——那样地定着，对着一件东西定视，好久才移开，又去定视另一件东西。眼光移开，她可是仿佛并没看到什么。当她注意一个人的时候，那个人总以为她是一见倾心，不忍转目。可是，当她移开眼光的时节，他又觉得她根本没有看见他。她使人不安、惶惑，可是也感到有趣。小圆脸，眉眼还端正，可是都平平无奇。只有在她注视你的时候，你才觉得她并不难看，而且很有点热情。及至她又去对别的人，或别的东西愣起来，你就又有点可怜她，觉得她不是受过什么重大的刺激，就是天生的有点白痴。

现在，她扭着点脸，看着秦妙斋。妙斋有点兴奋，拿出他自认为最美的姿态，倚在藤架的柱子上，也看着她。

“哪个叨？”挑案不耐烦了，“走不走吗？”

“明霞，走！”那个男人毫无表情地说。

“干什么的？”妙斋的口气很不客气地问他，眼睛还看着明霞。

“我是这里的主任。”那个男的一边说，一边往里走。

“啊？主任？”妙斋挡住他们的去路，“我们的主任姓丁。”

“我姓尤，”那个男的随手一拨，把妙斋拨开，还往前走，“场长派来的新主任。”

秦妙斋愣住了，闭了一会儿眼，睁开眼，他像条被打败了的狗似的，从小道跑进去。他先跑到大厅。“丁，老丁！”他急切地喊，“老丁！”

丁主任披着棉袍，手里拿着条冒热气的毛巾，一边擦脸，一边从楼上走下来。

“他们派来了新主任！”

“啊？”丁主任停止了擦脸，“新主任？”

“集合！集合！教他怎么来的怎么滚回去！”妙斋回身想往外跑。

丁主任扔了毛巾，双手撩着棉袍，几步就把妙斋赶上，拉住。“等等！你上楼去，我自有办法！”

妙斋还要往外走，丁主任连推带搡，把他推上楼去。而后，把钮子扣好，稳重庄严地走出来。拉开门，正碰上尤主任。满脸堆笑地，他向尤先生拱手：“欢迎！欢迎！欢迎新主任！这是——”他的手向明霞高拱。没有等尤主任回答，他亲热地说：“主任太太吧？”紧跟着，他对挑案下了命令，“拿到里边来嘛！”把夫妻让进来，看东西放好，他并没有问多少钱雇来的，而把大小三张钱票交给挑案——正好比雇定的价钱多了五角。

尤主任想开门见山地问农场的详情，但是丁务源忙着喊开水，洗脸水；吩咐工友打扫屋子，丝毫不给尤主任说话的机会。把这些忙完，他又把明霞大嫂长大嫂短地叫得震心，一个劲儿和她扯东道西。尤主任几次要开口，都被明霞给截了回去；乘着丁务源出去那会儿，她责备丈夫：“那些事，干吗忙着问，日子长着呢，难道你今天就办公？”

第一天一清早，尤主任就穿着工人装，和工头把农场每一个角落都检查到，把一切都记在小本儿上。回来，他催丁主任办交代。丁主任答应三天之内把一切办理清楚。明霞又帮了丁务源的忙，把三天改成六天。

一点合理的错误，使人抱恨终身。尤主任——他叫大兴——是在英国学园艺的。毕业后便在母校里做讲师。他聪明，强健，肯吃苦。做起“试验”来，他的大手就像绣花的姑娘的那么轻巧、准确、敏捷。做起用力的工作来，他又像一头牛那样强壮，耐劳。他喜欢在英国，因为他不善应酬，办事认真，准知道回到祖国必被他所痛恨的虚伪与无聊给毁了。但是，抗战的喊声震动了全世界；他回了国。他知道农业的重要，和中国农业的急应改善。他想在一座农场里，或一间实验室中，把他的血汗献给国家。

回到国内，他想结婚。结婚，在他心中，是一件必然的，合理的事。结了婚，他可以安心地工作，身体好，心里也清静。他把恋爱视成一种精力的浪费。结婚就是结婚，结婚可以省去许多麻烦，别的事都是多余，用不着去操心。于是，有人把明霞介绍给他，他便和她结了婚。这很合理，但是也是个错误。

明霞的家里有钱。尤大兴只要明霞，并没有看见钱。她不甚好看，大兴要的是一个能帮助他的妻子，美不美没有什么关系。明霞失过恋，曾经想自杀；但这是她的过去的事，与大兴毫不相干。她没有什么本领，但在大兴想，女人多数是没有本领的；结婚后，他曾以身作则地去吃苦耐劳，教育她，领导她；只要她不瞎胡闹，就一切不成问题。他娶了她。

明霞呢，在结婚之前，颇感到些欣悦。不是因为她得到了理想爱人——大兴并没请她吃过饭，或给她买过鲜花——而是因为大兴足以替她雪耻。她以前所爱的人抛弃了她，像随便把一团废纸扔在垃圾堆上似的。但是，她现在有了爱人；她又可以仰着脸走路了。

在结婚后，她的那点欣悦和婚礼时戴的头纱差不多，永远收藏起去了。她并不喜欢大兴。大兴对工作的努力，对金钱的冷淡，对三姑六姨的不客气，都使她感到苦痛。但是，当有机会夫妇一道走的时候，她还是紧紧地拉着他，像将被溺死的人紧紧抓住一把水草似的。无论如何，他是一面雪耻的旗帜，她不能再把这面旗随便扔在地上！

大兴的努力、正直、热诚，使自己到处碰壁。他所接触到的人，会慢慢很巧妙地把他所最珍视的“科学家”三个字变成一种嘲笑。他们要喝酒去，或是要办一件不正当的事，就老躲开“科学家”。等到“科学家”天天成为大家开玩笑的用语，大兴便不能不带着太太另找吃饭的地方去！明霞越来越看不起丈夫。起初，她还对他发脾气，哭闹一阵。后来，她知道哭闹是毫无作用的，因为大兴似乎没有感情；她闹她的气，他做他的事。当她自己把泪擦干了，他只看她一眼，而后问一声：“该做饭了吧？”她至少需要一个热吻，或几句热情的安慰；他至多只拍拍她的脸蛋。他决不问闹气的原因与解决的办法，而只谈他的工作。工作与学问是他的生命，这个生命不许爱情来分润一点利益。有时候，他也在她发气的时候，偷偷弹去自己的一颗泪，但是她看得出，这只是怨恨她不帮助他工作，而不是因为爱她，或同情她。只有在她病了的时候，他才真像个有爱心的丈夫，他能像做试验时那么细心来看护她。他甚至于坐在床边，拉着她的手，给她说故事。但是，他的故事永远是关于科学的。她不爱听，也就不感激他。及至医生说，她的病已不要紧了，他便马上去工作。医生是科学家，医生的话绝对不能有错误。他丝毫没想到病人在没有完全好了的时候还需要安慰与温存。

她不能了解大兴，又不能离婚，她只能时时地定睛发呆。

现在，她又随着大兴来到树华农场。她已经厌恶了这种搬行李，拿着洗脸盆的流浪生活。她做过小姐，她愿有自己的固定的，款式的家庭。她不能不随着他来。但是既来之则安之，她不愿过十天半月又走出去。她不能辨别谁好谁坏，谁是谁非，但是她决定要干涉丈夫的事，不教他再多得罪人。她这次须起码把丈夫的正直刚硬冲淡一些，使大家看在她的面上原谅了尤大兴。她开首便帮忙了丁务源，还想敷衍一切活的东西，就连院中的大鹅，她也想多去喂一喂。

尤主任第一个得罪了秦妙斋。秦妙斋没有权利住在这里，请出！秦妙斋本没有任何理由充足的话好说，但是他要反驳。说着说着，他找到了理由："你为什么不称呼我为艺术家呢？"凭这个污辱，他不能搬走！“咱们等着瞧吧，看谁先搬出去！”

尤主任只知道守法讲理是当然的事。虽然回国以后，已经受过多少不近情理的打击，可是还没遇见这么荒唐的事。他动了气，想请警察把妙斋捉出去。这时候，明霞又帮了妙斋的忙，替他说了许多“不要太忙，他总会顺顺当当地搬出去”……

妙斋和丁务源开了一个秘密会议。妙斋主战，丁务源主和，但是在妙斋说了许多强硬的话之后，丁务源也同意了主战。他称赞妙斋的勇敢，呼他为侠义的艺术家。妙斋感激得几乎晕了过去。

事实上，丁务源绝对不想和尤主任打交手战。在和妙斋谈过话之后，他决定使妙斋和尤大兴作战，而他自己充好人。同时，关于他自己的事，他必定先和明霞商议一下，或者请她去办交涉。他避免与尤主任做正面冲突。见着大兴，他永远摆出使人信任的笑脸，他知道出去另找事做不算难，但是找与农场里这样的舒服而收入又高的事就不大容易。他决定用“忍”字对付一切。假若妙斋与工人们把尤主任打了，他便可以利用机会复职。即使一时不能复职，他也会运动明霞和股东太太们，教他做个副主任。他这个副主任早晚会把正主任顶出去，他自信有这个把握，只要他能忍耐。把妙斋与明霞埋伏在农场，他进了城。

尤主任急切地等着丁务源办交代，交代了之后，他好通盘地计划一切。但是，丁务源进了城。他非常着急。拿人一天的钱，他就要做一天的事，他最恨敷衍与慢慢地拖。在他急得要发脾气的时候，明霞的眼又定住了。半天，她才说话："丁先生不会骗你，他一两天就回来，何必这么着急呢？"

大兴并不因妻的劝告而消了气，但是也不因生气而忘了做事。他会把怒气压在心里，而手脚还去忙碌。他首先贴出布告：大家都要六时半起床，七时上工。下午一点上工，五时下工。晚间九时半熄灯上门，门不再开。在大厅里，他贴好：办公重地，闲人免进。而后，他把写字台都搬了来，职员们都在这里办事——都在他眼皮底下办事。办公室里不准吸烟，解渴只有白开水。

命令下过后，他以身作则地，在壁钟正敲七点的时节，已穿好工人装，在办公厅门口等着大家。丁务源的"亲兵"都来得相当的早，因为他们知道自己毫无本事，而他们的靠山能否复职又无把握，所以他们得暂时低下头去。他们用按时间做事来遮掩他们的不会做事。有的工人迟到，受了秦妙斋的挑拨，他们故意和新主任捣乱。

尤主任忍耐地等着。等大家都来齐，他并没发脾气，也没说闲话。开门见山地，他分配了工作，他记不清大家的姓名，但是他的眼睛会看，谁是有经验的工人，谁是混饭吃的。对混饭吃的，他打算一律撤换，但在没有撤换之前，他也给他们活儿做——"今天，你不能白吃农场的饭。"他心里说。

"你们三位，"他指定三个工人，"去把葡萄枝子全剪了。不打枝子，下一季没法结葡萄。限两天打完。"

"怎么打？"一个工人故意为难。

“我会告诉你们！我领着你们去做！”然后，他给有经验的工人全分配了工作，“你们三位给果木们涂灰水，该剥皮的剥皮，该刻伤的刻伤，回来我细告诉你们。限三天做完。你们二位去给菜蔬上肥。你们三位去给该分根的花草分根……”然后，轮到那些混饭吃的，“你们二位挑沙子，你们俩挑水，你们二位去收拾牛羊圈……”

混饭吃的都撅了嘴。这些事，他们能做，可是多么费力气，多么肮脏呢！他们往四下里找，找不到他们的救主丁务源的胖而发光的脸。他们祷告：“快回来呀！我们已经成了苦力！”

那些有经验的工人，知道新主任所吩咐的事都是应当做的。虽然他所提出的办法，有和他们的经验不甚相同的地方，可是人家一定是内行。及至尤主任同他们一齐下手工作，他们看出来，人家不但是内行，而且极高明。凡是动手的，尤主任的大手是那么准确，敏捷。凡是要说出道理的地方，尤主任三言五语说得那么简单，有理。从本事上看，从良心上说，他们无从，也不应当，反对他。假若他们还愿学一些新本事，新知识的话，他们应该拜尤主任为师。但是，他们的良心已被丁务源给蚀尽。他们的手还记得白板的光滑，他们的口还咂摸着大曲酒的香味；他们恨恶镰刀与大剪，恨恶院中与山上的新鲜而寒冷的空气。

现在，他们可是不能不工作，因为尤主任老在他们的身旁。他由葡萄架跑到果园，由花畦跑到菜园，好像工作是最可爱的事。他不叱喝人，也不着急，但是他的话并不客气，老是一针见血地使他们在反感之中又有点佩服。他们不能偷闲，尤主任的眼与脚是同样快的：他们刚要放下活儿，他就忽然来到，问他们怠工的理由。他们答不出。要开水吗？开水早送到了。热腾腾的一大桶。要吸口烟吗？有一定的时间。他们毫无办法。

他们只好低着头工作，心中憋着一股怨气。他们白天不能偷闲，晚间还想照老法，去捡几个鸡蛋什么的。可是主任把混饭的人们安排好，轮流值夜班。“一摸鸡鸭的裆儿，我就晓得正要下蛋，或是不久就快下蛋了。一天该收多少蛋，我心中大概有个数目，你们值夜，夜间丢失了蛋，你们负责！”尤主任这样交派下去。好了，连这条小路也被封锁了！

过了几天，农场里一切差不多都上了轨道。工人们到底容易感化。他们一方面恨尤主任，一方面又敬佩他。及至大家的生活有了条理，他们不由地减少了恨恶，而增加了敬佩。他们晓得他们应当这样工作，这样生活。渐渐地，他们由工作和学习上得到些愉快，一种与牌酒场中不同的，健康的愉快。

尤主任答应下，三个月后，一律可以加薪，假若大家老按着现在这样去努力。他也声明：大家能努力，他就可以多做些研究工作，这种工作是有益于民族国家的。大家听到民族国家的字样，不期然而然都受了感动。他们也愿意多学习一点技术，尤主任答应下给他们每星期开两次晚班，由他主讲园艺的问题。他也开始给大家筹备一间游艺室，使大家得到些正当的娱乐。大家的心中，像院中的花草似的，渐渐发出一点有生气的香味。

不过，向上的路是极难走的。理智上的崇高的决定，往往被一点点浮浅的低卑的感情所破坏。情感是极容易发酒疯的东西。有一天，尤大兴把秦妙斋锁在了大门外边。九点半锁门，尤主任绝不宽限。妙斋把场内的鸡鹅牛羊全吵醒了，门还是没有开。他从藤架的木柱上，像猴子似地爬了进来，碰破了腿，一瘸一点的，他摸到了大厅，也上了锁。他一直喊到半夜，才把明霞喊动了心，把他放进来。

由尤主任的解说，大家已经晓得妙斋没有住在这里的权利，而严守纪律又是合理的生活的基础。大家知道这个，可是在感情上，他们觉得妙斋是老友，而尤主任是新来的，管着他们的人。他们一想到妙斋，就想起前些日子的自由舒适，他们不由地动了气，觉得尤主任不近人情。他们一一地来慰问妙斋，妙斋便乘机煽动，把尤大兴形容得不像人。“打算自自在在地活着，非把那个猪狗不如的东西打出去不可！”他咬着牙对他们讲，“不过，我不便多讲，怕你们没有胆子！你们等着瞧吧，等我的腿好了，我独自管教他一顿，教你们看看！”

他们的怒气被激起来，大家都不约而同地留神去找尤大兴的破绽，好借口打他。

尤主任在大家的神色上，看出来情势不对，可是他的心里自知无病，绝对不怕他们。他甚至于想到，大家满可以毫无理由地打击他，驱逐他，可是他绝不退缩，妥协。科学的方法与法律的生活，是建设新中国的必经的途径。假若他为这两件事而被打，好吧，他愿做了殉道者。

一天，老刘值夜。尤主任在就寝以前，去到院中查看，他看见老刘私自藏起两个鸡蛋。他不能睁着一只眼，闭着一只眼地敷衍。他过去询问。

老刘笑了："这两个是给尤太太的！"

"尤太太？"大兴仿佛不晓得明霞就是尤太太。他愣住了。及至想清楚了，他像飞也似地跑回屋中。

明霞正要就寝。平平的黄圆脸上没有任何表情，坐在床沿上，定睛看着对面的壁上——那里什么也没有。

"明霞！"大兴喘着气叫，"明霞，你偷鸡蛋？"

她极慢地把眼光从壁上收回，先看看自己拖鞋尖的绣花，而后才看丈夫。

"你偷鸡蛋？"

"啊！"她的声音很微弱，可是一种微弱的反抗。

"为什么？"大兴的脸上发烧。

"你呀，到处得罪人，我不能跟你一样！我为你才偷鸡蛋！"她的脸上微微发出点光。

"为我？"

"为你！"她的小圆脸更亮了些，像是很得意，"你对他们太严，一草一木都不许私自动。他们要打你呢！为了你，我和他们一样地去拿东西，好教他们恨你而不恨我。他们不恨我，我才能为你说好话，不是吗？自己想想看！我已经攒了三十个大鸡蛋了！”她得意地从床下拉出一个小筐来。

尤大兴立不住了。脸上忽然由红而白。摸到一个凳子，坐下，手在膝上微颤。他坐了半夜，没出一声。

第二天一清早，院里外贴上标语，都是妙斋编写的。“打倒无耻的尤大兴！”“拥护丁主任复职！”“驱逐偷鸡蛋的坏蛋！”“打倒法西斯的走狗！”“消灭不尊重艺术的魔鬼！”……

大家罢了工，要求尤大兴当众承认偷蛋的罪过，而后辞职，否则以武力对待。

大兴并没有丝毫惧意，他准备和大家谈判。明霞扯住了他。乘机会，她溜出去，把屋门倒锁上。

“你干吗？”大兴在屋里喊，“开开！”

她一声没出，跑下楼去。

丁务源由城里回来了，已把副主任弄到手。“嗬！”他走到石板路上，看见剪了枝的葡萄，与涂了白灰的果树，“把葡萄剪得这么苦。连根刨出来好不好！树也擦了粉，硬是要得！”

进了大门，他看到了标语。他的脚踵上像忽然安了弹簧，一步催着一步地往院中走，轻巧，迅速；心中也跳得轻快，好受；口里将一个标语按照着二黄戏的格式哼唧着。这是他所希望的，居然实现了！“没想到能这么快！妙斋有两下子！得好好地请他喝两杯！”他口中唱着标语，心中还这么念道。

刚一进院子，他便被包围了。他的“亲兵”都喜欢得几乎要落泪。其余的人也都像看见了久别的手足，拉他的，扯他的，拍他肩膀的，乱成一团；大家的手都要摸一摸他，他的衣服好像是活菩萨的袍子似的，挨一挨便是功德。他们的口一齐张开，想把冤屈一下子都倾泻出来。他只听见一片声音，而辨不出任何字来。他的头向每一个人点一点，眼中的慈祥的光儿射在每一个人的身上，他的胖而热的手指挨一挨这个，碰一碰那个。他感激大家，又爱护大家，他的态度既极大方，又极亲热。他的脸上发着光，而眼中微微发湿。“要得！”“好！”“呕！”“他妈拉个巴子！”他随着大家脸上的表情，变换这些字眼儿。最后，他向大家一举手，大家忽然安静了。“朋友们，我得先休息一会儿，小一会儿；然后咱们再详谈。不要着急生气，咱们都有办法，绝对不成问题！”

“请丁主任先歇歇！让开路！别再说！让丁主任休息去！”大家纷纷喊叫。有的还恋恋不舍地跟着他，有的立定看着他的背影，连连点头赞叹。

丁务源进了大厅，想先去看妙斋。可是，明霞在门旁等着他呢。

“丁先生！”她轻轻地，而是急切地，叫，“丁先生！”

“尤太太！这些日子好吗？要得！”

“丁先生！”她的小手揉着条很小的，花红柳绿的手帕，“怎么办呢？怎么办呢？”

“放心！尤太太！没事！没事！来！请坐！”他指定了一张椅子。

明霞像做错了事的小女孩似的，乖乖地坐下，小手还用力揉那条手帕。

“先别说话，等我想一想！”丁务源背着手，在屋中沉稳而有风度地走了几步，“事情相当的严重，可是咱们自有办法。”他又走了几步，摸着脸蛋，深思细想。

明霞沉不住气了，立起来，迫着他问：“他们真要打大兴吗？”

“真的！”丁副主任斩钉截铁地回答。

“那怎么办呢？怎么办呢？”明霞把手帕团成一个小团，用它擦了擦鼻洼与嘴角。

“有办法！”丁务源大大方方地坐下，“你坐下，听我告诉你，尤太太！咱们不提谁好谁歹，谁是谁非，咱们先解决这件事，是不是？”

明霞又乖乖地坐下，连声说“对！对！”

“尤太太看这么办好不好？”

“你的主意总是好的！”

“这么办：交代不必再办，从今天起请尤主任把事情还全交给我办，他不必再分心。”

“好！他一向太爱管事！”

“就是呀！教他给场长写信，就说他有点病，请我代理。”

“他没有病，又不爱说谎！”

“在外边混事，没有不扯谎的！为他自己的好处，他这回非说谎不可！”

“呕！好吧！”

“要得！请我代理两个月，再教他辞职，有头有脸地走出去，面子上好看！”

明霞立起来：“他得辞职吗？”

“他非走不可！”

“那……”

“尤太太，听我说！”丁务源也立起来，“两个月，你们照常支薪，还住在这里，他可以从容地去找事。两个月之中，六十天工夫，还找不到事吗？”

“又得搬走？”明霞对自己说，泪慢慢地流下来。愣了半天，她忽然吸了一吸鼻子，用尽力量地说：“好！就是这么办啦！”她跑上楼去。

开开门一看，她的腿软了，坐在了地板上。尤大兴已把行李打好，拿着洗面盆，在床沿上坐着呢。

沉默了好久，他一手把明霞搀起来，“对不起你，霞！咱们走吧！”

院中没有一个人，大家都忙着杀鸡宰鸭，欢宴丁主任，没工夫再注意别的。自己挑着行李，尤大兴低着头向外走。他不敢看那些花草树木——那会教他落泪。明霞不知穿了多少衣服，一手提着那一小筐鸡蛋，一手揉着眼泪，慢慢地在后面走。

树华农场恢复了旧态，每个人都感到满意。丁主任在空闲的时候，到院中一小块一小块地往下撕那些各种颜色的标语，好把尤大兴完全忘掉。不久，丁主任把妙斋交给保长带走，而以一万五千元把空房租给别人，房租先付，一次付清。

到了夏天，葡萄与各种果树全比上年多结了三倍的果实，仿佛只有它们还记得尤大兴的培植与爱护似的。

果子结得越多，农场也不知怎么越赔钱。

铁牛和病鸭

王明远的乳名叫“铁柱子”。在学校里他是“铁牛”。好像他总离不开铁。这个家伙也真是有点“铁”。大概他是不大爱吃石头罢了；真要吃上几块的话，那一定也会照常地消化。

他的浑身上下，看哪儿有哪儿，整像匹名马。他可比名马还泼辣一些，既不娇贵，又没脾气。一年到头，他老笑着。两排牙，齐整洁白，像个小孩儿的。可是由他说话的时候看，他的嘴动得那么有力量，你会承认这两排牙，看着那么白嫩好玩，实在能啃碎石头子儿。

认识他的人们都知道这么一句——老王也得咧嘴。这是形容一件最累人的事。王铁牛几乎不懂什么叫累得慌。他要是咧了嘴，别人就不用想干了。

铁牛不念《红楼梦》——“受不了那套妞儿气！”他永远不闹小脾气，真的。“看看这个，”他把袖子搂到肘部，敲着筋粗肉满的胳臂，“这么粗的小棒槌，还闹小性，羞不羞？”顺势砸自己的胸口两拳，咚咚地响。

他有个志愿，要和和平平地做点大事。他的意思大概是说，做点对别人有益的事，而且要自自然然做成，既不锣鼓喧天，也不杀人流血。

由他的谈吐举动上看，谁也看不出他曾留过洋，念过整本的洋书，他说话的时候永不夹杂着洋字。他看见洋餐就挠头，虽然请他吃，他也吃得不比别人少。不服洋服，不会跳舞，不因为街上脏而堵上鼻子，不必一定吃美国橘子。总而言之，他既不闹中国脾气，也不闹外国脾气。比如看电影，《火烧红莲寺》和《三剑客》，对他，并没有多少分别。除了“妞儿气”的片子，都“不坏”。

他是学农的。这与他那个“和和平平地做点大事”颇有关系。他的态度大致是这样：无论政治上怎样革命，人反正得吃饭。农业改良是件大事。他不对人们用农学上的专名词；他研究的是农业，所以心中想的是农民，他的感情把研究室的工作与农民的生活联成一气。他不自居为学者。遇上好转文的人，他有句善意的玩笑话：“好不好由武松打虎说起？”《水浒传》是他的“文学”。

自从留学回来，他就在一个官办的农场做选种的研究与试验。这个农场的成立，本是由几个开明官儿偶然灵机一动，想要关心民瘼，所以经费永远没有一定的着落。场长呢，是照例每七八个月换一位，好像场长的来去与气候有关系似的。这些来来往往的场长们，人物不同，可是风格极相似，颇似秀才们做的八股儿。他们都是咧着嘴来，咧着嘴去，设若不是“场长”二字在履历上有点作用，他们似乎还应当痛哭一番。场长既是来熬资格，自然还有愿在他们手下熬更小一些资格的人。所以农场虽成立多年，农场试验可并没有做过。要是有的话，就是铁牛自己那点事儿。

为他，这个农场在用人上开了个官界所不许的例子——场长到任，照例不撤换铁牛。这已有五六年的样子了。

铁牛不大记得场长们的姓名，可是他知道怎样央告场长。在他心中，场长，不管姓甚名谁，是必须央告的。“我的试验需要长的时间。我爱我的工作。能不撤换我，是感激不尽的！请看看我的工作来，请来看看！”场长当然是不去看的；提到经费的困难；铁牛请场长放心，“减薪我也乐意干，我爱这个工作！”场长手下的人怎么安置呢？铁牛也有办法：“只要准我在这儿工作，名义倒不拘。”薪水真减了，他照常地工作，而且做得颇高兴。

可有一回，他几乎落了泪。场长无论如何非撤他不可。可是头天免了职，第二天他照常去做试验，并且拉着场长去看他的工作：“场长，这是我的命！再有些日子，我必能得到好成绩；这不是一天半天能做成的。请准我上这里做试验好了，什么我也不要。到别处去，我得从头另做，前功尽弃。况且我和这个地方有了感情，这里的一切是我的手，我的脚。我永不对它们发脾气，它们也老爱我。这些标本，这些仪器，都是我的好朋友！”他笑着，眼角里有个泪珠。耶稣收税吏作门徒必是真事，要不然场长怎会心一软，又留下了铁牛呢？从此以后，他的地位稳固多了，虽然每次减薪，他还是跑不了。“你就是把钱都减了去，反正你减不去铁牛！”他对知己的朋友总这样说。

他虽不记得场长们的姓名，他们可是记住了他的。在他们天良偶尔发现的时候，他们便想起铁牛。因此，很有几位场长在高升了之后，偶尔凭良心做某件事，便不由地想“借重”铁牛一下，向他打个招呼。铁牛对这种“抬爱”老回答这么一句：“谢谢善意，可是我爱我的工作，这是我的命！”他不能离开那个农场，正像小孩离不开母亲。

为维持农场的存在，总得做点什么给人们瞧瞧，所以每年必开一次农品展览会。职员们在开会以前，对铁牛特别得和气。“王先生，多偏劳！开完会请你吃饭！”吃饭不吃饭，铁牛倒不在乎；这是和农民与社会接触的好机会。他忙开了：征集，编制，陈列，讲演，招待，全是他，累得“四脖子汗流”。有的职员在旁边看着，有点不大好意思。所以过来指摘出点毛病，以便表示他们虽没动手，可是眼睛没闲着。铁牛一边擦汗一边道歉：“幸亏你告诉我！幸亏你告诉我！”对于来参观的农民，他只恨长着一张嘴，没法儿给人人掰开揉碎地讲。

有长官们坐在中间，好像兔儿爷摊子的开会纪念相片里，十回有九回没铁牛。他顾不得照相。这一点，有些职员实在是佩服了他。所以会开完了，总有几位过来招呼一声：“你可真累了，这两天！”铁牛笑得像小姑娘穿新鞋似的：“不累，一年才开一次会，还能说累？”

因此，好朋友有时候对他说，“你也太好脾性了，老王！”

他笑着，似乎是要害羞：“左不是多卖点力气，好在身体棒。”他又搂起袖子来，展览他的胳臂。他决听不出朋友那句话是有不满而故意欺侮他的意思。他自己的话永远是从正面说，所以想不到别人会说偏锋话。有的时候招得朋友不能不给他解释一下，他这才听明白。可是“谁有工夫想那么些个弯子！我告诉你，我的头一放在枕头上，就睡得像个球；要是心中老绕弯儿，怎能睡得着？人就仗着身体棒；身体棒，睁开眼就唱。”他笑开了。

铁牛的同学李文也是个学农的。李文的腿很短，嘴很长，脸很瘦，心眼很多。被同学们封为“病鸭”。病鸭是牢骚的结晶，袋中老带着点“补丸”之类的小药，未曾吃饭先叹口气。他很热心地研究农学，而且深信改良农事是最要紧的。可是他始终没有成绩。他倒不愁得不到地位，而是事事人人总跟他闹别扭。就了一个事，至多半年就得散伙。即使事事人人都很顺心，他所坐的椅子，或头上戴的帽子，或做试验用的器具，总会跟他捣乱；于是他不能继续工作。世界上好像没有给他预备下一个可爱的东西，一个顺眼的地方，一个可以交往的人；他只看他自己好，而人人事事和样样东西都跟他过不去。不是他做不出成绩来，是到处受人们的排挤，没法子再做下去。比如他刚要动手做工，旁边有位先生说了句：“天很冷啊！”于是他的脑中转开了螺丝：什么意思呢，这句话？是不是说我刚才没有把门关严呢？他没法安心工作下去。受了欺侮是不能再做工的。早晚他要报复这个，可是马上就得想办法，他和这位说天气太冷的先生势不两立。

他有时候也能交下一两位朋友，可是交过了三个月，他开始怀疑，然后更进一步去试探，结果是看出许多破绽，连朋友那天穿了件蓝大衫都有作用。三几个月的交情于是吵散。一来二去，他不再想交友。他慢慢把人分成三等，一等是比他位分高的，一等是比他矮的，一等是和他一样儿高的。他也决定了，他可以成功，假如他能只交比他高的人，不理和他肩膀齐的，管辖着奴使着比他矮的。“人”既选定，对“事”便也有了办法。“拿过来”成了他的口号。非自己拿到一种或多种事业，终身便一无所成。拿过来自己办，才能不受别人的气。拿过来自己办，椅子要是成心捣乱，砸碎了兔崽子！非这样不可，他是热心于改良农事的；不能因受闲气而抛弃了一生的事业；打算不受闲气，自己得站在高处。

有志者事竟成，几年的工夫他成了个重要的人物，“拿过来”不少的事业。原先本是想拿过来便去由自己做，可是既拿过来一样，还觉得不稳固。还有斜眼看他的人呢！于是再去拿。越拿越多，越多越复杂，各处的椅子不同，一种椅子有一种气人的办法。他要统一椅子都得费许多时间。因此，每拿过来一个地方，他先把椅子都漆白了，为是省得有污点不易看见。椅子倒是都漆白了，别的呢？他不能太累了，虽然小药老在袋中，到底应当珍惜自己；世界上就是这样，除了你自己爱你自己，别人不会关心。

他和铁牛有好几年没见了。

正赶上开农业学会年会。堂中坐满了农业专家。台上正当中坐着病鸭，头发挺长，脸色灰绿，长嘴放在胸前，眼睛时开时闭，活像个半睡的鸭子。他自己当然不承认是个鸭子；时开时闭的眼，大有不屑于多看台下那群人的意思。他明知道他们的学问比他强，可是他坐在台上，他们坐在台下；无论怎说，他是个人物，学问不学问的，他们不过是些小兵小将。他是主席，到底他是主人。他不能不觉着得意，可是还要露出有涵养，所以眼睛不能老睁着，好像天下最不要紧的事就是做主席。可是，眼睛也不能老闭着，也得留神下边有斜眼看他的人没有。假如有的话，得设法收拾他。就是在这么一睁眼的工夫，他看见了铁牛。

铁牛仿佛不是来赴会，而是料理自家的丧事或喜事呢。出来进去，好似世上就忙了他一个人了。

有人在台上宣读论文。病鸭的眼闭死了，每隔一分多钟点一次头，他表示对论文的欣赏，其实他是琢磨铁牛呢。他不愿承认他和铁牛同过学，他在台上闭目养神，铁牛在台下当“碎催”，好像他们不能做过学友；现在距离这么远，原先也似乎相离不应当那么近。他又不能不承认铁牛确是他的同学，这使他很难堪：是可怜铁牛好呢，还是夸奖自己好呢？铁牛是不是看见了他而故意地躲着他？或者也许铁牛自惭形秽不敢上前？是不是他应当显着大度包容而先招呼铁牛？他不能决定，而越发觉得“同学”是件别扭事。

台下一阵掌声，主席睁开了眼。到了休息的时间。

病鸭走到会场的门口，迎面碰上了铁牛。病鸭刚看见他，便赶紧拿着尺寸一低头，理铁牛不理呢？得想一想。可是他还没想出主意，就觉出右手像掩在门缝里那么疼了一阵。一抽手的工夫，他听见了：

“老李！还是这么瘦？老李——”

病鸭把手藏在衣袋里，去暗中舒展舒展；翻眼看了铁牛一下，铁牛脸上的笑意像个开花弹似的，从脸上射到空中。病鸭一时找不到相当的话说。他觉得铁牛有点过于亲热。可又觉得他或者没有什么恶意——“还是这么瘦”打动了自怜的心，急于找话说，往往就说了不负责任的话。“老王，跟我吃饭去吧？”说完很后悔，只希望对方客气一下。可是铁牛点了头。病鸭脸上的绿色加深了些。“几年没有见了，咱们得谈一谈！”铁牛这个家伙是赏不得脸的。

两个老同学一块儿吃饭，在铁牛看，是最有意思的。病鸭可不这样看——两个人吵起来才没法下台呢！他并不希望吵，可是朋友到一块儿，有时候不由得不吵。脑子里一转弯，不能不吵；谁还能禁止得住脑子转弯？

铁牛是看见什么吃什么，病鸭要了不少的菜。病鸭自己可是不吃，他的筷子只偶尔地夹起一小块锅贴豆腐。“我只能吃点豆腐。”他说。他把“豆腐”两个字说得不像国音，也不像任何方音，听着怪像是外国字。他有好些字这么说出来。表示他是走南闯北，自己另制了一份儿“国语”。

“哎？”铁牛听不懂这两个字。继而一看他夹的是豆腐，才明白过来：“咱可不行；豆腐要是加上点牛肉或者还沉重点儿。我说，老李，你得注意身体呀。那么瘦还行？”

太过火了！提一回正足以打动自怜的情感。紧自说人家瘦，这是看不起人！病鸭的脑子里皱上了眉。不便往下接着说，换换题目吧：

“老王，这几年净在哪儿呢？”

“——农场，不坏的小地方。”

“场长是谁？”

幸而铁牛这回没忘了——“赵次江。”

病鸭微微点了点头，唯恐怕伤了气。“他呀？待你怎样？”

“无所谓，他干他的，我干我的；只希望他别撤换我。”铁牛为是显着和气。也动了一块豆腐。

“拿过来好了。”病鸭觉得说了这半天，只有这一句还痛快些，“老王，你干吧！”

“我当然是干哪，我就怕干不下去，前功尽弃。咱们这种工作要是没有长时间，是等于把钱打了水漂儿。”

“我是让你干场长。现成的事，为什么不拿过来？拿过来，你爱怎办怎办；赵次江是什么玩艺！”

“我当场长，”铁牛好像听见了一件奇事，“等过个半年来的，好被别人顶了？”

有点给脸不兜着！病鸭心里默演对话：“你这小子还不晓得李老爷有多大势力？轻看我？你不放心哪，我给你一手儿看看。”他略微一笑，说出声来：“你不干也好，反正咱们把它拿过来好了。咱们有的是人。你帮忙好了。你看看，我说不叫赵次江干，他就干不了！这话可不用对别人说。”

铁牛莫名其妙。

病鸭又补上一句："你想好了，愿意干呢，我还是把场长给你。"

"我只求能继续做我的试验；别的我不管。"铁牛想不出别的话。

"好吧。"病鸭又"那么"说了这两个字，好像德国人在梦里练习华语呢。

直到年会开完，他们俩没再坐在一块谈什么。从铁牛那面儿说，他觉得病鸭是拿着一点精神病做事呢。"身体弱，见了喜神也不乐。"编好了这么句唱儿，就把病鸭忘了。

铁牛回到农场不久，场长果然换了。新场长对他很客气，头一天到任便请他去谈话：

"王先生，李先生的老同事。请多帮忙，我们得合作。老实不客气地讲，兄弟对于农学是一窍不通。不过呢，和李先生的关系还那个。王先生帮忙就是了，合作，我们合作。"

铁牛想不出，他怎能和个不懂农学的人合作。"精神病！"他想到这么三个字，就顺口说出来。

新场长好像很明白这三个字的意思，脸沉下去："兄弟老实不客气地讲，王先生，这路话以后请少说为是。这倒与我没关系，是为你好。你看，李先生打发我到这儿来的时候，跟我谈了几句那天你怎么与他一同吃饭，说了什么。李先生露出一点意思，好像是说你有不合作的表示。不过他决不因为这个便想——啊，同学的面子总得顾到。请原谅我这样太不客气！据我看呢，大家既是朋友，总得合作。我们对于李先生呢，也理当拥护。自然我们不拥护他，那也没什么。不过是我们——不是李先生——先吃亏罢了。”

铁牛莫名其妙。

新场长到任后第一件事是撤换人，第二件事是把椅子都漆白了。第一件与铁牛无关，因为他没被撤职。第二件可不这样，场长派他办理油饰椅子，因这是李先生视为最重要的事，所以选派铁牛，以表示合作的精神。

铁牛既没那个工夫，又看不出漆刷椅子的重要，所以不管。

新场长告诉了他：“我接收你的战书；不过，你既是李先生的同学，我还得留个面子，请李先生自己处置这回事。李先生要是——什么呢，那我可也就爱莫能助了！”

“老李——”铁牛刚一张嘴，被场长给截住：

“你说的是李先生？原谅我这样爽直，李先生大概不甚喜欢你这个‘老李’。”

“好吧，李先生知道我的工作，他也是学农的。场长就是告诉他，我不管这回事，他自然会晓得我什么不管。假如他真不晓得，他那才真是精神病呢。”铁牛似乎说高了兴，“我一见他的面，就看出来，他的脸是绿的。他不是坏人，我知道他；同学好几年，还能不知道这个？假如他现在变了的话，那一定是因为身体不好。我看见不是一位了，因为身体弱常闹小性。我一见面就劝了他一顿，身体弱，脑子就爱转弯。看我，身体棒，睁开眼就唱。”他哈哈地笑起来。

场长一声没出。

过了一个星期，铁牛被撤了差。

他以为这一定不能是病鸭的主意，因此他并不着慌。他计划好：援据前例，第二天还照常来工作；场长真禁止他进去呢，再找老李——老李当然要维持老同学的。

可是，他临出来的时候，有人来告诉他："场长交派下来，你要明天是——的话，可别说用巡警抓你。"

他要求见场长，不见。

他又回到试验室，呆呆地坐了半天，几年的心血……

不能，不能是老李的主意，老李也是学农的，还能不明白我的工作的重要？他必定能原谅咱铁牛，即使真得罪了他。什么地方得罪了他呢？想不出来。除非他真是精神病。不能，他那天不是还请我吃饭来着？不论怎着吧，找老李去，他必定能原谅我。

铁牛越这样想越心宽，一见到病鸭，必能回职继续工作。他看着试验室内东西，心中想像着将来的成功——再有一二年，把试验的结果拿到农村去实地应用，该收一个粮的便收两个……和和平平地做了件大事！他到农场去绕了一圈，地里的每一棵谷每一个小木牌，都是他的儿女。回到屋内，给老李写了封顶知己的信，告诉他在某天去见他。把信发了，他觉得已经是一天云雾散。

按着信上规定的时间去见病鸭，病鸭没在家。可是铁牛不肯走，等一等好了。

等到第四个钟头上，来了个仆人：“请不用等我们老爷了，刚才来了电话，中途上暴病，入了医院。”

铁牛顾不得去吃饭，一直跑到医院去。

病人不能接见客人。

“什么病呢？”铁牛和门上的人打听。

“没病，我们这儿的病人都没病。”门上的人倒还和气。

“没病干吗住院？”

“那咱们就不晓得了，也别说，他们也多少有点病。”

铁牛托那个人送进张名片。

待了一会，那个人把名片拿起来，上面有几个铅笔写的字：“不用再来，咱们不合作。”

“和和平平地做件大事！”铁牛一边走一面低声地念道。

爱的小鬼

我向来没有见过苓这么喜欢，她的神气几乎使人怀疑了，假如不是使人害怕。她哼唧着有腔无字的歌，随着口腔的方便继续地添凑，好像可以永远唱下去而且永远新颖，扶着椅子的扶手，似乎是要立起来，可是脚尖在地上轻轻地点动，似乎急于为她自造的歌曲敲出节拍，而暂时地忘了立起来。她的眼可是看着天花板，像有朵鲜玫瑰在那儿似的。她的耳似乎听着她自己脸上的红潮进退的微音。她确是快乐得有点忘形。她忽然地跳起来，自己笑着，三步加一跳地在屋中转了几个圈，故意地微喘，嘴更笑得张开些。头发盖住了右眼，用脖子的弹力给抛回头上，然后双手交叉撑住脑勺儿，又看天花板上那朵无形的鲜玫瑰。

“苓！”我叫了她一声。

她的眼光似乎由天上收回到人间来了，刚遇上我的便又微微地挪开一些，放在我的耳唇那一溜儿。

“什么事这么喜欢？”我用逗弄的口气“说”——实在不像

是“问”。

“猜吧。”苓永远把两个字，特别是那半个“吧”，说得像音乐做的两颗珠子，一大一小。

“谁猜得着你个小狗肚子里又憋什么坏！”我的笑容把那个“！”减去一切应有的分量。

“你个臭东东！打你去！”苓欢喜的时候，“东西”便是“东东”。

“不用打岔，告诉我！”

“偏不告诉你，偏不，偏不！”她还是笑着，可是笑的声儿，恐怕只有我听得出来，微微有点不自然了。

设若我不再往下问，大概三分钟后她总得给我些眼泪看看。设若一定问，也无须等三分钟眼泪便过度地降生。我还是不敢耽误工夫太大了，一分钟冷静地过去，全世界便变成个冰海。迅速定计，可是，真又不容易。爱的生活里有无数的小毛毛虫，每个小毛毛虫都足以使你哭不得笑不得。一天至少有那么几次。

“好宝贝，告诉我吧！”说得有点欠火力，我知道。

她笑着走向我来，手扶在我的藤椅背沿上。

“告诉你吧？”

“好爱人！”

“我妹妹待一会儿来。”

我的心从云中落在胸里。

“英来也值得这么乐，上星期六她还来过呢。还有别的典故，一定。”爱的笑语里时常有个小鬼，名字叫“疑”。

苓的脸，设若，又红起来，我的罪过便只限于爱闹着玩；她的脸上红色退了，我知道还是要阴天！

“你老不许人交朋友！”头一个闪。

“英还同着个人来？”我的雷也响了。

“不理你，不理你啦！”是的，被我猜对了。

一个旧日的男朋友——看爱的情面，我没敢多往这点上想。但是，就假使是个旧日的——爽快地说出来吧——爱人，又有什么关系？没关系，一点关系没有！可是，她那么快乐？天阴得更沉了。

苓又坐在她的小黑椅子上了。又依着发音机关的方便创造着自然的歌，可是并不带分毫歌意。

她和我全不说话了，都心里制造着黑云；雷闪暂时休息，可是大雨快到了。谁也不肯再先放个休战的口号，两个人的战事，因为关系不大，所以更难调解。家庭里需要个小孩，其次是只小狗或小猫；不然，就是一对天使，老在一块儿，也得设法拌几句嘴，好给爱的音乐一点变化。决定去抱只小猫，我计划着；满可以不再生气了，但是“我”不能先投降；好吧，计划着抱只小猫：要全身雪白，短腿，长身，两个小耳朵就像两个小棉花阄儿。这个小白球一定会减少我们俩的小冲突。一定！可是，焉知不因这小白宝贝又发生新战事呢？离婚似乎比抱小白猫还简当，但这是发疯，就是离婚也不能由我提出！君子吗？君子似乎是没多大价值；看不起自己了；还是不能先向她投降；心中要笑；还是设计抱小猫吧！

英来了，暂时屈尊她做做小白猫吧。无论多么好的小姨子，遇到夫妻的冲突，哪怕小的冲突呢，她总是站在她们那边的。特别是定了婚的小姨，像英，因为正恋着自己的天字第一号的男性，不由地便挑剔出姐丈的毛病，以便给她那个人又增补上一些优点。可是我自有办法，我才不当着她们俩争论是非呢；我把苓交给英，便出去走走；她们背地里怎样谈论我，听不见心不烦，爱说什么说什么。这样，英便是小白猫了。

英刚到屋门，我的帽子已在手中，我不能不庆祝我的手急眼快，就是想做个大魔术家也不是全无希望的。况且，脸上那一堆笑纹，倒好像英是发笑药似的。

“出门吗，共产党？”英对我——从她有了固定的情人以后——是一点不带敬意的。

“看个朋友去，坐着啊，晚上等我一块吃饭啊。”声音随着我的脚一同出了屋门，显着异常的缠绵幽默。

出了街门，我的速度减缩了许多，似乎又想回去了。为什么英独自来，而没同着那个人呢？是不是应当在街门外等等，看个水落石出？未免太小气了？焉知苓不是从门缝中窥看我呢？走吧，别闹笑话！偏偏看见个邮差，他的制服的颜色给我些酸感。

本来是不要去看朋友的；上哪儿去呢？走着瞧吧。街上不少女子，似乎今天街上没有什么男的。而且今天遇见的女子都非常的美艳，虽然没拿她们和苓比较，可是苓似乎在我心中已经没有很分明的一个丽像，像往常那样。由她们的美好便想到，我在她们的眼中到底是怎样的人物呢？由这个设想，心思的路线又折回到苓，她到底是佩服我呢，还是真爱我呢？佩服的爱是牺牲，无头脑的爱是真爱，苓的是哪种？借着百货店的玻璃照了照自己，也还看不出十分不得女子的心的地方。英老管我叫共产党，也许我的胡子茬太重，也许因为我太好辩论？可是苓在结婚以前说过，她“就”是爱听我说话。也许现在她的耳朵与从前不同了？说不定。

该回去了，隔着铺户的窗子看看里面的钟，然后拿出自己的表，这样似乎既占了点便宜，又可以多消磨半分来的时间；不过只走了半点多钟。不好就回家，这么短的时间不像去看朋友；君子人总得把谎话做圆到了。

对面来了个人，好像特别挑选了我来问路；我脸上必定有点特别引人注意的地方，似乎值得自傲。

“到万字巷去是往那么走？”他向前指着。

“一点也不错。”笑着，总得把脸上那点特别引人注意的地方做足。

“凑巧您也许知道万字巷里可有一家姓李的，姊妹俩？”

脸上那点刚做足的特点又打了很大的折扣！“是这小子！”心里说。然后向他：“可就是，我也在那儿住家。姊妹俩，怪好看，摩登，男朋友很多？”

那小子的脸上似乎没了日光。“呕”了几声。我心里比吃酸辣汤还要痛快，手心上居然见了汗。

“您能不能替我给她们捎个信？”

“不费事，正顺手。”

“您大概常和她们见面？”

“岂敢，天天看见她们；好出风头，她们。”笑着我自己的那个“岂敢”。

“原先她们并不住在万字巷，记得我给她们一封信，写的不是万字巷，是什么街？”

“大佛寺街，谁都知道她们的历史，她们搬家都在报纸本地新闻栏里登三号字。”

“呕！”他这个“呕”有点像牛闭住了气，“那么，请您就给捎个口信吧，告诉她们我不再想见她们了——”

“正好！”我心里说。

“我不必告诉您我的姓名，您一提我的样子她们自会明白。谢谢！”

“好说！我一定把信带到！”我伸出手和他握了握。

那小子带着五百多斤的怒气向后转。我往家里走——不是走，是飞。

到了家中。胜利使我把嫉妒从心里铲净，只是快乐，乐得几乎错吻小姨。但是街上那一幕还在心中消化着，暂且闷她们一会儿。

“他怎还不来？”英低声问苓。

我假装没听见。心里说，“他不想再见你们！”

苓在屋中转开了磨，时时用眼偷着撩我一下；我假装写信。

“你告诉他是这里，不是——”苓低声地问。

“是这里，”英似乎也很关切，“我怕他去见伯母，所以写信说咱俩都住在这里。也没告诉他你已结了婚。”

我心中笑得起了泡。

“你始终也没看见他？”

“你知道他最怕妇女，尤其是怕见结过婚的妇女。”我的耳朵似乎要惊。

“他一晃儿走了八年了，一听说他来我直欢喜得像个小鸟。”苓说。

我憋不住了“谁？”

“我们舅舅家的大哥！由家里逃走八年了！他待一会儿也许就来，他来的时候你可得藏起去，他最不喜欢见亲戚！”

“为什么早不告诉我？”我的声音有点发颤。

“你不是看朋友去了吗？谁知道你这么快就回来。我要明明白白地告诉你，你光景是不会相信么；臭男人们，脏心眼多着呢！”

她们的表哥始终没来。

热包子

爱情自古时候就是好出轨的事。不过，古年间没有报纸和杂志，所以不像现在闹得这么血花。不用往很古远里说，就以我小时候说吧，人们闹恋爱便不轻易弄得满城风雨。我还记得老街坊小邱。那时候的“小”邱自然到现在已是“老”邱了。可是即使现在我再见着他，即使他已是白发老翁，我还得叫他“小”邱。他是不会老的。我们一想起花儿来，似乎便看见些红花绿叶，开得正盛；大概没有一人想花便想到落花如雨，色断香销的。小邱也是花儿似的，在人们脑中他永远是青春，虽然他长得离花还远得很呢。

小邱是从什么地方搬来的，和哪年搬来的，我似乎一点也不记得。我只记得他一搬来的时候就带着个年轻的媳妇。他们住我们的外院一间北小屋。从这小夫妇搬来之后，似乎常常听人说：他们俩在夜半甲常打架。小夫妇打架也是自古有之，不足为奇；我所希望的是小邱头上破一块，或是小邱嫂手上有些伤痕……我那时候比现在天真得多多了；很欢迎人们打架，并且多少要挂点伤。可是，小邱夫妇永远是——在白天——那么快活和气，身上确是没伤。我说身上，一点不假，连小邱嫂的光脊梁我都看见过。我那时候常这么想：大概他们打架是一人手里拿着一块棉花打的。

小邱嫂的小屋真好。永远那么干净永远那么暖和，永远有种味儿——特别的味儿，没法形容，可是显然的与众不同。小俩口味儿，对，到现在我才想到一个适当的形容字。怪不得那时候街坊们，特别是中年男子，愿意上小邱嫂那里去谈天呢，谈天的时候，他们小夫妇永远是欢天喜地的，老好像是大年初一迎接贺年的客人那么欣喜。可是，客人散了以后，据说，他们就必定打一回架。有人指天起誓说，曾听见他们打得咚咚地响。

小邱，在街坊们眼中，是个毛腾厮火的小伙子。他走路好像永远脚不贴地，而且除了在家中，仿佛没人看见过他站住不动，哪怕是一会儿呢。就是他坐着的时候，他的手脚也没老实着的时候。他的手不是摸着衣缝，便是在凳子沿上打滑溜，要不然便在脸上搓。他的脚永远上下左右找事做，好像一边坐着说话，还一边在走路，想像地走着。街坊们并不因此而小看他，虽然这是他永远成不了"老邱"的主因。在另一方面，大家确是有点对他不敬，因为他的脖子老缩着。不知道怎么一来二去的"王八脖子"成了小邱的另一称呼。自从这个称呼成立以后，听说他们半夜里更打得欢了。可是，在白天他们比以前更显着欢喜和气。

小邱嫂的光脊梁不但是被我看见过，有些中年人也说看见过。古时候的妇女不许露着胸部，而她竟自被人参观了光脊梁，这连我——那时还是个小孩子——都觉着她太洒脱了。这又是我现在才想起的形容字——洒脱。她确是洒脱：自天子以至庶人好像没有和她说不来的。我知道门外卖香油的，卖菜的，永远给她比给旁人多些。她在我的孩子眼中是非常的美。她的牙顶美，到如今我还记得她的笑容，她一笑便会露出世界上最白的一点牙来。只是那么一点，可是这一点白色能在人的脑中延展开无穷的幻想，这些幻想是以她的笑为中心，以她的白牙为颜色。拿着落花生，或铁蚕豆，或大酸枣，在她的小屋里去吃，是我儿时生命里一个最美的事。剥了花生豆往小邱嫂嘴里送，那个报酬是永生的欣悦——能看看她的牙。把一口袋花生都送给她吃了也甘心，虽然在事实上没这么办过。

小邱嫂没生过小孩。有时候我听见她对小邱半笑半恼地说，凭你个软货也配有小孩？！小邱的脖子便缩得更厉害了，似乎十分伤心的样子；他能半天也不发一语，呆呆地用手擦脸，直等到她说："买洋火！"他才又笑一笑，脚不擦地飞了出去。

记得是一年冬天，我刚下学，在胡同口上遇见小邱。他的气色非常的难看，我以为他是生了病。他的眼睛往远处看，可是手摸着我的绒帽的红绳结子，问："你没看见邱嫂吗？"

"没有哇。"我说。

"你没有？"他问得极难听，就好像为儿子害病而占卦的妇人，又愿意听实话，又不愿意相信实话，要相信又愿反抗。

他只问了这么一句，就向街上跑了去。

那天晚上我又到邱嫂的小屋里去，门，锁着呢。我虽然已经到了上学的年纪，我不能不哭了。每天照例给邱嫂送去的落花生，那天晚上居然连一个也没剥开。

第二天早晨，一清早我便去看邱嫂，还是没有；小邱一个人在炕沿上坐着呢，手托着脑门。我叫了他两声，他没搭理我。

差不多有半年的工夫，我上学总在街上寻望，希望能遇见邱嫂，可是一回也没遇见。

她的小屋，虽然小邱还是天天晚上回来，我不再去了。还是那么干净，还是那么暖和，只是邱嫂把那点特别的味儿带走了。我常在墙上，空中看见她的白牙，可是只有那么一点白牙，别的已不存在：那点牙也不会轻轻嚼我的花生米。

小邱更毛腾厮火了，可是不大爱说话。有时候他回来得很早，不做饭，只呆呆地愣着。每遇到这种情形，我们总把他让过来，和我们一同吃饭。他和我们吃饭的时候，还是有说有笑，手脚不识闲。可是他的眼时时往门外或窗外瞭那么一下。我们谁也不提邱嫂；有时候我忘了，说了句：“邱嫂上哪儿了呢？”他便立刻搭讪着回到小屋里去，连灯也不点，在炕沿上坐着。有半年多，这么着。

忽然有一天晚上，不是五月节前，便是五月节后，我下学后同着学伴去玩，回来晚了。正走在胡同口，遇见了小邱。他手里拿着个碟子。

“干什么去？”我截住了他。

他似乎一时忘了怎样说话了，可是由他的眼神我看得出，他是很喜欢，喜欢得说不出话来。呆了半天，他似乎趴在我的耳边说的：

“邱嫂回来啦，我给她买几个热包子去！”他把个“热”字说得分外的真切。

我飞了家去。果然她回来了。还是那么好看，牙还是那么白，只是瘦了些。

我直到今日，还不知道她上哪儿去了那么半年。我和小邱，在那时候，一样地只盼望她回来，不问别的。到现在想起来，古时候的爱情出轨似乎也是神圣的，因为没有报纸和杂志们把邱嫂的相片登出来，也没使小邱的快乐得而复失。

一封家信

专就组织上说，这是个理想的小家庭：一夫一妇和一个三岁的小男孩。不过，“理想的”或者不仅是立在组织简单上，那么这小家庭可就不能完全像个小乐园，而也得分担着尘世上的那些苦痛与不安了。

由这小家庭所发出的声响，我们就可以判断，它的发展似乎有点畸形，而我们也晓得，失去平衡的必将跌倒，就是一个家庭也非例外。

在这里，我们只听见那位太太吵叫，而那位先生仿佛是个哑巴。我们善意地来推测，这位先生的闭口不响，一定具有要维持和平的苦心和盼望。可是，人与人之间是多么不易谅解呢；他不出声，她就越发闹气：“你说话呀！说呀！怎么啦？你哑巴了？好吧，冲你这么死不开口，就得离婚！离婚！”

是的，范彩珠——那小家庭的女性独裁者——是懂得世界上有离婚这件事的，谁知道离婚这件事，假若实际地去做，都有什么手续与意义呢，反正她觉得这两字很有些力量，说出来既不蠢野，又足以使丈夫多少着点急。她，头发烫得那么细腻，真正一九三七的飞机式，脸上是那么香润；圆圆的胳臂，高高的乳房，衣服是那么讲究抱身；她要说句离婚，他怎能不着急呢？当吵闹一阵之后，她对着衣镜端详自己，觉得正像个电影明星。虽然并不十分厌恶她的丈夫——他长得很英俊，心眼很忠厚——可是到底她应当常常发脾气，似乎只有教他难堪才足以减少她自己的委屈。他的确不坏，可是“不坏”并不就是“都好”，他一月才能挣二百块钱！不错，这二百元是全数交给她，而后她再推测着他的需要给他三块五块的；可是凭她的脸，她的胳臂，她的乳，她的脚，难道就能在二百元以下充分地把美都表现出来么？况且，越是因为美而窘，便越须撑起架子，看电影去即使可以买二等票，因为是坐在黑暗之中，可是听戏去便非包厢不可了——绝对不能将就！啊，这二百元的运用，与一切家事，交际，脸面的维持——在二百元之内要调动得灵活漂亮，是多么困难恼人的事！特别是对她自己，太难了！连该花在男人与小孩身上的都借来用在自己身上，还是不能不拿搀了麻的丝袜当作纯丝袜子穿！连被褥都舍不得按时拆洗，还是不能回回看电影去都叫小汽车，而得有时候坐那破烂，使人想落泪的胶皮车！是的，老范不错，不挑吃不挑喝的怪老实，可是，只能挣二百元哟！

老范真爱他的女人，真爱他的小男孩。在结婚以前，他立志非娶个开通的美女不可。为这个志愿，他极忠诚地去做事，极俭朴地过活；把一切青年们所有的小小浪漫行为，都像冗枝乱叶似地剪除净尽，单单培养那一朵浪漫的大花。连香烟都不吃！

省下了钱，便放大了胆，他穿上特为浪漫事件裁制的西装去探险。他看见，他追求，他娶了彩珠小姐。

彩珠并不像她自己所想的那样美妙惊人，也不像老范所想的那么美丽的女子。可是她年轻，她活泼，她会做伪；教老范觉得彩珠即使不是最理想的女子，也和那差不多；把她摆在任何地方，她也不至显出落伍或乡下气。于是，就把储蓄金拿出来，清偿那生平最大的浪漫之债，结了婚。他没有多挣钱的坏手段，而有维持二百元薪水真本领。消极地，他兢兢业业地不许自己落在二百元的下边来，这是他浪漫的经济水准。

他领略了以浮浅为开通，以作伪为本事，以修饰为美丽的女子的滋味。可是他并不后悔。他以为他应该在讨她的喜欢上见出自己的真爱情，应该在不还口相讥上表示自己的沉着有为，应该在尽力供给她显出自己的勇敢。他得做个模范丈夫，好对得起自己的理想，即使他的伴侣有不尽合理想的地方。况且，她还生了小珠。在生了小珠以后，她显着更圆润，更开通，更活泼，既是少妇，又是母亲，青春的娇美与母亲的尊严联在一身，香粉味与乳香合在一处；他应当低头！不错，她也更厉害了，可是他细细一想呢，也就难以怪她。女子总是女子，他想，既要女子，就须把自己放弃了。再说，他还有小珠呢，可以一块儿玩，一块儿睡；教青年的妈妈吵闹吧，他会和一个新生命最亲密地玩耍，做个理想的父亲。他会用两个男子——他与小珠——的嘻笑亲热抵抗一个女性的霸道；就是抵抗与霸道这样的字眼也还是偶一想到，并不永远在他心中，使他的心里坚硬起来。

从对彩珠的态度上，可以看出他处世为人的居心与方法。他非常的忠诚，消极的他不求有功，只求无过，积极的他要事事对得起良心与那二百元的报酬——他老愿卖出三百元的力气，而并不觉得冤枉。这样，他被大家视为没有前途的人，就是在求他多做点事的缘故，也不过认为他窝囊好欺，而绝对不感谢。

他自己可并不小看自己，不，他觉得自己很有点硬劲。他绝对不为自己发愁，凭他的本事，到哪里也挣得出二百元钱来，而且永远对得起那些钱。维持住这个生活费用，他就不便多想什么向前发展的方法与计划。他永远不去相面算命。他不求走运，而只管尽心尽力。他不为任何事情任何主义去宣传，他只把自己的生命放在正当的工作上。有时候他自认为牛，正因为牛有相当的伟大。

平津像个恶梦似地丢掉，老范正在北平。他必须出来，良心不许他接受任何不正道的钱。可是，他走不出来。他没有钱，而有个必须起码坐二等车才肯走的太太。

在彩珠看，世界不过是个大游戏场，不管刮风还是下雨，都须穿着高跟鞋去看热闹。“你上哪儿？你就忍心地撇下我和小珠？我也走？逃难似地教我去受罪？你真懂事就结了！这些东西，这些东西，怎么拿？先不用说别的！你可以叫花子似地走，我缺了哪样东西也不行！又不出声啦？好吧，你有主意把东西都带走，体体面面的，像施行似的，我就跟你去；开开眼也好！”

抱着小珠，老范一声也不出。他不愿去批评彩珠，只觉得放弃妻子与放弃国旗是同样忍心的事，而他又没能力把二者同时都保全住！他恨自己无能，所以原谅了彩珠的无知。

几天，他在屋中转来转去。他不敢出门，不是怕被敌人杀死，而是怕自己没有杀敌的勇气。在家里，他听着太太叨唠，看着小珠玩耍，热泪时时地迷住他的眼。每逢听到小珠喊他“爸”他就咬上嘴唇点点头。

“小珠！”他苦痛到无可如何，不得不说句话了，“小珠！你是小亡国奴！”

这，被彩珠听见了。“扯什么淡呢！有本事把我们送到香港去，在这儿瞎发什么愁！小珠，这儿来，你爸爸要像小钟的爸爸那么样，够多好！”她的声音温软了许多，眼看着远处，脸上露出娇痴的羡慕，“人家带走二十箱衣裳，住天津租界去！小钟的妈有我这么美吗？”

“小钟妈，耳朵这样！”小珠的胖手用力往前推耳朵，准知道这样可以得妈妈的欢心，因为做过已经不是一次了。

乘小珠和彩珠睡熟，老范轻轻地到外间屋去。把电灯用块黑布罩上，找出信纸来。他必须逃出亡城，可是自结婚以后，他没有一点儿储蓄，无法把家眷带走。即使勉强地带了出去，他并没有马上找到事情的把握，还不如把目下所能凑到的一点钱留给彩珠，而自己单独去碰运气；找到相当的工作，再设法接她们；一时找不到工作，他自己怎样都好将就活着，而她们不至马上受罪。好，他想给彩珠留下几个字，说明这个意思，而后他偷偷地跑出去，连被褥也无须拿。

他开始写信。心中像有千言万语，夫妻的爱恋，国事的危急，家庭的责任，国民的义务，离别的难堪，将来的希望，对妻的安慰，对小珠的嘱托……都应当写进去。可是，笔画在纸上，他的热情都被难过打碎，写出的只是几个最平凡无力的字！撕了一张，第二张一点也不比第一张强，又被扯碎。他没有再拿笔的勇气。

一张字纸也不留，就这么偷偷走？他又没有这个狠心。他的妻，他的子，不能在国危城陷的时候抛下不管，即使自己的逃亡是为了国家。

轻轻地走进去，借着外屋一点点灯光，他看到妻与子的轮廓。这轮廓中的一切，他都极清楚地记得；一个痣，一块小疤的地位都记得极正确。这两个是他生命的生命。不管彩珠有多少缺点，不管小珠有什么前途，他自己须先尽了爱护保卫的责任。他的心软了下去。不能走，不能走！死在一处是不智慧的，可是在感情上似乎很近人情。他一夜没睡。

同时，在亡城之外仿佛有些呼声，叫他快走，在国旗下去做个有勇气有用处的人。

假若他把这呼声传达给彩珠，而彩珠也能明白，他便能含泪微笑地走出家门；即使永远不能与她相见，他也能忍受，也能无愧于心。可是，他知道彩珠绝不能明白；跟她细说，只足引起她的吵闹；不辞而别，又太狠心。他想不出好的办法。走？不走？必须决定，而没法决定；他成了亡城里一个困兽。

在焦急之中，他看出一线的光亮来。他必须在彩珠所能了解的事情中，找出不至太伤她的心，也不至使自己太难过的办法。跟她谈国家大事是没有任何用处的，她的身体就是她的生命，她不知道身外还有什么。

“我去挣钱，所以得走！”他明知这里不尽实在，可是只有这么说，才能打动她的心，而从她手中跑出去，“我有了事，安置好了家，就来接你们；一定不能像逃难似的，尽我的全力教你和小珠舒服！”

“现在呢？”彩珠手中没有钱。

“我去借！能借多少就借多少；我一个不拿，全给你们留下！”

“你上哪儿去？”

“上海，南京——能挣钱的地方！”

“到上海可务必给我买个衣料！”

“一定！”

用这样实际的诺许与条件，老范才教自己又见到国旗。由南京而武汉，他勤苦地工作；工作后，他默默地思念他的妻子。他一个钱也不敢虚花，好对得住妻子；一件事不敢敷衍，好对得起国家。他瘦，他忙，他不放心家小，不放心国家。他常常给彩珠写信，报告他的一切，歉意地说明他在外工作的意义。他盼家信像盼打胜仗那样恳切，可是彩珠没有回信。他明知这是彩珠已接到他的钱与信，钱到她手里她就会缄默，一向是如此。可是他到底不放心；他不怨彩珠糊涂与疏忽，而正因为她糊涂，他才更不放心。他甚至忧虑到彩珠是否能负责看护小珠，因为彩珠虽然不十分了解反贤妻良母主义，可是她很会为了自己的享受而忘了一切家庭的责任。老范并不因此而恨恶彩珠，可是他既在外，便不能给小珠做些忽略了的事，这很可虑，这当自咎。

他在六七个月中已换了三次事，不是因为他见利思迁，而是各处拉他，知道他肯负责做事。在战争中，人们确是慢慢地把良心拿出来，也知道用几个实心任事的人，即使还不肯自己卖力气。在这种情形下，老范的价值开始被大家看出，而成功了干员。他还保持住了二百元薪金的水准，虽然实际上只拿一百将出头。他不怨少拿钱而多做事；可是他知道彩珠会花钱。既然无力把她接出来，而又不能多给她寄钱，在他看，是件残酷的事。他老想对得起她，不管她是怎样的浮浅无知。

到武昌，他在军事机关服务。他极忙，可是在万忙中还要担心彩珠，这使他常常弄出小小的错误。忙，忧，愧，三者一齐进攻，他有时候心中非常的迷乱，愿忘了一切而只要同时顾虑一切，很怕自己疯了，而心中的确时时的恍惚。

在敌机的狂炸下，他还照常做他的事。他害怕，却不是怕自己被炸死，而是在危患中忧虑他的妻子。怎么一封信没有呢？假若有她一封信，他便可以在轰炸中无忧无虑地做事，而毫无可惧。那封信将是他最大的安慰！

信来了！他什么也顾不得，而颤抖着一遍二遍三遍地去读念。

读了三遍，还没明白了她说的是什么，却在那些字里看到她的形影，想起当年恋爱期间的欣悦，和小珠的可爱的语声与面貌。小珠怎样了呢？他从信中去找，一字一字地细找；没有，没提到小珠一个字！失望使他的心清凉了一些；看明白了大部分的字，都是责难他的！她的形影与一切都消逝了，他眼前只是那张死板板的字，与一些冷酷无情的字！警报！他往外走，不知到哪里去好；手中拿着那封信。再看，再看，虽然得不到安慰，他还想从字里行间看出她与小珠都平安。没有，没有一个“平”字与“安”字，哪怕是分开来写在不同的地方呢；没有！钱不够用，没有娱乐，没有新衣服，为什么你不回来呢？你在外边享福，就忘了家中……紧急警报！他立在门外，拿着那封信。飞机到了，高射炮响了，他不动。紧紧地握着那封信，他看到的不是天上的飞机，而是彩珠的飞机式的头发。他愿将唇放在那曲折香润的发上；看了看手中的信纸；心中像刀刺了一下。极忙地往里跑，他忽然想起该赶快办的一件公事。

刚跑出几步，他倒在地上，头齐齐地从项上炸开，血溅到前边，给家信上加了些红点子。

抱孙

难怪王老太太盼孙子呀；不为抱孙子，娶儿媳妇干吗？也不能怪儿媳妇成天着急；本来嘛，不是不努力生养呀，可是生下来不活，或是不活着生下来，有什么法儿呢！就拿头一胎说吧：自从一有孕，王老太太就禁止儿媳妇有任何操作，夜里睡觉都不许翻身。难道这还算不小心？哪里知道，到了五个多月，儿媳妇大概是因为多眨巴了两次眼睛，小产了！还是个男胎；活该就结了！再说第二胎吧，儿媳妇连眨巴眼都拿着尺寸；打哈欠的时候有两个丫环在左右扶着。果然小心谨慎没错处，生了个大白胖小子。可是没活了五天，小孩不知为了什么，竟自一声没出，神不知鬼不觉地与世长辞了。那是十一月天气，产房里大小放着四个火炉，窗户连个针尖大的窟窿也没有，不要说是风，就是风神，想进来是怪不容易的。况且小孩还盖着四床被，五条毛毯，按说够温暖的了吧？哼，他竟自死了。命该如此！

现在，王少奶奶又有了喜，肚子大得惊人，看着颇像轧马路的石碾。看着这个肚子，王老太太心里仿佛长出两只小手，成天抓弄得自己怪要发笑的。这么丰满体面的肚子，要不是双胎才怪呢！子孙娘娘有灵，赏给一对白胖小子吧！王老太太可不只是祷告烧香呀，儿媳妇要吃活人脑子，老太太也不驳回。半夜三更还给儿媳妇送肘子汤，鸡丝挂面……儿媳妇也真做脸，越躺着越饿，点心点心就能吃二斤翻毛月饼：吃得顺着枕头往下流油，被窝的深处能扫出一大碗什锦来。孕妇不多吃怎么生胖小子呢？婆婆儿媳对于此点完全同意。婆婆这样，娘家妈也不能落后啊。她是七趟八趟来“催生”，每次至少带来八个食盒。两亲家，按着哲学上说，永远应当是对仇人。娘家妈带来的东西越多，婆婆越觉得这是有意羞辱人；婆婆越加紧张罗吃食，娘家妈越觉得女儿的嘴亏。这样一竞争，少奶奶可得其所哉，连嘴犄角都吃烂了。

收生婆已经守了七天七夜，压根儿生不下来。偏方儿，丸药，子孙娘娘的香灰，吃多了；全不灵验。到第八天头上，少奶奶连鸡汤都顾不得喝了，疼得满地打滚。王老太太急得给子孙娘娘跪了一股香，娘家妈把天仙庵的尼姑接来念催生咒；还是不中用。一直闹到半夜，小孩算是露出头发来。收生婆施展了绝技，除了把少奶奶的下部全抓破了别无成绩。小孩一定不肯出来。长似一年的一分钟，竟自过了五六十来分，还是只见头发不见孩子。有人说，少奶奶得上医院。上医院？王老太太不能这么办。好嘛，上医院去开肠破肚不自自然然地产出来，硬由肚子里往外掏！洋鬼子，二毛子，能那么办；王家要“养”下来的孙子，不要“掏”出来的。娘家妈也发了言，养小孩还能快了吗？小鸡生个蛋也得到了时候呀！况且催生咒还没念完，忙什么？不敬尼姑就是看不起神仙！

又耗了一点钟，孩子依然很固执。少奶奶直翻白眼。王老太太眼中含着老泪，心中打定了主意：保小的不保大人。媳妇死了，再娶一个；孩子更要紧。她翻白眼呀，正好一狠心把孩子拉出来。找奶妈养着一样的好，假如媳妇死了的话。告诉了收生婆，拉！娘家妈可不干了呢，眼看着女儿翻了两点钟的白眼！孙子算老几，女儿是女儿。上医院吧，别等念完催生咒了；谁知道尼姑们念的是什么呢，假如不是催生咒，岂不坏了事？把尼姑打发了。婆婆还是不答应；“掏”，行不开！婆婆不赞成，娘家妈还真没主意。嫁出的女儿泼出的水，活是王家的人，死是王家的鬼呀。两亲家彼此瞪着，恨不能咬下谁一块肉才解气。

又过了半点多钟，孩子依然不动声色，干脆就是不肯出来。收生婆见事不好，抓了一个空儿溜了。她一溜，王老太太有点拿不住劲儿了。娘家妈的话立刻增加了许多分量：“收生婆都跑了，不上医院还等什么呢？等小孩死在胎里哪！”

“死”和“小孩”并举，打动了王老太太的心。可是“掏”到底是行不开的。

“上医院去生产的多了，不是个个都掏。”娘家妈力争，虽然不一定信自己的话。

王老太太当然不信这个；上医院没有不掏的。

幸而娘家爹也赶到了。娘家妈的声势立刻浩大起来。娘家爹也主张上医院。他既然也这样说，只好去吧。无论怎说，他到底是个男人。虽然生小孩是女人的事，可是在这生死关头，男人的主意多少有些力量。

两亲家，王少奶奶，和只露着头发的孙子，一同坐汽车上了医院。刚露了头发就坐汽车，真可怜的慌，两亲家不住地落泪。

一到医院，王老太太就炸了烟。怎么，还得挂号？什么叫挂号呀？生小孩子来了，又不是买官米打粥，按哪门子号头呀？王老太太气坏了，孙子可以不要了，不能挂这个号。可是继而一看，若是不挂号，人家大有不叫进去的意思。这口气难咽，可是还得咽；为孙子什么也得忍受。设若自己的老爷还活着，不立刻把医院拆个土平才怪；寡妇不行，有钱也得受人家的欺侮。没工夫细想心中的委屈，赶快把孙子请出来要紧。挂了号，人家要预收五十块钱。王老太太可抓住了："五十？五百也行，老太太有钱！干脆要钱就结了，挂哪门子浪号，你当我的孙子是封信呢！"

医生来了。一见面，王老太太就炸了烟，男大夫！男医生当收生婆？我的儿媳妇不能叫男子大汉给接生。这一阵还没炸完，又出来两个大汉，抬起儿媳妇就往床上放。老太太连耳朵都哆嗦开了！这是要造反呀，人家一个年轻轻的孕妇，怎么一群大汉来动手脚的？"放下，你们这儿有懂人事的没有？要是有的话，叫几个女的来！不然，我们走！"

恰巧遇上个顶和气的医生，他发了话："放下，叫她们走吧！"

王老太太咽了口凉气，咽下去砸得心中怪热的，要不是为孙子，至少得打大夫几个最响的嘴巴！现官不如现管，谁叫孙子故意闹脾气呢。抬吧，不用说废话。两个大汉刚把儿媳妇放在帆布床上，看！大夫用两只手在她肚子上这一阵按！王老太太闭上了眼，心中骂亲家母：你的女儿，叫男子这么按，你连一声也不发，德行！刚要骂出来，想起孙子；十来个月的没受过一点委屈，现在被大夫用手乱杵，嫩皮嫩骨的，受得住吗？她睁开了眼，想警告大夫。哪知道大夫反倒先问下来了："孕妇净吃什么来着？这么大的肚子！你们这些人没办法，什么也给孕妇吃，吃得小孩这么肥大。平日也不来检验，产不下来才找我们！"他没等王老太太回答，向两个大汉说，"抬走！"

王老太太一辈子没受过这个。"老太太"到哪儿不是圣人，今天竟自听了一顿教训！这还不提，话总得说得近情近理呀；孕妇不多吃点滋养品，怎能生小孩呢，小孩怎会生长呢？难道大夫在胎里的时候专喝西北风？西医全是二毛子！不便和二毛子辩驳；拿娘家妈撒气吧，瞪着她！娘家妈没有意思挨瞪，跟着女儿就往里走。王老太太一看，也忙赶上前去。那位和气生财的大夫转过身来："这儿等着！"

两亲家的眼都红了。怎么着，不叫进去看看？我们知道你把儿媳妇抬到哪儿去啊？是杀了，还是剐了啊？大夫走了。王老太太把一肚子邪气全照顾了娘家妈："你说不掏，看，连进去看看都不行！掏？还许大切八块呢！宰了你的女儿活该！万一要把我的孙子——我的老命不要了。跟你拚了吧！"

娘家妈心中打了鼓，真要把女儿切了，可怎办？大切八块不是没有的事呀，那回医学堂开会不是大玻璃箱里装着人腿人腔子吗？没办法！事已至此，跟女儿的婆婆干吧！“你倒怨我？是谁一天到晚填我的女儿来着？没听大夫说吗？老叫儿媳妇的嘴不闲着，吃出毛病来没有？我见人见多了，就没看见一个像你这样的婆婆！”

“我给她吃？她在你们家的时候吃过饱饭吗？”王太太反攻。

“在我们家里没吃过饱饭，所以每次看女儿去得带八个食盒！”

“可是呀，八个食盒，我填她，你没有？”

两亲家混战一番，全不示弱，骂得也很具风格。

大夫又回来了。果不出王老太太所料，得用手术。手术二字虽听着耳生，可是猜也猜着了，手要是竖起来，还不是开刀问斩？大夫说：用手术，大人小孩或者都能保全。不然，全有生命的危险。小孩已经误了三小时，而且决不能产下来，孩子太大。不过，要施手术，得有亲族的签字。

王老太太一个字没听见。掏是行不开的。

“怎样？快决定！”大夫十分的着急。

“掏是行不开的！”

“愿意签字不？快着！”大夫又紧了一板。

“我的孙子得养出来！”

娘家妈急了：“我签字行不行？”

王老太太对亲家母的话似乎特别地注意：“我的儿媳妇！你算

哪道？”

大夫真急了，在王老太太的耳根子上扯开脖子喊：“这可是两条人命的关系！”

“掏是不行的！”

“那么你不要孙子了？”大夫想用孙子打动她。

果然有效，她半天没言语。她的眼前来了许多鬼影，全似乎是向她说：“我们要个接续香烟的，掏出来的也行！”

她投降了。祖宗当然是愿要孙子；掏吧！“可有一样，掏出来得是活的！”她既是听了祖宗的话，允许大夫给掏孙子，当然得说明了——要活的。掏出个死的来干吗用？只要掏出活孙子来，儿媳妇就是死了也没大关系。

娘家妈可是不放心女儿：“准能保大小都活着吗？”

“少说话！”王老太太教训亲家太太。

“我相信没危险，”大夫急得直流汗，“可是小孩已经耽误了半天，难保没个意外；要不然请你签字干吗？”

“不保准呀？乘早不用费这道手！”老太太对祖宗非常地负责任；好嘛，掏了半天都再不会活着，对得起谁！

“好吧，”大夫都气晕了，“请把她拉回去吧！你可记住了，两条人命！”

“两条三条吧，你又不保准，这不是瞎扯！”

大夫一声没出，抹头就走。

王老太太想起来了，试试也好。要不是大夫要走，她绝想不起这一招儿来。“大夫，大夫！你回来呀，试试吧！”

大夫气得不知是哭好还是笑好。把单子念给她听，她画了个十字儿。

两亲家等了不晓得多么大的时候，眼看就天亮了，才掏了出来，好大的孙子，足分量十三磅！王老太太不晓得怎么笑好了，拉住亲家母的手一边笑一边刷刷地落泪。亲家母已不是仇人了，变成了老姐姐。大夫也不是二毛子了，是王家的恩人，马上赏给他一百块钱才合适。假如不是这一掏，叫这么胖的大孙子生生地憋死，怎对祖宗呀？恨不能跪下就磕一阵头，可惜医院里没供着子孙娘娘。

胖孙子已被洗好，放在小儿室内。两位老太太要进去看看。不只是看看，要用一夜没洗过的老手指去摸摸孙子的胖脸蛋。看护不准两亲家进去，只能隔着玻璃窗看着。眼看着自己的孙子在里面，自己的孙子，连摸摸都不准！娘家妈摸出个红封套来——本是预备赏给收生婆的——递给看护；给点运动费，还不准进去？事情都来得邪，看护居然不收。王老太太揉了揉眼，细端详了看护一番，心里说：“不像洋鬼子妞呀，怎么给赏钱都不接着呢？也许是面生，不好意思的？有了，先跟她闲扯几句，打开了生脸就好办了。”指着屋里的一排小篮说，“这些孩子都是掏出来的吧？”

“只是你们这个，其余的都是好好养下来的。”

“没那个事，”王老太太心里说，“上医院来的都得掏。”

“给孕妇大油大肉吃才掏呢。”看护有点爱说话。

“不吃，孩子怎能长这么大呢！”娘家妈已和王老太太立在同一战线上。

“掏出来的胖宝贝总比养下来的瘦猴儿强！”王老太太有点觉得不掏出来的孩子没有住医院的资格，“上医院来‘养’，脱了裤子放屁，费什么两道手！”

无论怎说，两亲家干瞪眼进不去。

王老太太有了主意，“丫环，”她叫那个看护，“把孩子给我，我们家去。还得赶紧去预备洗三请客呢！”

“我既不是丫环，也不能把小孩给你。”看护也够和气的。

“我的孙子，你敢不给我吗？医院里能请客办事吗？”

“用手术取出来的，大人一时不能给小孩奶吃，我们得给他奶吃。”

“你会，我们不会？我这快六十的人了，生过儿养过女，不比你懂得多；你养过小孩吗？”老太太也说不清看护是姑娘，还是媳妇，谁知道这头戴小白盔的是什么呢。

“没大夫的话，反正小孩不能交给你！”

“去把大夫叫来好了，我跟他说；还不愿意跟你费话呢！”

“大夫还没完事呢，割开肚子还得缝上呢。”

看护说到这里，娘家妈想起来女儿。王老太太似乎还想不起儿媳妇是谁。孙子没生下来的时候，一想起孙子便也想到媳妇；孙子生下来了，似乎把媳妇忘了也没什么。娘家妈可是要看看女儿，谁知道女儿的肚子上开了多大一个洞呢？割病室不许闲人进去，没法，只好陪着王老太太瞭望着胖小子吧。

好容易看见大夫出来了。王老太太赶紧去交涉。

“用手术取小孩，顶好在院里住一个月。”大夫说。

“那么三天满月怎么办呢？”王老太太问。

“是命要紧，还是办三天要紧呢？产妇的肚子没长上，怎能去应酬客人呢？”大夫反问。

王老太太确是以为办三天比人命要紧，可是不便于说出来，因为娘家妈在旁边听着呢。至于肚子没长好，怎能招待客人，那有办法：“叫她躺着招待，不必起来就是了。”

大夫还是不答应。王老太太悟出一条理来：“住院不是为要钱吗？好，我给你钱，叫我们娘们走吧，这还不行？”

“你自己看看去，她能走不能？”大夫说。

两亲家反都不敢去了。万一儿媳妇肚子上还有个盆大的洞，多么吓人？还是娘家妈爱女儿的心重，大着胆子想去看看。王老太太也不好意思不跟着。

到了病房，儿媳妇在床上放着的一张卧椅上躺着呢，脸就像一张白纸。娘家妈哭得放了声，不知道女儿是活还是死。王老太太到底心硬，只落了一半个泪，紧跟着炸了烟：“怎么不叫她平平正正地躺下呢？这是受什么洋刑罚呢？”

“直着呀，肚子上缝的线就绷了，明白没有？”大夫说。

“那么不会用胶粘上点吗？”王老太太总觉得大夫没有什么高明主意。

娘家妈想和女儿说几句话，大夫也不允许。两亲家似乎看出来，大夫不定使了什么坏招儿，把产妇弄成这个样。无论怎说吧，大概一时是不能出院。好吧。先把孙子抱走，回家好办三天呀。

大夫也不答应，王老太太急了。“医院里洗三不洗？要是洗的话，我把亲友全请到这儿来；要是不洗的话，再叫我抱走；头大的孙子，洗三不请客办事，还有什么脸得活着？”

“谁给小孩奶吃呢？”大夫问。

“雇奶妈子！”王老太太完全胜利。

到底把孙子抱出来了。王老太太抱着孙子上了汽车，一上车就打嚏喷，一直打到家，每个嚏喷都是照准了孙子的脸射去的。到了家，赶紧派人去找奶妈子，孙子还在怀中抱着，以便接收嚏喷。不错，王老太太知道自己是着了凉；可是至死也不能放下孙子。到了晌午，孙子接了至少有二百多个嚏喷，身上慢慢地热起来。王老太太更不肯撒手了。到了下午三点来钟，孙子烧得像块火炭了。到了夜里，奶妈子已雇妥了两个，可是孙子死了，一口奶也没有吃。

王老太太只哭了一大阵；哭完了，她的老眼瞪圆了：“掏出来的！掏出来的能活吗？跟医院打官司！那么沉重的孙子会只活了一天，哪有的事？全是医院的坏，二毛子们！”

王老太太约上亲家母，上医院去闹。娘家妈也想把女儿赶紧接出来，医院是靠不住的！

把儿媳妇接出来了；不接出来怎好打官司呢？接出来不久，儿媳妇的肚子裂了缝，贴上“产后回春膏”也没什么用，她也不言不语地死了。好吧，两案归一，王老太太把医院告了下来。老命不要了，不能不给孙子和媳妇报仇！

新爱弥耳

爱弥耳活到八岁零四个月十二天就死了，我并不怀疑我的教育方法有什么重大的错误；小小的疏忽或者是免不了的，可是由大体上说，我的试验是基于十分妥当的原理上。即使他的死是由于某一个小疏忽，那正是试验工作所应有的；科学的精神不怕错误，而怕不努力改正错误。设若我将来有个“新爱弥耳第二”，我相信必能完全成功，因为我已有了经验，知道避免什么和更注意什么。那么，我的爱弥耳虽不幸死去，我并不伤心；反之，我却更高兴地等待着我将来的成功。在这种培养儿童的工作上，我们用不着动什么感情。

可惜我很忙，不能把我的经验完全写下来；我只能粗枝大叶地写下一点，等以后有工夫再做那详细的报告。不过，我确信这一点点记录也满可以使世人永不再提起卢梭那部著作了。

爱弥耳生下来的时候是体重六磅半，不太大，也不太小，正合适。刚一出世，他就哭了。我马上教训了他一番：朋友！闭上你的嘴！生命就是奋斗，战争；哭便是示弱，你当然知道这个；那么，这第一次的也就是，我命令你，第末次的毛病！他又呀呀了几声，就不再哭了。从此以后直到他死，他永没再哭出声来过；我的勇敢的爱弥耳！（请原谅我的伤感！）

过了三天，我便把他从母亲怀中救出来，由我负一切的教养责任。多么有教育与本事的母亲也不可靠，既是母亲——大学教育系毕业的正如一字不识的愚妇——就有母亲的恶天性；人类的退化应归罪于全世界的母亲。每逢我看见一个少妇抱着肥胖的小孩，我就想到圣母与圣婴。即使那少妇是个社会主义者，那小娃娃将来至多也不过成个基督教社会主义者，也许成为个只有长须而不抵抗的托尔司太。我不能教爱弥耳在母乳旁乞求生命，乖乖宝宝的被女人吻着玩着，像个小肥哈巴狗。我要他成为战士，有钢板硬的腮与心，永远把吻他的人的臭嘴碰得生疼。

我断了他的奶。母乳变成的血使人软如豆腐，使男人富于女性。爱弥耳既是男的，就得有男儿气。牛奶也不能吃，为是避免“牛乳教育”。代替奶的最好的东西当然是面包，所以爱弥耳在生下的第四天就开始吃面包了；他将来必定会明白什么是面包问题与为什么应为面包而战。我知道面包的养分不及母乳与牛乳的丰富，可是我一点也不可怜爱弥耳的时时喊饿；饿是革命的原动力，他必须懂得饿，然后才知道什么是反抗。每当他饿的时候，我就详细地给他讲述反抗的方法与策略；面包在我手中拿着，我说什么他都得静静地听着；到了我看见他头上已有虚汗，我才把面包给他，以免他昏过去。每逢看见面包，他的眼睛是那么发光，使我不能不满意，他的确是明白了面包的价值。当他刚学会几句简单言语的时候，他已会嚷“我要面包！”嚷得是那样动心与激烈，简直和革命首领的喊口号一个味儿了。

因为他时常饿得慌，所以免不了地就偷一些东西吃，我并不禁止他。反之，我却惩罚他，设若他偷得不得法，或是偷了东西而轻易地承认。我下毒手打他，假如他轻易承认过错。我要养成他的狡猾。每一个战士都须像一个狐狸。为正义而战的革命者都得顶狡猾，以最卑鄙的手段完成最大的工作。可惜，爱弥耳有时候把这个弄错，而只为自己的口腹对我要坏心路。可是，这实在是因为他年纪太小，还不完全明白我所讲说的。假若他能活到十五岁——不用再往多了说——我想他一定能够更伟大，绝对不会只为自己的利益而狡猾的。行为是应以所要完成的事业分善恶的，腐朽的道德观念使人成为废物，行为越好便越没出息。我的爱弥耳的行动已经有了明日之文化的基本训练，可惜他死得那么早，以至于他的行动不能完全证明出他的目的，那远大的日的。

爱弥耳到满了三岁的时候，不但小孩子们不喜欢跟他在一块儿玩耍，就是成人们也没有疼爱他的。这是我最得意的一点。自从他一学说话起，我就用尽了力量，教给他最正确的言语，绝不许他知道一个字而不完全了解它的意义，也绝不给他任何足以引起幻想的字。所以，他知道多少话就是知道了多少事，没有一点折扣，也没有一点虚无缥缈的地方。比如说吧，教给他说“月”，我就把月的一切都详细地告诉他：月的大小，月的年龄，它当初怎么形成的，和将来怎样碎裂……这都是些事实。与事实相反的都除外：月就是月；“月亮”，还有什么“月亮爷”，都不准入爱弥耳的耳朵。谁都知道月的光得自日，那么“月亮”就不通；“月亮爷”就越发胡闹了。我不能教我的爱弥耳把那个死静的月称作“爷”。至于月中有个大兔，什么嫦娥奔月等等的胡言谵语，更一点儿也不能教他知道。传说和神话是野蛮时代的玩艺儿；爱弥耳是预备创造明日之文化的，他必得说人话。是的，我也给他说故事，但不是嫦娥奔月那一类的。我给他说秦始皇，汉武帝，亚力山大，拿破仑等人的事，而尽我所能地把这些所谓的英雄形容成非常平凡的人，而且不必是平凡的好人。爱弥耳在三岁时就明白拿破仑的得志只是仗着一些机会。他不但因此而正确地明白了历史，他的地理知识也足以惊人。在我给他讲史事的时候，随时指给他各国的地图。我们也有时候讲说植物或昆虫，可是绝没有青蛙娶亲，以荷叶做轿那种惑乱人心的胡扯。我们讲到青蛙，就马上捉来一只，细细地解剖开，由我来说明青蛙的构造。这样，不但他正确地明白了青蛙，而且因用小刀剖开它，也就减除了那些虚伪的爱物心。将来的人是不许有伤感的。就是对于爱弥耳自己身上的一切，我也是这样照实地给他说明。在他五岁的时候，他已有了不少的性的知识。他知道他是母亲生的，不是由树上落下来的。他晓得他的生殖器是做什么用的，正如他明白他的嘴是干什么的。五岁的爱弥耳，我敢说，实在比普通的十八九岁的大孩子还多知多懂。

可是，正因为他知道得多，知道得正确，人们可就不大喜爱他了。自然，这不是他的过错。小孩子们不能跟他玩耍，因为他明白，而他们糊涂。比如一群男女小孩在那儿“点果子名”玩，他便也不待约请而蹲在他们之中，可是及至首领叫：“我的石榴轻轻慢慢地过来打三下。”他——假若他是被派为石榴——一动也不动，让大家干着急。“人不能是石榴，石榴是植物！”是他的反抗。大家当然只好教他请出了。啊！理智的胜利，与哲人的苦难！中古世纪的愚人们常常把哲人烧死，称之为魔术师，拍花子的等等。我的爱弥耳也逃不了这个灾厄呀！那些孩子所说的所玩的以“假装”为中心，假装你是姑娘，假装你是小兔，爱弥耳根本不敢假装，因为怕我责罚他。我并不反对艺术，爱弥耳设若能成个文学家，我绝不会阻止他。不过，我可不能任着他成个说梦话的，一天到晚闹幻想的文学家。想像是文学因素之一，这已是前几世纪的话了。人类的进步就是对实事的认识增多了的意思；而文学始终没能在这个责任上有什么帮助。爱弥耳能成个文学家与否，我还不晓得，不过假若他能成的话，他必须不再信任想像。在我的教育程序中，从一开头儿我就不准他想像。一就是一，二就是二，假若爱弥耳把一当作二，我宁可杀了他！是的，他失掉了小朋友们，有时候显着寂苦，但这有什么关系呢，“朋友”根本是布尔乔亚的一个名词，那么爱弥耳自幼没朋友就正好。

小孩们不愿意和他玩，他们的父母也讨厌他。这是当然的，因为设若爱弥耳的世界一旦来到，这群只会教儿女们“假装”这个，

“假装”那个的废物们都该一律灭绝。他们不许他们的儿女跟爱弥耳玩，因为爱弥耳太没规矩。第一样使他们以为他没规矩的就是他永远不称呼他们大叔二婶，而直接的叫“秃子的妈”，或“李顺的爸”；遇上没儿没女的中年人，他便叫“李二的妻”，或“李二”。这不是最正确的么？然而他们不爱听。他们教给孩子们见人就叫“大爷”，仿佛人们都没有姓名似的。他们只懂得教子女去谄媚，去服从——称呼人家为叔为伯就是得听叔伯的话的意思。爱弥耳是个“人”，他无须听从别人的话。他不是奴隶。没规矩，活该！第二样惹他们不喜欢而叫他野孩子的，是因为他的爽直。在我的教导监护下，而爱弥耳要是会谦恭与客气，那不是证明我的教育完全没用么？他的爽直是因为他心里充实。我敢说，他的心智与爱好在许多的地方上比成人还高明。凡是一切假的，骗人的东西，他都不能欣赏。比如变戏法，练武卖艺的一般他看见，他当时就会说，这都是假的。即使卖艺的拿着真刀真枪，他也能知道他们只是瞎比划，而不真杀真砍。他自生下来至死，没有过一件玩物：娃娃是假的，小刀枪假的，小汽车假的；我不给他假东西。他要玩，我教他用锤子砸石头，或是拿簸箕搬煤，在游戏中老与实物相接触，在玩耍中老有实在的用处。况且他也没有什么工夫去玩耍，因为我时时在教导他，训练他；我不许他知道小孩子是应该玩耍的，我告诉他工作劳动是最高的责任。因此，他不能不常得罪人。看见邻居王大的老婆脸上擦着粉，马上他会告诉她，那是白粉呀，脸原来不白呀。看见王二的女儿戴着纸花，他同样地指出来，你的花不香呀，纸做的，哼！他有成人们的知识，而没有成人们的客气，所以他的话像个故意讨人厌的老头子的。这自然是必不可免的，而且也是我所希望的。我真爱他小大人似的皱皱着鼻子，把成人们顶得一愣一愣的。人们骂他“出窝老”，哪里知道这正是我的骄傲啊。

因为所得的知识不同，所以感情也就不同。感情是知识的汁液，仿佛是。爱弥耳的知识既然那么正确实在，他自自然然的不会有虚浮的感情。他爱一切有用的东西，有用的东西，对于他，也就是美的。一般人的美的观念几乎全是人云亦云，所以谁也说不出到底美是什么。好像美就等于虚幻。爱弥耳就不然了，他看得出自行车的美，而绝不假装疯魔地说：“这晚霞多么好看呀！”可是，他又因此而常常得罪人了，因为他不肯随着人们说：这玫瑰美呀，或这位小姐面似桃花呀。他晓得桃子好吃，不管桃花美不美；至于面似桃花，还是面似蒲公英，就更没大关系了。

对于美是如此，在别的感情上他也自然与众不同。他简直地不大会笑。我以为人类最没出息的地方便是嬉皮笑脸的笑，而大家偏偏爱给孩子们说笑话听，以至养成孩子们爱听笑话的恶习惯。算算看吧，有媚笑，有冷笑，有无聊的笑，有自傲的笑，有假笑，有狂笑，有敷衍的笑；可是，谁能说清楚了什么是真笑？大概根本就没有所谓真笑这么回事吧？那么，为什么人们还要笑呢？笑的文艺，笑的故事，只是无聊，只是把郑重的事与该哭的事变成轻微稀松，好去敷衍。假若人类要想不再退化，第一要停止笑。所以我不准爱弥耳笑，也永不给他说任何招笑的故事。笑是最贱的麻醉，会郑重思想的人应当永远咬着牙，不应以笑张开嘴。爱弥耳不会笑，而且看别人笑非常的讨厌。他既不哭，也不笑，他才真是铁石做的人，未来的人，永远不会错用感情的人，别人爱他与否有什么要紧，爱弥耳是爱弥耳就完了。

到了他六岁的时候，我开始给他抽像的名词了，如正义，如革命，如斗争等等。这些自然较比地难懂一些，可是教育本是一种渐进的习染，自幼儿听惯了什么，就会在将来明白过来，我把这些重要深刻的思想先吹送到他的心里，占据住他的心，久后必定会慢慢发芽，像把种子埋在土里一样，不管种子的皮壳是多么硬，日子多了就会裂开。我给他解说完了某一名词，就设法使他应用在日常言语中；并不怕他用错了。即使他把“吃饭”叫作“革命”，也好，因为他至少是会说了这么两个字。即使他极不逻辑地把一些抽象名词和事实联在一处，也好，因为这只是思想还未成熟，可是在另一方面足以见出他的勇敢的精神。好比说，他因厌恶邻家的二秃子而喊“打倒二秃子就是救世界”，好的。纵使二秃子的价值没有这么高，可是爱弥耳到底有打倒他的勇气，与救世界的精神。说真的，在革命的行为与思想上，精神实在胜于逻辑。我真喜欢听爱弥耳的说话，才六七岁他就会四个字一句地说一大片悦耳的话，精炼整齐如同标语，爱弥耳说：“我们革命，打倒打倒，牺牲到底，走狗们呀，流血如河，淹死你们……”有了他以前由言语得来的正确知识，加上这自六岁起培养成的正确意识，我敢说这是个绝大的成功。这是一种把孩子的肉全剥掉，血全吸出来，而给他根本改造的办法。他不会哭笑，像机器一样地等待做他所应做的事。只有这样，我以为，才能造就出一个将来的战士。这样的战士应当自幼儿便把快乐牺牲净尽，把人性连根儿拔去。除了这样，打算由教育而改善人类才真是做梦。

在他八岁那年，我开始给他讲政治原理。他很爱听，而且记住了许多政治学的名词。可惜，不久他就病了。可是我绝没想到他会一病不起。以前他也害过病，我总是一方面给他药吃，一方面继续教他工作。小孩子是娇惯不得的，有点小病就马上将就他，放纵他，他会吃惯了甜头而动不动地就装病玩。我不上这个当。病了也要工作，他自然晓得装着玩是没好处的。这回他的病确是不轻，我停止了他的工作，可是还用历史与革命理论代替故事给他解闷，药也吃了不少。谁知道他就这么死了呢！到现在想起来，我大概是疏忽了他的牙齿。他的牙还没都换完，容或在槽牙那边儿有了什么大毛病，而我只顾了给他药吃，忘了细细检查他的牙。不然的话，我想无论如何他也不会死，所以当他呼吸停止了的时候，我简直不能相信那能是真事！我的爱弥耳！

我没工夫细说他的一切；想到他的死，我也不愿再说了！我一点不怀疑我的教育原理与方法，不过我到底不能完全控制住自己的感情，我的弱点！可是爱弥耳那孩子也是太可爱了！这点伤心可不就是灰心，我到底因爱弥耳而得了许多经验，我应当高高兴兴地继续我的研究与试验；我确信我能在第二个爱弥耳身上完成我的伟大计划。

新时代的旧悲剧

一

“老爷子！”陈廉伯跪在织锦的垫子上，声音有点颤，想抬起头来看看父亲，可是不能办到；低着头，手扶在垫角上，半闭着眼，说下去：“儿子又孝敬您一个小买卖！”说完这句话，他心中平静一些，可是再也想不出别的话来，一种渺茫的平静，像秋夜听着点远远的风声那样无可如何地把兴奋、平静、感慨与情绪的激动，全融化在一处，不知怎样才好。他的两臂似乎有点发麻，不能再呆呆地跪在那里；他只好磕下头去。磕了三个，也许是四个头，他心中舒服了好多，好像又找回来全身的力量，他敢抬头看看父亲了。

在他的眼里，父亲是位神仙，与他有直接关系的一位神仙；在他拜孔圣人、关夫子，和其他的神明的时节，他感到一种严肃与敬畏，或是一种敷衍了事的情态。唯有给父亲磕头的时节他才觉到敬畏与热情联合到一处，绝对不能敷衍了事。他似乎觉出父亲的血是在他身上，使他单纯得像初生下来的小娃娃，同时他又感到自己的能力，能报答父亲的恩惠，能使父亲给他的血肉更光荣一些，为陈家的将来开出条更光洁香热的血路；他是承上启下的关节，他对得起祖先，而必定得到后辈的钦感！

他看了父亲一眼，心中更充实了些，右手一拄，轻快地立起来，全身都似乎特别地增加了些力量。陈老先生——陈宏道，——仍然端坐在红木椅上，微笑着看了儿子一眼，没有说什么；父子的眼睛遇到一处已经把心中的一切都倾洒出来，本来不须再说什么。陈老先生仍然端坐在那里，一部分是为回味着儿子的孝心，一部分是为等着别人进来贺喜——每逢廉伯孝敬给老先生一所房，一块地，或是——像这次——一个买卖，总是先由廉伯在堂屋里给父亲叩头，而后全家的人依次地进来道喜。

陈老先生的脸是红而开展，长眉长须还都很黑，头发可是有些白的了。大眼睛，因为上了年纪，眼皮下松松地搭拉着半圆的肉口袋；口袋上有些灰红的横纹，颇有神威。鼻子不高，可是宽，鼻孔向外撑着，身量高。手脚都很大；手扶着膝在那儿端坐，背还很直，好似座小山儿：庄严、硬朗、高傲。

廉伯立在父亲旁边，嘴微张着些，呆呆地看着父亲那个可畏可爱的旁影。他自己只有老先生的身量，而没有那点气度。他是细长，有点水蛇腰，每逢走快了的时候自己都有些发毛咕。他的模样也像老先生，可是脸色不那么红；虽然将近四十岁，脸上还没有多少须子茬；

对父亲的长须，他只有羡慕而已。立在父亲旁边，他又渺茫地感到常常袭击他的那点恐惧。他老怕父亲有个山高水远，而自己压不住他的财产与事业。从气度上与面貌上看，他似乎觉得陈家到了他这一辈，好像对了水的酒，已经没有那么厚的味道了。在别的方面，他也许比父亲还强，可是他缺乏那点神威与自信。父亲是他的主心骨，像个活神仙似的，能暗中保祐他。有父亲活着，他似乎才敢冒险，敢见钱就抓，敢和人们结仇作对，敢下毒手。每当他遇到困难，迟疑不决的时候，他便回家一会儿。父亲的红脸长须给他胆量与决断；他并不必和父亲商议什么，看看父亲的红脸就够了。现今，他又把刚置买了的产业献给父亲，父亲的福气能压得住一切；即使产业的来路有些不明不白的地方，也被他的孝心与父亲的福分给镇下去。

头一个进来贺喜的是廉伯的大孩子，大成，十一岁的男孩，大脑袋，大嗓门，有点傻，因为小时候吃多了凉药。老先生看见孙子进来，本想立起来去拉他的小手，继而一想大家还没都到全，还不便马上离开红木椅子。

“大成，”老先生声音响亮地叫，“你干什么来了？”

大成摸了下鼻子，往四围看了一眼，“妈叫我进来，给爷道，道……”傻小子低下头去看地上的锦垫子。马上弯下身去摸垫子四围的绒绳，似乎把别的都忘了。

陈老先生微微地一笑，看了廉伯一眼，“痴儿多福！”连连地点头。廉伯也陪着一笑。

廉仲——老先生的二儿子——轻轻地走进来。他才有二十多岁，个子很大，脸红而胖，很像陈老先生，可是举止显着迟笨，没有老先生的气派与身分。

没等二儿了张口，老先生把脸上的微笑收起去。叫了声："廉仲！"

廉仲的胖脸上由红而紫，不知怎样才好，眼睛躲着廉伯。

"廉仲！"老先生又叫了声，"君子忧道不忧贫，你倒不用看看你哥哥尽孝，心中不安，不用！积善之家自有余福，你哥哥的顺利，与其说是他有本事，还不如说是咱们陈家过去几代积成的善果。产业来得不易，可是保守更难，此中消息，"老先生慢慢摇着头，"大不易言！箪食瓢饮，那乃是圣道，我不能以此期望你们；腾达显贵，显亲扬名，此乃人道，虽福命自天，不便强求，可是彼丈夫也，我丈夫也，有为者亦若是。我不求你和你哥哥一样的发展，你的才力本来不及他，况且又被你母亲把你惯坏；我只求你循规蹈矩地去做人，帮助父兄去守业，假如你不能自己独创的话。你哥哥今天又孝敬我一点产业，这算不了什么，我并不因此——这点产业——而喜欢；可是我确是喜欢，喜欢的是他的那点孝心。"老先生忽然看了孙子一眼，"大成，叫你妹妹去！"

廉仲的胖脸上见了汗，不知怎样好，乘着父亲和大成说话，慢慢地转到老先生背后，去看墙上挂着的一张山水画。大成还没表示是否听明白祖父的话，妈妈已经携着妹妹进来了。女人在陈老先生心中是没有一点价值的，廉伯太太大概早已立在门外，等着传唤。

廉伯太太有三十四五岁，长得还富态。倒退十年，她一定是个漂亮的小媳妇。现在还不难看，皮肤很细，可是她的白胖把青春埋葬了，只是富泰，而没有美的诱力了。在安稳之中，她有点不安的神气，眼睛偷偷地，不住地，往四下望。胖脸上老带着点笑容；似乎是给谁道歉，又似乎是自慰，正像个将死了婆婆，好脾气，而没有多少本事的中年主妇。她一进屋门，陈老先生就立了起来，好似传见的典礼已经到了末尾。

“爷爷大喜！”廉伯太太不很自然地笑着，眼睛不敢看公公，可又不晓得去看什么好。

“有什么可喜！有什么可喜！”陈老先生并没发怒，脸上可也不带一点笑容，好似个说话的机器在那儿说话，一点也不带感情，公公对儿媳是必须这样说话的，他仿佛是在表示，“好好地相夫教子，那是妇人的责任；就是别因富而骄惰，你母家是不十分富裕的，哎，哎……”老先生似乎不愿把话说到家，免得使儿媳太难堪了。

廉伯太太胖脸上将要红，可是就又挂上了点无聊的笑意，拉了拉小女儿，意思是叫她找祖父去。祖父的眼角撩到了孙女，可是没想招呼她。女儿都是陪钱的货，老先生不愿偏疼孙子，但是不由得不肯多亲爱孙女。

老先生在屋里走了几步，每一步都用极坚实的脚力放在地上，做足了昂举阔步。自己的全身投在穿衣镜里，他微停了一会儿，端详了自己一下。然后转过身来，向大儿子一笑。

“冯唐易老，李广难封！才难，才难；但是知人惜才者尤难！我已六十多了……”老先生对着镜子摇了半天头，“怀才不遇，一无所成……”他捻着须梢儿，对着镜子细端详自己的脸。

老先生没法子不爱自己的脸。他是个文人，而有武相。他有一切文人该有的仁义礼智，与守道卫教的志愿，可是还有点文人所不敢期冀的，他自比岳武穆。他是，他自己这么形容，红脸长髯高吟“大江东去”的文人。他看不起普通的白面书生。只有他，文武兼全，才担得起翼教爱民的责任。他自信学问与体魄都超乎人，他什么都知道，而且知道得最深最好。可惜，他只是个候补知县而永远没有补过实缺。因此，他一方面以为自己的怀才不遇是人间的莫大损失；在另一方面，他真喜欢大儿子——文章经济，自己的文章无疑的是可以传世的，可是经济方面只好让给儿子了。

廉伯现在做侦探长，很能抓弄些个钱。陈老先生不喜欢“侦探长”，可是侦探长有升为公安局长的希望，公安局长差不多就是原先的九门提督正堂，那么侦探长也就可以算作……至少是三品的武官吧。自从革命以后，官衔往往是不见经传的，也就只好承认官便是官，虽然有的有失典雅，可也没法子纠正。况且官总是“学优而仕”，名衔纵管不同，道理是万世不变的。老先生心中的学问老与做官相联，正如道德永远和利益分不开。儿子既是官，而且能弄钱，又是个孝子，老先生便没法子不满意。只有想到自己的官运不通，他才稍有点忌妒儿子，可是这点牢骚正好是作诗的好材料，那么作一两首律诗或绝句也便正好是哀而不伤。

老先生又在屋中走了两趟，哀意渐次发散净尽。“廉伯，今天晚上谁来吃饭。”

“不过几位熟朋友。”廉伯笑着回答。

“我不喜欢人家来道喜！”老先生的眉皱上一些，“我们的兴旺是父慈子孝的善果；是善果，他们如何能明白……”

“熟朋友，公安局长，还有王处长……”廉伯不愿一一的提名道姓，他知道老人的脾气有时候是古怪一点。

老先生没再说什么。过了一会儿：“别都叫陈寿预备，外边叫几个菜，再由陈寿预备几个，显着既不太难看，又有家常便饭的味道。”老先生的眼睛放了光，显出高兴的样子来，这种待客的计划，在他看，也是“经济”的一部分。

“那么老爷子就想几个菜吧；您也同我们喝一盅？”

“好吧，我告诉陈寿；我当然出来陪一陪；廉仲，你也早些回来！”

二

陈宅西屋的房脊上挂着一钩斜月，阵阵小风把院中的声音与桂花的香味送走好远。大门口摆着三辆汽车，陈宅的三条狼狗都面对汽车的大鼻子趴着，连车带狗全一声不出，都静听着院里的欢笑。院里很热闹：外院南房里三个汽车夫，公安局长的武装警卫，和陈廉伯自用的侦探，正推牌九。里院，晚饭还没吃完。廉伯不是正式的请客，而是随便约了公安局局长，卫生处处长，市政府秘书主任，和他们的太太们来玩一玩；自然，他们都知道廉伯又置买了产业，可是只暗示出道喜的意思，并没送礼，也就不好意思要求正式请客。菜是陈寿做的，由陈老先生外点了几个，最得意的是个桂花翅子——虽然是个老菜，可是多么迎时当令呢。陈寿的手艺不错，客人们都吃得很满意；虽然陈老先生不住地骂他混蛋。老先生的嘴能够非常的雅，也能非常的野，那要看对谁讲话。

老先生喝了不少的酒，眼皮下的肉袋完全紫了；每干一盅，他用大手慢慢地捋两把胡子，检阅军队似地看客人们一眼。

“老先生海量！”大家不住地夸赞。

“哪里的话！”老先生心里十分得意，而设法不露出来。他似乎知道虚假便是涵养的别名。可是他不完全是个瘦弱的文人，他是文武双全，所以又不能不表示一些豪放的气概：“几杯还可以对付，哈哈！请，请！”他又灌下一盅。

大家似乎都有点怕他。他们也许有更阔或更出名的父亲，可是没法不佩服陈老先生的气派与神威。他们看出来，假若他们的地位低卑一些，陈老先生一定不会出来陪他们吃酒。他们懂得，也自己常应用，这种虚假的应酬方法，可是他们仍然不能不佩服老先生把这个运用得有声有色，把儒者、诗人、名士、大将，所该有的套数全和演戏似地表现得生动而大气。

饭撤下去，陈福来放牌桌。陈老先生不打牌，也反对别人打牌。可是廉伯得应酬，他不便干涉。看着牌桌摆好，他闭了一会儿眼，好似把眼珠放到肉袋里去休息。而后，打了个长的哈欠。廉伯赶紧笑着问：

“老爷子要是——”

陈老先生睁开眼，落下一对大眼泪，看着大家，腮上微微有点笑意。

“老先生不打两圈？两圈？”客人们问。

“老矣，无能为矣！”老先生笑着摇头，仿佛有无限的感慨。又坐了一会儿，用大手连抹几把胡子，唧唧地咂了两下嘴，慢慢地立起来：“不陪了。陈福，倒茶！”向大家微一躬身，马上挺直，扯开方步，一座牌坊似地走出去。

男女分了组：男的在东间，女的在西间。廉伯和弟弟一手，先让弟弟打。

牌打到八圈上，陈福和刘妈分着往东西屋送点心。廉伯让大家吃，大家都眼看着牌，向前面点头。廉伯再让，大家用手去摸点心，眼睛完全用在牌上。卫生处处长忘了卫生，市政府秘书主任差点把个筹码放在嘴里。廉仲不吃，眼睛盯着面前那个没用而不敢打出去的白板，恨不能用眼力把白板刻成个么筒或四万。

廉仲无论如何不肯放手那张白板。公安局长手里有这么一对儿宝贝。廉伯让点心的时节，就手儿看了大家的牌，有心给弟弟个暗号，放松那个值钱的东西，因为公安局长已经输了不少。叫弟弟少赢几块，而讨局长个喜欢，不见得不上算。可是，万一局长得了一张牌而幸起去呢？赌就是赌，没有谦让。他没通知弟弟。设若光是一张牌的事，他也许不这么狠。打给局长，讨局长的喜欢，局长，局长，他不肯服这个软儿。在这里，他自信得了点父亲的教训：应酬是手段，一往直前是陈家的精神；他自己将来不止于做公安局长，可是现在他可以，也应当，做公安局长。他不能退让，没看起那手中有一对白板的局长，弟弟手里那张牌是不能送礼的。

只摸了两手，局长把白板摸了上来，和了牌。廉仲把牌推散，对哥哥一笑。廉伯的眼把弟弟的笑整个地瞪了回去。

局长自从掏了白板，转了风头，马上有了闲话：“处长，给你张卫生牌吃吃！”顶了处长一张九万。可是，八圈完了，大家都立起来。

“接着来！”廉伯请大家坐下：“早得很呢！”

卫生处处长想去睡觉，以重卫生，可是也想报复，局长那几张卫生牌顶得他出不来气。什么早睡晚睡，难道卫生处长就不是人，就不许用些感情？他自己说服了自己。

秘书长一劲儿谦虚，纯粹为谦虚而谦虚，不愿挑头儿继续作战，也不便主张散局，而只说自己打得不好。

只等局长的命令。“好吧，再来；廉伯还没打呢！”

大家都迟迟地坐下，心里颇急切。廉仲不敢坐实在了，眼睛目留着哥哥，心中直跳。一边目留着哥哥，一边鼓逗骰子，他希望廉伯还让给他——哪怕是再让一圈呢。廉伯决定下场，廉仲像被强迫爬起来的骆驼，极慢极慢地把自己收拾起来。连一句“五家来，做梦。”都没人说一声！他的脸烧起来，别人也没注意。他恨这群人，特别恨他的哥哥。可是他舍不得走开。打不着牌，看看也多少过点瘾。他坐在廉伯旁边。看了两把，他的茄子色慢慢地降下去，只留下两小帖红而圆的膏药在颧骨上，很傻而有点美。

从第九圈上起，大家的语声和牌声比以前加高了一倍。礼貌、文化、身分、教育，都似乎不再与他们相干，或者向来就没和他们发生过关系。越到夜静人稀，他们越粗暴，把细心全放在牌张地调动上。他们用最粗暴的语气索要一个最小的筹码。他们的脸上失去那层温和的笑意，眼中射出些贼光，目留着别人的手而掩饰自己的心情变化。他们的唇被香烟烧焦，鼻上结着冷汗珠，身上放射着湿潮的臭气。

西间里，太太们的声音并不比东间里的小，而且非常尖锐。可是她们打得慢一点，东间的第九圈开始，她们的八圈还没有完。毛病是在廉伯太太。显然地，局长太太们不大喜欢和她打，她自己也似乎不十分热心地来。可是没有她便成不上局，大家无法，她也无法。她打得慢，算和慢，每打一张她还得那么抱歉地、无聊地、无可奈何地笑一笑，大家只看她的张子，不看她的笑；她发的张子老是很臭：吃上的不感激她，吃不上的责难她。她不敢发脾气，也不大会发脾气，她只觉得很难受，而且心中嘀嘀咕咕，惟恐丈夫过来检查她——她打得不好便是给他丢人。那三家儿都是牌油子。廉伯太太对于她们的牌法如何倒不大关心，她羡慕她们因会打牌而能博得丈夫们的欢心。局长太太是二太太，可是打起牌来就有了身分，而公然地轻看廉伯太太。

八圈完了，廉伯太太缓了一口气，可是不敢明说她不愿继续受罪。刘妈进来伺候茶水，她忽然想起来，胖胖地一笑：“刘妈，二爷呢？”

局长太太们知道廉仲厉害，可是不反对他代替嫂子；要玩就玩个痛快，在赌钱的时节她们有点富于男性。廉仲一坐下，仿佛带来一股春风，大家都高兴了许多。大家都长了精神，可也都更难看了，没人再管脸上花到什么程度；最美的局长二太太的脸上也黄一块白一块的，有点像连阴天时的壁纸。屋中潮渌渌的有些臭味。

廉伯太太心中舒服了许多，但还不能马上躲开。她知道她的责任是什么，一种极难堪，极不自然，而且不被人钦佩与感激的责任。她坐在卫生处长太太旁边，手放在膝上，向桌子角儿微笑。她觉到她什么也不是，只是廉伯太太，这四个字把她捆在那里。

廉仲可是非常的得意。“赌”是他的天才所在，提到打牌，推牌九，下棋，抽签子，他都不但精通，而且手里有花活。别的，他无论怎样学也学不会；赌，一看就明白。这个，使他在家里永远得不着好气，可是在外边很有人看得起他，看他是把手儿。他恨陈老先生和廉伯，特别是在陈老先生说“都是你母亲惯坏了你”的时候。他爱母亲，设若母亲现在还活着，他绝不会受他们这么大的欺侮，他老这样想。母亲是死了，他只能跟嫂子亲近，老嫂比母，他对嫂子十分的敬爱。因此，陈老先生更不待见他，陈家的男子都是轻看妇女的，只有廉仲是个例外，没出息。

他每打一张俏皮的牌，必看嫂子一眼，好似小儿要俏而要求大人夸奖那样。有时候他还请嫂子过来看看他的牌，虽然他明知道嫂子是不很懂得牌经的。这样做，他心中舒服，嫂子的笑容明白地表示出她尊重二爷的技巧与本领，他在嫂子眼中是“二爷”，不是陈家的“吃累”。

三

快天亮了。凉风儿在还看不出一定颜色的云下轻快地吹着，吹散了院中的桂香，带来远处的犬声。风儿虽然清凉，空中可有些潮湿，草叶上挂满还没有放光的珠子。墙根下处处虫声，急促而悲哀。陈家的牌局已完，大家都用喷过香水的热毛巾擦脸上的油腻，跟着又点上香烟，烫那已经麻木了的舌尖，好似为赶一赶内部的酸闷。大家还舍不得离开牌桌。可是嘴中已不再谈玩牌的经过，而信口地谈着闲事，谈得而且很客气，仿佛把礼貌与文化又恢复了许多；廉伯太太的身分在天亮时节突然提高，大家都想起她的小孩，而殷勤地探问。陈福和刘妈都红着眼睛往屋里端鸡汤挂面，大家客气了一番，然后闭着眼往口中吞吸，嘴在运动，头可是发沉，大家停止了说话。第二把热毛巾递上来，大家才把脸上的筋肉活动开，咬着牙往回堵送哈欠。

“局长累了吧？”廉伯用极大的力量甩开心中的迷忽。

“哪！哪累！”局长用热手巾捂着脖梗。

“陈太太，真该歇歇了，我们太不客气了！”卫生处长的手心有点发热，渺茫地计划着应回家吃点什么药。

廉伯太太没说出什么来，笑了笑。

局长立起来，大家开始活动，都预备着说“谢谢”。局长说了；紧跟着一串珠似的“谢谢”。陈福赶紧往外跑，门外的汽车喇叭响成一阵，三条狼狗打着欢儿咬，全街的野狗家狗一致响应。大家仍然很客气，过一道门让一次，话很多而且声音洪亮。主人一定叫陈福去找毛衣，一定说天气很凉；客人们一定说不凉，可是都微微有点发抖。毛衣始终没拿来，汽车的门啷啷关好，又是一阵喇叭，大家手中的红香烟头儿上下摆动，“谢谢！”“慢待！”嘟嘟地响成一片。陈福扯开嗓子喊狗。大门雷似地关好，上了闩。院中扯着几个长而无力的哈欠，一阵桂花香，天上剩了不几个星星。

草叶上的水珠刚刚发白，陈老先生起来了。早睡早起，勤俭兴家，他是遵行古道的。四外很安静，只有他自己的声音传达到远处，他摔门、咳嗽、骂狗、念诗……四外越安静，他越爱听自己的声音，他是警世的晨钟。

陈老先生的诗念得差不多，大成——因为晚饭吃得不甚合适——起来了，起来就嚷肚子饿。老先生最关心孩子，高声喊陈寿，想法儿先治大成的饿。陈寿已经一夜没睡，但是听见老主人喊他，他不敢再多迟延一秒钟。熬了一夜，可是得了“头儿钱”呢；他晓得这句是在老主人的嘴边上等着他，他不必找不自在。他晕头打脑地给小主人预备吃食，而且假装不困，走得很快，也很迷糊。

听着孙子不再叫唤了，老先生才安心继续读诗。天下最好听的莫过于孩子哭笑与读书声，陈家老有这两样，老先生不由得心中高兴。

陈寿喂完小主人，还不敢去睡，在老主人的屋外脚不出声地来回走！他怕一躺下便不容易再睁开眼。听着老主人的诗声落下一个调门来，他把香片茶、点心端进去。出来，就手儿喂了狗，然后轻轻跑到自己屋中，闭上了眼。

陈老先生吃过点心，到院中看花草。他并不爱花，可是每遇到它们，他不能不看，而且在自己家中是早晚必找上它们去看一会儿，因为诗中常常描写花草霜露，他可以不爱花，而不能表示自己不懂得诗。秋天的朝阳把多露的叶子照得带着金珠，他觉得应当作诗，泄一泄心中的牢骚。可是他心中，在事实上，是很舒服、快活，而且一心惦记着那个新买过来的铺子。诗无从作起。牢骚可不能去掉，不管有诗没有。没有牢骚根本算不了个儒生、诗人、名士。是的，他觉得他的六十多岁是虚度，满腹文章，未曾施展过一点。“不才明主弃！”想不起来全句。老杜、香山、东坡……都做过官；饶做过官，还那么牢骚抑郁，况且陈老先生，惭愧、空虚。他想起那个买卖。儿子孝敬给他的产业，实在的，须用心经营的，经之营之……他决定到铺子去看看。他看不起做买卖，可是不能不替儿子照管一下，再说呢，“道”在什么地方也存在着。子贡也是贤人！书须活念，不能当书痴。他开始换衣服。刚换好了鞋，廉伯自用的侦探兼陈家的门房冯有才进来请示：

“老先生，”冯有才——四十多岁，嘴像鲇鱼似的——低声地说，“那个，他们送来，那什么，两个封儿。”

“为什么来告诉我？”老先生的眼睛瞪得很大。

“不是那个，大先生还睡觉哪嘛，”鲇鱼嘴试着步儿笑，“我不好，不敢去惊动他，所以——”

陈老先生不好意思去思索，又得出个妥当的主意：“他们天亮才散，我晓得！”缓了口气，“你先收下好啦，回头交给大爷：我不管，我不管！”走过去，把那本诗拿在手中，没看冯有才。

冯有才像从鱼网的孔中漏了出去，脚不擦地地走了。老先生又把那本诗放下，看了一眼：“凉风起天末，君子意如何？！”“君子——意——如——何——”老先生心中茫然，惭愧，没补上过知县，连个封儿都不敢接；冯有才，混蛋，必定笑我呢！送封儿是自古有之，可是应当什么时候送呢？是不是应当直接地说来送封儿，如邮差那样喊“送信”？说不清，惭愧！文章经济，自己到底缺乏经验，空虚——“意如何！”对着镜子看了看：“养拙干戈际，全生麋鹿群！”细看看镜中的老眼有没有泪珠，没有；古人的性情，有不可及者！

老先生换好衣服，正想到铺子去看看，冯有才又进来了：“老先生，那什么，我刚才忘记回了：钱会长派人来送口信，请您今天过去谈谈。”

“什么时候？”

“越早越好。”

老先生的大眼睛闭了闭，冯有才退出去。老先生翻眼回味着刚才那一闭眼的神威，开始觉到生命并不空虚，一闭眼也有作用；假如自己是个“重臣”，这一闭眼应当有多么大的价值？可惜只用在冯有才那混蛋的身上；白废！到底生命还是不充实，儒者三月无君……

他决定先去访钱会长。没坐车，为是活动活动腿脚。微风吹斜了长须，触着一些阳光，须梢闪起金花。他端起架子，渐渐地忘记是自己的身体在街上走，而是一个极大极素美的镜框子，被一股什么精神与道气催动着，在街上为众人示范——镜框子当中是个活圣贤。走着走着，他觉得有点不是味儿：知道那两封儿里是支票呢，还是现款呢？交给冯有才那个混蛋收着……不能，也许不能……可是，钱若是不少，谁保得住他不携款潜逃！世道人心！他想回去，可是不好意思，身分、礼教，都不准他回去。然而这绝不是多虑，应当回去！自己越有修养，别人当然越不可靠，不是过虑。回去不呢？没办法！

四

花厅里坐着两位，钱会长和武将军。钱会长从前做过教育次长和盐运使，现在却愿意人家称呼他会长，国学会的会长。武将军是个退职的武人，自从退隐以后，一点也不像个武人，肥头大耳的倒像个富商，近来很喜欢读书。

陈老先生和他们并非旧交，还是自从儿子升了侦探长以后才与他们来往。他对钱子美钱会长有相当的敬意，一来因为会长的身分，二来因为会长对于经学确是有研究，三来因为会长沉默寡言而又善于理财——文章经济。对武将军，陈老先生很大度地当个朋友待，完全因为武将军什么也不知道而好向老先生请教。

三人打过招呼，钱会长一劲儿咕噜着水烟，两只小眼专看着水烟袋，一声不出。武将军倒想说话，而不知说什么好，在文人面前他老有点不自然。陈老先生也不便开口，以保持自己的尊严。

坐了有十分钟，钱会长的脚前一堆一堆的烟灰已经像个义冢的小模型。他放下了烟袋，用右手无名指的长指甲轻轻刮了刮头。小眼睛从心里透出点笑意，像埋在深处的种子顶出个小小的春芽。用左手小指的指甲剔动右手的无名指，小眼睛看着两片指甲的接触，笑了笑：

“陈老先生，武将军要读《春秋》；怎样？我以为先读《尚书》，更根本一些；自然《春秋》也好，也好！”

“一以贯之，《十三经》本是个圆圈，”陈老先生手扶在膝上，看着自己的心，听着自己的声音，“从哪里始，于何处止，全无不可！子美翁？”

武将军看着两位老先生，觉得他们的话非常有意思，可是又不甚明白。他搭不上嘴，只好用心地听着，心中告诉自己：“这有意思，很深！”

“是的，是的！”会长又拿起水烟袋，揉着点烟丝，暂时不往烟筒上放。想了半天：“宏道翁，近来以甲骨文证《尚书》者，有无是处。前天——”

“那——”

会长点头相让。陈老先生觉得差点沉稳，也不好不接下去：“那，离经叛道而已。经所以传道，传道！见道有深浅，注释乃有不同，而无伤于经；以经为器，支解割裂，甲骨云乎哉！哈哈哈哈！”

“卓见！”咕噜咕噜，“前天，一个少年来见我，提到此事，我也是这么说，不谋而合。”

武将军等着听个结果，到底他应当读《春秋》还是《书经》，两位老先生全不言语了，好像刚斗过一阵的俩老鸡，休息一会儿，再斗。

陈老先生非常的得意，居然战胜了钱会长。自己的地位、经验，远不及钱子美，可是说到学问，自己并不弱，一点不弱。可见学问与经验也许不必互相关联？或者所谓学问全在嘴上，学问越大心中越空？他不敢决定，得意的劲儿渐次消散，他希望钱会长，哪怕是武将军呢，说些别的。

武将军忽然想起来：“会长，娘们是南方的好，还是北方的好？”

陈老先生的耳朵似乎被什么猛地刺了一下。

武将军傻笑，脖子缩到一块，许多层肉褶。

钱会长的嘴在水烟袋上，小眼睛挤咕着，唏唏地笑。“武将军，我们谈道，你谈妇人，善于报复！”

武将军反而扬起脸来：“不瞎吵，我真想知道哇。你们比我年纪大，经验多，娘们，谁不爱娘们？”

“这倒成了问题！”会长笑出了声。

陈老先生没言语，看着钱子美。他真不爱听这路话，可是不敢得罪他们；地位的优越，没办法。

“陈老先生？”武将军将错就错，闹哄起来。

“武将军天真，天真！食色性也，不过——”陈老先生假装一笑。

“等着，武将军，等多咱咱们喝几盅的时候，我告诉你；你得先背熟了《春秋》！”会长大笑起来，可依然没有多少声音，像狗喘那样。

陈老先生陪着笑起来。讲什么他也不弱于会长，他心里说，学问、手段……不过，他也的确觉到他是跟会长学了一招儿。文人所以能驾驭武人者在此，手段。

可是他自己知道，他笑得很不自然。他也想到：假若他不在这里，或者钱会长和武将军就会谈起妇女来。他得把话扯到别处去，不要大家愣着，越愣着越会使会长感到不安。

“那个，子美翁，有事商量吗？我还有点别的……”

“可就是。”钱会长想起来，“别人都起不了这么早，所以我只约了你们二位来。水灾的事，马上需要巨款，咱先凑一些发出去，刻不容缓。以后再和大家商议。”

“很好！”武将军把话都听明白，而且非常愿意拿钱办善事，

“会长分派吧，该拿多少！”

“昨天晚上遇见吟老，他拿一千。大家量力而为吧。”钱会长慢慢地说。

“那么，算我两千吧。”武将军把腿伸出好远，闭上眼养神，仿佛没了他的事。

陈老先生为了难。当仁不让，不能当场丢人。可是书生，没做过官的书生，哪能和盐运使与将军比呢。不错，他现在有些财产，可是他没觉到富裕，他总以为自己还是个穷读书的；因为感觉到自己穷，才能作出诗来。再说呢，那点财产都是儿子挣来的，不容易；老子随便挥霍——即使是为行善——岂不是慷他人之慨？父慈子孝，这是两方面的。为儿子才拉拢这些人！可是没拉拢出来什么，而先倒出一笔钱去，儿子的，怎对得起儿子？自然，也许出一笔钱，引起会长的敬意。对儿子不无好处；但是希望与拿现钱是两回事。引起他们的敬意，就不能少拿，而且还得快说，会长在那儿等着呢！乐天下之乐，忧天下之忧，常这么说；可谁叫自己连个知县也没补上过呢！陈老先生的难堪甚于顾虑，他恨自己。他捋了把胡子，手微有一点颤。

“寒士，不过呢，当仁不让，我也拿吟老那个数儿吧。唯赈无量不及破产！哈哈！”他自己听得出哈哈中有点颤音。

他痛快了些，像把苦药吞下去那样，不感觉舒服，而是减少了迟疑与苦闷。

武将军两千，陈老先生一千，不算很小的一个数儿。可是会长连头也没抬，依然咕噜着他的水烟。陈老先生一方面羡慕会长的气度，一方面想知道到底会长拿多少呢。

“为算算钱数，会长，会长拿多少？”

会长似乎没有听见。待了半天，仍然没抬头：“我昨天就汇出去了，五千；你们诸公的几千，今天晌午可以汇了走；大家还方便吧？若是不方便的话，我先打个电报去报告个数目，一半天再汇款。”

“容我们一半天的工夫也好。”陈老先生用眼睛问武将军，武将军点点头。

大家又没得可说了。

武将军又忽然想起来：“宏老，走，上我那儿吃饭去！会长去不去？”

“我不陪了，还得找几位朋友去，急赈！”会长立起来，“不忙，天还早。”

陈老先生愿意离开这里，可是不十分热心到武宅去吃饭。他可没思索便答应了武将军，他知道自己心中是有点乱，有个地方去也好。他惭愧，为一千块钱而心中发乱；毛病都在他没做过盐运使与军长；他不能不原谅自己。到底心中还是发乱。

坐上将军的汽车，一会儿就到了武宅。

武将军的书房很高很大，好像个风雨操场似的，可是墙上排满了字画，到处是桌椅，桌上挤满了摆设。字画和摆设都是很贵买来的，而几乎全是假古董。懂眼的人不好意思当着他的面说是假的，可是即使说了，将军也不在乎；遇到阴天下雨没事可做的时候，他不看那些东西，而一件件地算价钱：加到一块统计若干，而后分类，字画值多钱，铜器值若干，玉器……来回一算，他可以很高兴地过一早晨，或一后半天。

陈老先生不便说那些东西“都”是假的，也不便说“都”是真的，他指出几件不地道，而嘱咐将军：“以后再买东西，找我来；或是讲明了，付过了钱哪时要退就可以退。”他可惜那些钱。

“正好，我就去请你，买不买的，说会子话儿！”武将军马上想起话来。这所房子值五万；家里现在只剩了四个娘们，原先本是九个来着，裁去了五个，保养身体，修道。他有朝一日再掌兵权也不再多杀人，太缺德……

陈老先生搭不上话，可是这么想：假若自己是宰相，还能不和将军们来往么？自己太褊狭，因为没做过官；一个儒者，书生的全部经验是由做官而来。他把心放开了些，慢慢地觉到武将军也有可爱之处，就拿将军的大方说，会长刚一提赈灾，他就认两千，无论怎说，这是有益于人民的……至少他不能得罪了将军，儿子的前途——文王的大德，武王的功绩，相辅而成，相辅而成！

仆人拿进一封信来。武将军接过来，随手放在福建漆的小桌上。仆人还等着。将军看了信封一眼：“怎回事？”

“要将军的片子，要紧的信！”

“找张名片去，请王先生来！”王先生是将军的秘书。

“王先生吃饭去了，大概得待一会儿……”

将军撕开了信封。抽出信纸，顺手儿递给了陈老先生：“老先生给看一眼，就是不喜欢念信！那谁，抽屉里有名片。”

陈老先生从袋中摸出大眼镜，极有气势地看信：

武将军仁兄阁下敬启者：

恭维起居纳福金体康宁为盼舍侄之事前曾面托是幸今闻钱子美次长与将军仁兄交情甚厚次长与秦军长交情亦甚厚如蒙鼎助与次长书通一声则薄酬六千二位平分可也次长常至军长家中顺便一说定奏成功无任感激心照不宣祇祝钧安

如小弟马应龙顿首

陈老先生的胡子挡不住他的笑了。文人的身分，正如文人的笑的资料，最显然的是来自文字。陈老先生永远忘不了这封信。

“怎回事？”武将军问。

老先生为了难；这样的信能高声朗诵地给将军念一过吗？他们俩并没有多大交情；他想用自己的话翻译给将军，可是六千元等语是没法翻得很典雅的；况且太文雅了，将军是否能听得明白，也是个问题。他用白话儿告诉了将军，深恐将军感到不安；将军听明白了，只说了声：

“就是别拜把子，麻烦！”态度非常的自然。

陈老先生明白了许多的事。

五

廉伯太太正在灯下给傻小子织毛袜子，嘴张着点，时时低声地数数针数。廉伯进来。她看了丈夫一眼，似笑非笑地低下头去照旧做活。廉伯心中觉得不合适，仿佛不大认识她了。结婚时的她忽然极清楚浮现在心中，而面前的她倒似乎渺茫不真了。他无聊地，慢慢地，坐在椅子上。不肯承认已经厌恶了太太，可也无从再爱她。她现在只是一堆肉，一堆讨厌的肉，对她没有可说的，没有可做的。

“孩子们睡了？”他不愿呆呆地坐着。

“刚睡。”她用编物针向西指了指，孩子们是由刘妈带着在西套间睡。说完，她继续地编手中的小袜子。似用着心，又似打着玩，嘴唇轻动，记着针数；有点傻气。

廉伯点上支香烟，觉到自己正像个烟筒，细长，空空的，只会冒着点烟。吸到半支上，他受不住了，想出去，他有地方去。可是他没动，已经忙了一天，不愿再出去。他试着找她的美点，刚找到便又不见了。不想再看。说点什么，完全拿她当个“太太”看，谈些家长里短。她一声不出，连咳嗽都是在嗓子里微微一响，恐怕使他听见似的。

“嗨！”他叫了声，低，可是非常的硬，“哑巴！”

“哟！”她将针线按在心口上，“你吓我一跳！”

廉伯的气不由地撞上来，把烟卷用力地摔在地上，蹦起一些火花。“别扭！”

“怎啦？”她慌忙把东西放下，要立起来。

他没言语；可是见她害了怕，心中痛快了些，用脚把地上的烟蹂灭。

她呆呆地看着他，像被惊醒的鸡似的，不知怎样才好。“说点什么，”他半恼半笑地说，“老编那个××东西！离冬天还远着呢，忙什么！”

她找回点笑容来：“说冷可就也快；说吧。”

他本来没得可说，临时也想不出。这要是搁在新婚的时候，本来无须再说什么，有许多的事可以代替说话。现在，他必得说些什么，他与她只是一种关系；别的都死了。只剩下这点关系；假若他不愿断绝这点关系的话，他得天天回来，而且得设法找话对她说！

“二爷呢？”他随便把兄弟拾了起来。

“没回来吧；我不知道。”她觉出还有多说点的必要，“没回来吃饭，横是又凑上了。”

“得给他定亲了，省得老不着家。”廉伯痛快了些，躺在床上，手枕在脑后，“你那次说的是谁来着？”

“张家的三姑娘，长得仙女似的！”

“啊，美不美没多大关系。”

她心中有点刺得慌。她娘家没有陈家阔，而自己在做姑娘的时候也很俊。

廉伯没注意她。深感觉到廉仲婚事的困难。弟弟自己没本事，全仗着哥哥，而哥哥的地位还没达到理想的高度。说亲就很难：高不成，低不就。可是即使哥哥的地位再高起许多，还不是弟弟跟着白占便宜？廉伯心中有点不自在：以陈家全体而言，弟弟应当娶个有身分的女子，以弟弟而言，痴人有个傻造化，苦了哥哥！慢慢再说吧！

把弟弟的婚事这么放下，紧跟着想起自己的事。一想起来，立刻觉得屋中有点闭气，他想出去。可是……

“说，把小凤接来好不好？你也好有个伴儿。”

廉伯太太还是笑着，一种代替哭的笑：“随便。”

“别随便，你说愿意。”廉伯坐起来，“不都为我，你也好有个帮手；她不坏。”

她没话可说，转来转去还是把心中的难过笑了出来。

“说话呀，”他紧了一板，“愿意就完了，省事！”

“那么不等二弟先结婚啦？”

他觉出她的厉害。她不哭不闹，而拿弟弟来支应，厉害！设若她吵闹，好办；父亲一定向着儿子，父亲不能劝告儿子纳妾，可是一定希望再有个孙子，大成有点傻，而太太不易再生养。不等弟弟先结婚了？多么冠冕堂皇！弟弟算什么东西！十几年的夫妇，跟我掏蔫坏！他立起来，找帽子，不能再在这屋里多停一分钟。

“上哪儿？这早晚！”

没有回答。

六

微微的月光下，那个小门像图画上的，门楼上有些树影。轻轻地拍门，他口中有点发干，恨不能一步迈进屋里去。小凤的母亲来开，他希望的是小凤自己。老妈妈问了他一句什么，他只哼了一声，一直奔了北屋去。屋中很小，很干净，还摆着盆桂花。她从东里间出来："你，哟？"

老妈妈没敢跟进来，到厨房去泡茶。他想搂住小凤。可是看了她一眼，心中凉了些，闻到桂花的香味。她没打扮着，脸黄黄的，眼圈有点发红，好似忽然老了好几岁。廉伯坐在椅上，想不起说什么好。

"我去擦把脸，就来！"她微微一笑，又进了东里间。

老妈妈拿进茶来，又闲扯了几句，廉伯没心听。老妈妈的白发在电灯下显着很松很多，蓬散开个白的光圈。他呆呆地看着这团白光，心中空虚。

不大一会儿，小凤回来了。脸上擦了点粉，换了件衣裳，年轻了些，淡绿的长袍，印着些小碎花。廉伯爱这件袍儿，可是刚才的红眼圈与黄脸仍然在心中，他觉得是受了骗。同时，他又舍不得走，她到底还有点吸力。无论如何，他不能马上又折回家去，他不能输给太太。老妈妈又躲出去。

小凤就是没擦粉，也不算难看；擦了粉，也不妖媚。高高的细条身子，长脸，没有多少血，白净。鼻眼都很清秀，牙非常的光白好看。她不健康，不妖艳，但是可爱。她身上有点什么天然带来的韵味，像春雾，像秋水，淡淡地笼罩着全身，没有什么特别的美点，而处处轻巧自然，一举一动都温柔秀气；衣服在她身上像遮月的薄云，明洁飘洒。她不爱笑，但偶尔一笑，露出一些好看的牙，是她最美的时候，可是仅仅那么一会儿，转眼即逝，使人追味，如同看着花草，忽然一个白蝶飞来，又飘然飞过了墙头。

“怎这么晚？”她递给他一枝烟，扔给他一盒洋火。

“忙！”廉伯舒服了许多。看着蓝烟往上升，他定了定神，为什么单单爱这个贫血的女人？奇怪，自从有了这个女人，把寻花问柳的事完全当作应酬，心上只有她一个人，为什么从烟中透过一点浓而不厌的桂香，对，她的味儿长远！

“眼圈又红了，为什么？”

“没什么，”她笑得很小，只在眼角与鼻翅上轻轻一逗，可是表现出许多心事，“有点头疼，吃完饭也没洗脸。”

“又吵了架？一定！”

“不愿意告诉你，弟弟又回来了！”她皱了一下眉。

“他在哪儿呢？”他喝了一大口茶，很关切的样子。

“走了，妈妈和我拿你吓唬他来着。”

“别遇上我，有他个苦子吃！”廉伯说得极大气。

“又把妈妈的钱……”她仿佛后悔了，轻轻叹了口气。

“我还得把他赶跑！”廉伯很坚决，自信有这个把握。

“也别太急了，他——”

“他还能怎样了陈廉伯？”

“不是，我没那么想；他也有好处。”

“他？”

“要不是他，咱俩还到不了一块，不是吗？”

陈廉伯哈哈地笑起来：“没见过这样的红娘！”

“我简直没办法。”她又皱上了眉，“妈妈就有这么一个儿子，恨他，可是到底还疼他，做妈妈的大概都这样。只苦了我，向着妈妈不好，向着弟弟不好！”

“算了吧，说点别的，反正我有法儿治他！”廉伯其实很愿听她这么诉苦，这使他感到他的势力与身分，至少也比在家里跟夫人对愣着强；他想起夫人来：“我说，今儿个我可不回家了。”

“你们也又吵了嘴，为我？”她要笑，没能笑出来。

“为你；可并没吵架。我有我的自由，我爱上这儿来别人管不着我！不过，我不愿意这么着；你是我的人，我得把你接到家中去；这么着别扭！”

“我看还是这么着好。”她低着头说。

“什么？”他看准了她的眼问。

她的眼光极软，可是也对准他的：“还是这么着好。”

“怎么？”他的嘴唇并得很紧。

“你还不知道？”她还看着他，似乎没理会到他的要怒的神气。

“我不知道！”他笑了，笑得很冷，“我知道女人们别扭。吃着男人，喝着男人，吃饱喝足了成心气男人。她不愿意你去，你不愿意见她，我晓得。可是你们也要晓得，我的话才算话！”他挺了挺他的水蛇腰。

她没再说什么。

因为没有光明的将来，所以她不愿想那黑暗的过去。她只求混过今天。可是躺在陈廉伯的旁边，她睡不着，过去的图画一片片地来去，她没法赶走它们。它们引逗她的泪，可是只有哭仿佛是件容易做的事。

她并不叫“小凤”，宋凤贞才是她；“小凤”是廉伯送给她的，为是听着像个“外家”。她是师范毕业生，在小学校里教书，养活她的母亲。她不肯出嫁，因为弟弟龙云不肯负起养活老母的责任。妈妈为他们姐弟吃过很大的苦处，龙云既不肯为老人想一想，凤贞仿佛一点不能推脱奉养妈妈的义务，或者是一种权利，假如把“孝”字想到了的话。为这个，她把出嫁的许多机会让过去。

她在小学里很有人缘，她有种引人爱的态度与心路，所以大家也就喜欢她。校长是位四十多岁的老姑娘，已办了十几年的学，非常的糊涂，非常的任性，而且有一头假头发。她有钱，要办学，没人敢拦着她。连她也没挑出凤贞什么毛病来，可是她的弟弟说凤贞不好，所以她也以为凤贞可恶。凤贞怕失业，她到校长那里去说：校长的弟弟常常跟随着她，而且给她写信，她不肯搭理他。校长常常辞退教员，多半是因为教员有了爱人。校长自己是老姑娘，不许手下的教员讲恋爱；因为这个，社会上对于校长是十二分尊敬的；大家好像是这样想：假若所有的校长都能这样，国家即使再弱上十倍，也会睡醒一觉就梦似地强起来。凤贞晓得这个，所以觉得跟校长说明一声，校长必会管教她的兄弟。

可是校长很简单地告诉凤贞："不准诬赖好人，也不准再勾引男子，再有这种事，哼……"

凤贞的泪全咽在肚子里。打算辞职，可是得等找到了别的事，不敢冒险。

慢慢地，这件事被大家知道了，都为凤贞不平。校长听到了一些，她心中更冒了火。有一天朝会的时候，她教训了大家一顿，话很不好听，有个暴性子的大学生喊了句："管教管教你弟弟好不好！"校长哈哈地笑起来："不用管教我弟弟，我得先管教教员！"她从袋中摸出个纸条来："看！收了我弟弟五百块钱，反说我兄弟不好。宋凤贞！我待你不错，这就是你待朋友的法儿，是不是？你给我滚！"

凤贞只剩了哆嗦。学生们马上转变过来，有的向她呸呸的啐。她不晓得怎样走回了家。到了家中，她还不敢哭；她知道那五百块钱是被弟弟使了，不能告诉妈妈；她失了业，也不能告诉妈妈。她只说不太舒服，请了两天假；她希望能快快地在别处找个事。

找了几个朋友，托给找事，人家都不大高兴理她。

龙云回来了，很恳切地告诉姐姐：

“姐，我知道你能原谅我。我有我的事业，我需要钱。我的手段也许不好，我的目的没有错儿。只有你能帮助我，正像只有你能养着母亲。为帮助母亲与我，姐，你须舍掉你自己，好像你根本没有生在世间过似的。校长弟弟的五百元，你得替我还上；但是我不希望你跟他去。侦探长在我的背后，你能拿住了侦探长，侦探长就拿不住了我，明白，姐？你得到他，他就会还那五百元的账，他就会给你找到事，他就会替你养活着母亲。得到他，替我遮掩着，假如不能替我探听什么。我得走了，他就在我背后呢！再见，姐，原谅我不能听听你的意见！记住，姐姐，你好像根本没有生在世间过！”

她明白弟弟的话。明白了别人，为别人做点什么，只有舍去自己。

弟弟的话都应验了，除了一句——他就会给你找到事。他没给凤贞找事，他要她陪着睡。凤贞没再出过街门一次，好似根本没有生在世间过。对于弟弟，她只能遮掩，说他不孝、糊涂、无赖；为弟弟探听，她不会做，也不想做，她只求混过今天，不希望什么。

七

陈老先生明白了许多的事。有本领的人使别人多懂些事，没有本事的人跟着别人学，惭愧！自己跟着别人学！但是不能不学，一事不知，君子之耻，活到老学到老！谁叫自己没补上知县呢！做官方能知道一切。自己的祖父做过道台，自己的父亲可是只做到了“坊里德表”，连个功名也没得到！父亲在族谱上不算个数，自己也差不多；可是自己的儿子……不，不能全靠着儿子，自己应当老当益壮，假若功名无望，至少得帮助儿子成全了伟大事业。自己不能做官，还不会去结交官员吗？打算帮助儿子非此不可！他看出来，做官的永远有利益，盐运使，将军，退了职还有大宗的入款。官和官声气相通，老相互帮忙。盟兄弟、亲戚、朋友，打成一片；新的官是旧官的枝叶；即使平地云雷，一步登天，还是得找着旧官宦人家求婚结友；一人做官，福及三代。他明白了这个。想到了二儿子。平日，看二儿子是个废物，现在变成了宝贝。廉伯可惜已经结了婚，廉仲大有希望。比如说武将军有个小妹或女儿，给了廉仲？即使廉仲没出息到底，可是武将军又比廉仲高明着多少？他打定了主意，廉仲必须娶个值钱的女子，哪怕丑一点呢，岁数大一点呢，都没关系。廉伯只是个侦探长，那么，丑与老便是折冲时的交换条件：陈家地位低些，可是你们的姑娘不俊秀呢！惭愧，陈家得向人家交换条件，无法，谁叫陈宏道怀才不遇呢！谈笑有鸿儒，往来无白丁，何等气概！老先生心里笑了笑。

他马上托咐了武将军，武将军不客气地问老先生有多少财产。老先生不愿意说，又不能不说，而且还得夸张着点儿说。由君子忧道不忧贫的道理说，他似乎应当这样地回答——方宅十余亩，草屋八九间。即使这是瞒心昧己的话，听着到底有些诗味。可是他现在不是在谈道，而是谈实际问题，实际问题永远不能做写诗的材料。他得多说，免得叫武将军看他不起：

“诗书门第，不过呢，也还有个十几万；先祖做过道台……”想给儿子开脱罪名。

“廉伯大概也抓弄不少？官不在大，缺得合适。”武将军很亲热地说。

“那个，还好，还好！”老先生既不肯像武人那样口直心快，又不愿说倒了行市。

“好吧，老先生，交给我了；等着我的信儿吧！”武将军答应了。

老先生吐了一口气，觉得自己并非缺乏实际的才干，只可惜官运不通；喜完不免又自怜，胡子嘴儿微微地动着，没念出声儿来：“耽酒须微禄，狂歌托圣朝……”

“哼！”武将军用力拍了大腿一下，“真该揍，怎就忘了呢！宝斋不是有个老妹子！”他看着陈老先生，仿佛老先生一定应该知道宝斋似的。

“哪个宝斋？”老先生没希望事来得这样快，他渺茫得有点害怕了。

“不就是孟宝斋，顶好的人！那年在南口打个大胜仗，升了旅长。后来邱军长倒戈，把他也连累上，撤了差，手中多也没有，有个二十来万，顶好的人。我想想看，他——也就四十一二，老妹子过不去二十五六，‘老’妹子。合适，就这么办了，我明天就去找他，顶熟的朋友。还真就是合适！”

陈老先生心中有点慌，事情太顺当了恐怕出毛病！孟宝斋究竟是何等样的人呢？婚姻大事，不是随便闹着玩的。可是，武将军的善意是不好不接受的。怎能刚求了人家又撤回手来呢！但是，跟个旅长做亲——难道儿子不是侦探长？儿孙自有儿孙福，廉仲有命呢，跟再阔一点的人联姻，也无不可；命不济呢，娶个蛾皇似的贤女，也没用。父亲只能尽心焉而已，其余的……再说呢，武将军也不一定就马到成功，试试总没什么不可以的。他点了头。

辞别了武将军，他可是又高兴起来，即使是试试，总得算是个胜利；假使武将军看不起陈家的话，他能这样热心给做媒么？这回不成，来日方长，陈家算是已打入了另一个圈儿，老先生的力量。廉仲也不坏，有点傻造化；希望以后能多给他点好脸子看！

把二儿子的事放下，想起那一千块钱来。告诉武将军自己有十来万，未免，未免，不过，一时的手段；君子知权达变。虽然没有十来万，一千块钱还不成问题。可是，会长与将军的捐款并不必自己掏腰包，一个买卖就回来三四千——那封信！为什么自己应当白白拿出一千呢？况且，焉知道他们的捐款本身不是一种买卖呢！做官的真会理财，文章经济。大概廉伯也有些这种本领，一清早来送封儿，不算什么不体面的事；自己不要，不过是便宜了别人；人不应太迂阔了。这一千块钱怎能不叫儿子知道，而且不白白拿出去呢？陈老先生极用心地想，心中似乎充实了许多，做了一辈子书生，现在才明白官场中的情形，才有实际的问题等着解决。儿子尽孝是种光荣，但究竟是空虚的，虽然不必受之有愧，可是并显不出为父亲的真本事。这回这一千元，不能由儿子拿，老先生要露露手段，儿子的孝心是儿子的，父亲的本事是父亲的，至少这两回事——廉仲的婚事和一千元捐款——要由父亲负责，也教他们年轻的看一看，也证实一下自己并不是酸秀才。

街上仿佛比往日光亮着许多，飞尘在秋晴中都显着特别的干爽，高高地浮动着些细小金星。蓝天上飘着极高极薄的白云，将要同化在蓝色里，鹰翅下悬着白白的长丝。老先生觉得有点疲乏，可是非常高兴，头上出了些汗珠，依然扯着方步。来往的青年男女都换上初秋的新衣，独行的眼睛不很老实，同行的手拉着手，或并着肩低语。老先生恶狠狠地瞪着他们，什么样子，男女无别，混账！老先生想到自己设若还能做官，必须斩除这些混账们。爱民以德，齐民以礼；不过，乱国重刑，非杀几个不可！国家将亡，必有妖孽，这种男女便是妖孽。只有读经崇礼，方足以治国平天下。

但是，自己恐怕没有什么机会做官了，顶好做个修身齐家的君子吧。“圣贤虽远诗书在，殊胜邻翁击磬声！”修身，自己生平守身如执玉；齐家，父慈子孝。俯仰无愧，耿耿此心！忘了街上的男女；我道不行，且独善其身吧。

他想到新铺子中看看，儿子既然孝敬给老人，老人应当在开市以前去看看，给他们出些主意，“为商为士亦奚异”，天降德于予，必有以用其才者。

聚元粮店正在预备开市，门匾还用黄纸封着，右上角破了一块，露出极亮的一块黑漆和一个鲜红的“民”字。铺子外卸着两辆大车，一群赤背的人往里边扛面袋，背上的汗湿透了披着的大布巾，头发与眉毛上都挂着一层白霜。肥骡子在车旁用嘴偎着料袋，尾巴不住地抡打秋蝇。面和汗味裹在一处，招来不少红头的绿蝇，带着闪光乱飞。铺子里面也很紧张，笸箩已摆好，都贴好红纸签，小伙计正按着标签往里倒各种粮食，糠飞满了屋中，把新油的绿柜盖上一层黄白色。各处都是新油饰的，大红大绿，像个乡下的新娘子，尽力打扮而怪难受的。面粉堆了一人多高，还往里扛，软软的，印着绿字，像一些发肿的枕头。最着眼的是悬龛里的关公，脸和前面的一双大红烛一样红，龛底下贴着一溜米色的挂钱和两三串元宝。

陈老先生立在门外，等着孙掌柜出来迎接。伙计们和扛面的都不搭理他，他的气要往上撞。“借光，别挡着道儿！”扛着两个面的，翻着眼瞪他。

“叫掌柜的出来！”陈老先生吼了一声。

“老东家！老东家！”一个大点儿的伙计认出来。

“老东家！老东家！”传递过去，大家忽然停止了工作，脸在汗与面粉的底下露出敬意。

老先生舒服了些，故意不睬不闻。抬头看匾角露出的红“民”字。

孙掌柜胖胖地由内柜扭出来，脸上的笑纹随着光线的强度增多，走到门口，脸上满是阳光也满是笑纹。山东绸的裤褂在日光下起闪，脚下的新千层布底白得使人忽然冷一下。

“请吧，请吧，老先生。”掌柜的笑向老东家放射，眼角撩着面车，千层底躲着马尾，脑瓢儿指挥小徒弟去沏茶打手巾。一点不忙，而一切都做到了掌柜的身分。慢慢地向内柜走，都不说话，掌柜的胖笑脸向左向右，微微一抬，微微向后；老先生的眼随着胖笑脸看到了一切。

到了内柜，新油漆味，老关东烟味，后院的马粪味，前面浮进来的糠味，拌成一种很沉重而得体的臭味。老先生入了另一世界。这个味道使他忘了以前的自己，而想到一些比书生更充实更有作为的事儿。平日的感情是来自书中，平日的愿望是来自书中，空的，都是空的。现在他看着墙上斜挂着一溜蓝布皮的账簿，桌上的紫红的算盘，墙角放着的大钱柜，锁着放光的巨锁，贴着“招财进宝”……他觉得这是实在的、可捉摸的事业；这个事业未必比做官好，可是到底比向着书本发呆，或高吟“天生德于予”强得多。这是生命、作为、事业。即使不幸，儿子搁下差事，这里，这里！到底是有米有面有钱，经济！

他想起那一千块来。

“孙掌柜，比如说，闲谈，咱们要是能应下来一笔赈粮；今年各处闹灾，大概不久连这里也得收容不少灾民；办赈粮能赔钱不能？请记住，这可是慈善事儿！”

孙掌柜摸不清老东家的意思，只能在笑上努力：“赔不了，怎能赔呢？”

“闲谈；怎就不能赔呢？”

又笑了一顿，孙掌柜拿起长烟袋，划着了两棍火柴，都倒插在烟上，而后把老玉的烟嘴放在唇间。“办赈粮只有赚，弄不到手的事儿！”撇着嘴咽了口很厚很辣的烟，“怎么说呢，是这么着：赈粮自然免税，白运，啊！——”

“还怎着？”老先生闭上眼，气派很大。

“谁当然也不肯专办赈；白运，这里头就有伸缩了。”他等了等，看老东家没做声，才接着说，“赶到粮来了，发的时候还有分寸。”

“那可——”老先生睁开了眼。

“不必一定那么办，不必；假如咱们办，实入实出；占白运的便宜，不苦害难民，落个美名，正赶上开市，也好立个名誉。买卖是活的，看怎调动。”孙掌柜叼着烟袋，斜看着白千层底儿。

“买卖是活的。”在老先生耳中还响着，跟做文章一样，起承转合……

“老先生，有路子吗？”孙掌柜试着步儿问。

“什么路子？”

“办赈粮。”

“我想想看。”

“运动费可也不小。”

“有人，有人；我想想看。”老先生慢慢觉得孙掌柜并不完全讨厌。武将军与孙掌柜都不像想像得那么讨厌，自己大概是有点太板了；道足以正身，也足以杀灭生机，仿佛是要改一改，自己有了财，有了身分，传道岂不更容易；汤武都是皇帝，富有四海，仍不失为圣人。拿那一千，再拿一二千去运动也无所不可，假如能由此买卖兴隆起来，日进斗金……

他和孙掌柜详细地计议了一番。

临走，孙掌柜想起来：

“老先生，内柜还短块匾，老先生给选两个好字眼，写一写；明天我亲自去取。”

“写什么呢？”老先生似乎很尊重掌柜的意见。

“老先生想吧，我一肚子俗字！”

老先生哈哈地笑起来，微风把长须吹斜了些，在阳光中飘着疏落落的金丝。

八

“大嫂！”廉仲在窗外叫，“大嫂！”

“进来，二弟。”廉伯太太从里间匆忙走出来，“哟，怎么啦？”

廉仲的脸上满是汗，脸蛋红得可怕，进到屋中，一下子坐在椅子上，好像要昏过去的样子。

“二弟，怎啦？不舒服吧？”她想去拿点糖水。

廉仲的头在椅背上摇了摇，好容易喘过气来。“大嫂！”叫了一声，他开始抽噎着哭起来，头捧在手里。

“二弟！二弟！说话！我是你的老嫂子！”

“我知道，”廉仲挣扎着说出话来，满眼是泪地看着嫂子，“我只能对你说，除了你，没人在这里拿我当作人。大嫂你给我个主意！”他净下了鼻子。

“慢慢说，二弟！”廉伯太太的泪也在眼圈里。

“父亲给我定了婚，你知道？”

她点了点头。

“他没跟我提过一个字；我自己无意中听到了，女的，那个女的，大嫂，公开地跟她家里的汽车夫一块睡，谁都知道！我不算人，我没本事，他们只图她的父亲是旅长，媒人是将军，不管我……王八……”

“父亲当然不知道她的……”

“知道也罢，不知道也罢，我不能受。可是，我不是来告诉你这个。你看，大嫂，”廉仲的泪渐渐干了，红着眼圈，“我知道我没本事，我傻，可是我到底是个人。我想跑，穷死，饿死，我认命，不再登陈家的门。这口饭难咽！”

“咱们一样，二弟！”廉伯太太低声地说。

“我很想玩他们一下，”他见嫂子这样同情，爽性把心中的话都抖落出来，“我知道他们的劣迹，他们强迫买卖家给送礼——乾礼。

他们抄来‘白面’用面粉顶换上去，他们包办赈粮……我都知道。我要是揭了他们的盖儿，枪毙，枪毙！”

“呕，二弟，别说了，怕人！你跑就跑得了，可别这么办哪！于你没好处，于他们没好处。我呢，你得为我想想吧！我一个妇道人家……”她的眼又向四下里望了，十分害怕的样子。

“是呀，所以我没这么办。我恨他们，我可不恨你，大嫂；孩子们也与我无仇无怨。我不糊涂。”廉仲笑了，好像觉得为嫂子而没那样办是极近人情的事，心中痛快了些，因为嫂子必定感激他，“我没那么办，可是我另想了主意。我本打算由昨天出去，就不登这个门了，我去赌钱，大嫂你知道我会赌？我是这么打好了主意：赌一晚上，赢个几百，我好远走高飞。”

“可是你输了？”廉伯太太低着头问。

“我输了！”廉仲闭上了眼。

“廉仲，你预备输，还是打算赢？”宋龙云问。

“赢！”廉仲的脸通红。

“不赌；两家都想赢还行。我等钱用。”

那两家都笑了。

“没你缺一手。”廉仲用手指肚来回摸着一张牌。

“来也不打麻将，没那么大工夫。”龙云向黑的屋顶喷了一口烟。

“我什么也陪着，这二位非打牌不可，专为消磨这一晚上。坐下！”廉仲很急于开牌。

“好吧，八圈，多一圈不来？”

三家勉强地点头。“坐下！”一齐说。

“先等等，拍出钱来看看，我等钱用！”龙云不肯坐下。

三家掏出票子扔在桌上，龙云用手拨弄了一下：“这点钱？玩你们的吧！”

“根本无须用钱；筹码！输了的，明天早晨把款送到；赌多少的？”廉仲立起来，拉住龙云的臂。

“我等两千块用，假如你一家输，输过两千，我只要两千，多一个不要；明天早上清账！”

“坐下！你输了也是这样？”廉仲知道自己有把握。

“那还用说，打座！”

八圈完了，廉仲只和了个末把，胖手哆嗦着数筹码，他输了一千五。

“再来四圈？”他问。

“说明了八圈一散。”龙云在裤子上擦擦手上的汗，“明天早晨我同你一块去取钱，等用！”

“你们呢？”廉仲问那二家，眼中带着乞怜的神气。

“再来就再来，他一家赢，我不输不赢。”

“我也输，不多，再来就再来。”

“赢家说话！”廉仲还有勇气，他知道后半夜能转败为胜，必不得已，他可以要花活；似乎必得要花活！

“不能再续，只来四圈；打座！”龙云仿佛也打上瘾来。

廉仲的运气转过点来。

“等会儿！”龙云递给廉仲几个筹码，“说明白了，不带花招儿的！”

廉仲拧了下眉毛，没说什么。

打下一圈来，廉仲和了三把。都不小。

“抹好了牌，再由大家随便换几对儿，心明眼亮；谁也别掏坏，谁也别吃亏！”龙云用自己门前的好几对牌换过廉仲的几对来。

廉仲不敢说什么，瞪着大家的手。

可是第二圈，他还不错，虽然只和了一把，可是很大。他对着牌笑了笑。

“脱了你的肥袖小褂！”龙云指着廉仲的胖脸说。

“干什么？”廉仲的脸紧得很难看，用嘴唇干挤出这么三个字来。

“不带变戏法儿的，仙人摘豆，随便地换，哎？”

哗——廉仲把牌推了，“输钱小事，名誉要紧，太爷不玩啦！”

“你？你要打的；捡起来！”龙云冷笑着。

“不打犯法呀！”

“好啦，不打也行，这两圈不能算数，你净欠我一千五？”

“我一个子儿不欠你的？”廉仲立起来。

“什么？你以为还出得去吗？”龙云也立起来。

“绑票是怎着？我看见过！”廉仲想吓唬吓唬人。牌是不能再打了，抹不了自己的牌，换不了张，自己没有必赢的把握。凭气儿，他敌不住龙云。

“用不着废话，我输了还不是一样拿出钱？”

“我没钱！”廉仲说了实话。

“嗨，你们二位请吧，我和廉仲谈谈。”龙云向那两家说，“你不输不赢，你输不多；都算没事，明天见。”

那两家穿好长衣服：“再见。”

“坐下，”龙云积平了一些，“告诉我，怎回事。”

“没什么，想赢俩钱，做个路费，远走高飞。”廉仲无聊地，失望地，一笑。

“没想到输，即使输了，可以拿你哥哥唬事，侦探长。”

“他不是我哥哥！”廉仲可是想不起别的话来。他心中忽然很乱：回家要钱，绝对不敢。最后一次利用哥哥的势力，不行，龙云不是好惹的。再说呢，龙云是廉伯的对头，帮助谁也不好；廉伯拿住龙云至少是十年监禁，龙云得了手，廉伯也许吃不住。自己怎办呢？

“你干吗这么急着用钱？等两天行不行？”

“我有我的事，等钱用就是等钱用；想法拿钱好了，你！”龙云一点不让步。

“我告诉你了，没钱！”廉仲找不着别的话说。

“家里去拿。”

“你知道他们不能给我。”

“跟你嫂子要！”

“她哪有钱？”

“你怎知道她没钱？”

廉仲不言语了。

“我告诉你怎办，”龙云微微一笑，“到家对你嫂子明说，就说你输了钱，输给了我。我干吗用钱呢，你对嫂子这么讲：龙云打算弄俩钱，把妈妈姐姐都偷偷地带了走。你这么一说，必定有钱。明白不？”

“你真带她们走吗？”

“那你不用管。”

“好啦，我走吧？”廉仲立起来。

“等等！”龙云把廉仲拦住，“那儿不是张大椅子？你睡上一会儿，明天九点我放你走。我不用跟着你，你知道我是怎个人。你乖乖地把款送来，好；你一去不回头，也好；我不愿打死人，连你哥哥的命我都不想要。不过，赶到气儿上呢，我也许放一两枪玩！”龙云拍了拍后边的裤袋。

“大嫂，你知道我不能跟他们要钱？记得那年我为踢球挨那顿打？捆在树上！我想，他们想打我，现在大概还可以。”

“不必跟他们要，”廉伯太太很同情地说，“这么着吧，我给你凑几件首饰，你好歹地对付吧。”

“大嫂！我输了一千五呢！”

“二弟！”她咽了口气，“不是我说你，你的胆子可也太大了！一千五！”

“他们逼得我！我平常就没有赌过多大的耍儿。父亲和哥哥逼得我！”

“输给谁了呢？”

“龙云！他……”廉仲的泪又转起来。只有嫂子疼他，怎肯瞪着眼骗她呢？

可是，不清这笔账是不行的，龙云不好惹。叫父兄知道了也了不得。只有骗嫂子这条路，一条极不光明而必须走的路！

“龙云，龙云，”他把辱耻、人情，全咽了下去，“等钱用，我也等钱用，所以越赌越大。”

“宋家都不是好人，就不应当跟他赌！”她说得不十分带气，可是露出不满意廉仲的意思。

“他说，拿到这笔钱就把母亲和姐姐偷偷地带了走！”每一个字都烫着他的喉。

“走不走吧，咱们哪儿弄这么多钱去呢？”大嫂缓和了些，“我虽然是过着这份日子，可是油盐酱醋都有定数，手里有也不过是三头五块的。”

“找点值钱的东西呢！”廉仲像坐在针上，只求快快地完结这一场。

“哪样我也不敢动呀！”大嫂愣了会儿，“我也豁出去了！别的不敢动，私货还不敢动吗？就是他跟我闹，他也不敢嚷嚷。再说呢，闹我也不怕！看他把我怎样了！他前两天交给我两包‘白面’，横是值不少钱，我可不知道能清你这笔账不能？”

“哪儿呢？大嫂，快！”

九

已是初冬时节。廉伯带着两盆细瓣的白菊，去看“小凤”。菊已开足，长长的细瓣托着细铁丝，还颤颤欲坠。他嘱咐开车的不要太慌，那些白长瓣动了他的怜爱，用脚夹住盆边，唯恐摇动得太厉害了。车走得很稳，花依然颤摇，他呆呆地看着那些玉丝，心中忽然有点难过。太阳已压山了。

到了“小凤”门前，他就自搬起一盆花，叫车夫好好地搬着那一盆。门没关着，一直地进去；把花放在阶前，他告诉车夫九点钟来接。

“怎这么早？”小凤已立在阶上，“妈，快来看这两盆花，太好了！”

廉伯立在花前，手插着腰儿端详端详小凤，又看看花：“帘卷西风，人比黄菊瘦！大概有这么一套吧！”他笑了。

“还真亏你记得这么一套！”小凤看着花。

"哎，今天怎么直挑我的毛病？"他笑着问，"一进门就嫌我来得早，这又亏得我……"

"我是想你忙，来不了这么早，才问。"

"啊，反正你有得说；进来吧。"

桌上放着本展开的书，页上放着个很秀美的书签儿。他顺手拿起书来："呵，你还研究侦探学？"

小凤笑了；他仿佛初次看见她笑似的，似乎没看见她这么美过。"无聊，看着玩。你横是把这个都能背过来？"

"我？就没念过！"还看着她的脸，好似追逐着那点已逝去的笑。

"没念过？"

"书是书，事是事：事是地位与威权。自要你镇得住就行。好，要是做事都得拉着图书馆，才是笑话！你看我，做什么也行，一本书不用念。"

"念念可也不吃亏？"

"谁管；先弄点饭吃吃。哟，忘了，我把车夫打发了。这么着吧，咱们出去吃？"

"不用，我们有刚包好了的饺子，足够三个人吃的。我叫妈妈去给你打点酒，什么酒？"

"嗯——一瓶佛手露。可又得叫妈妈跑一趟？"

"出口儿就是。佛手露、青酱肉、醉蟹、白梨果子酒，好不好？"

"小饮赏菊？好！"廉伯非常的高兴。

吃过饭，廉伯微微有些酒意，话来得很方便。

“凤，”他拉住她的手，“我告诉你，我有代理公安局局长的希望，就在这两天！”

“是吗，那可好。”

“别对人说！”

“我永远不出门，对谁去说？跟妈说，妈也不懂。”

“龙云没来？”

“多少日子了。”

“谁也不知道，我预备好了！”廉伯向镜子里看了看自己，“这两天，”他回过头来，放低了声音，“城里要出点乱子，局长还不知道呢！我知道，可是不管。等事情闹起来，局长没了办法，我出头，我知底，一伸手事就完。可是我得看准了，他决定辞职，不到他辞职我不露面。我抓着老根；也得先看准了，是不是由我代理；不是我，我还是不下手！”

“那么城里乱起来呢？”她皱了皱眉。

“乱世造英雄，凤！”廉伯非常郑重了，“小孩刺破手指，妈妈就心疼半天，妈妈是妇人。大丈夫拿事当作一件事看，当作一局棋看；历史是伟人的历史！你放心，无论怎乱，也乱不到你这儿来。遇必要的时候，我派个暗探来。”他的严重劲儿又灭去了许多，“放心了吧？”

她点点头，没说出什么来。

“没危险，”廉伯点上支烟，烟和话一齐吐出来，“没人注意我；我还不够个角儿，”他冷笑了一下，“内行人才能晓得我是他们这群东西的灵魂；没我，他们这个长那个员的连一天也做不了。所以，事情万一不好收拾呢，外间不会责备我；若是都顺顺当当照我所计划地走呢，局里的人没有敢向我摇头的。嗯？”他听了听，外面有辆汽车停住了，“我叫他九点来，钟慢了吧？”他指着桌上的小八音盒。

“不慢，是刚八点。”

院里有人叫：“陈老爷！”

“谁？”廉伯问。

“局长请！”

“老朱吗？进来！”廉伯开开门，灯光射在白菊上。

“局长说请快过去呢，几位处长已都到了。”

凤贞在后面拉了他一下：“去得吗？”

他退回来：“没事，也许他们扫听着点风声，可是万不会知底；我去，要是有工夫的话，我还回来；过十一点不用等。”他匆匆地走出去。

汽车刚走，又有人拍门，拍得很急。凤贞心里一惊。“妈！叫门！”她开了屋门等着看是谁。

龙云三步改做一步地走进来。

“妈，姐，穿衣裳，走！”

“上哪儿？”凤贞问。

妈妈只顾看儿子，没听清他说什么。

“姐，九点的火车还赶得上，你同妈妈走吧。这儿有三百块钱，姐你拿着；到了上海我再给你寄钱去，直到你找到事做为止；在南方你不会没事做了。”

“他呢？”凤贞问。

“谁？”

“陈！”

“管他干什么，一半天他不会再上这儿来。”

“没危险？”

“妇女到底是妇女，你好像很关心他？”龙云笑了。

“他待我不错！”凤贞低着头说。

“他待他自己更不错！快呀，火车可不等人！”

“就空着手走吗？”妈妈似乎听明白了点。

“我给看着这些东西，什么也丢不了，妈！”他显然是说着玩呢。

“哎，你可好好地看着！”

凤贞落了泪。

“姐，你会为他落泪，真羞！”龙云像逗着她玩似地说。

“一个女人对一个男的，”她慢慢地说，“一个同居的男的，若是不想杀他，就多少有点爱他！”

“谁管你这一套，你不是根本就没生在世间过吗？走啊，快！”

十

陈老先生很得意。二儿子的亲事算是定规了，武将军的秘书王先生给合的婚，上等婚。老先生并不深信这种合婚择日的把戏，可是既然是上等婚，便更觉出自己对儿辈是何等地尽心。

第二件可喜的事是赈粮由聚元粮店承办，利益是他与钱会长平分。他自己并不像钱会长那样爱财，他是为儿孙创下点事业。

第三件事虽然没有多少实际上的利益，可是精神上使他高兴痛快。钱会长约他在国学会讲四次经，他的题目是“正心修身”，已经讲了两次。听讲的人不能算少，多数都是坐汽车的。老先生知道自己的相貌、声音，已足惊人；况且又句句出经入史，即使没有人来听，说给自己听也是痛快的。讲过两次以后，他再在街上闲步的时节，总觉得汽车里的人对他都特别注意似的。已讲过的稿子不但在本地的报纸登出来，并且接到两份由湖北寄来的报纸，转载着这两篇文字。这使老先生特别的高兴：自己的话与力气并没白费，必定有许多许多人由此而潜心读经，说不定再加以努力也许成为普遍的一种风气，而恢复了固有的道德，光大了古代的文化；那么，老先生可以无愧此生矣！立德立功立言，老先生虽未能效忠庙廊，可是德与言已足不朽；他想像着听众眼中看他必如“每为后生谈旧事，始知老子是陈人”，那样的可敬可爱的老儒生、诗客。他开始觉到了生命，肉体的、精神的，形容不出的一点像“西风白发三千丈”的什么东西！

“廉仲怎么老不在家？”老先生在院中看菊，问了廉伯太太——拉着小妞儿正在檐前立着——这么一句。

“他大概晚上去学英文，回来就不早了。”她眼望着远处，扯了个谎。

“学英文干吗？中文还写不通！小孩子！”看了孙女一眼，“不要把指头放在嘴里！”顺势也瞪了儿媳一下。

“大嫂！”廉仲忽然跑进来，以为父亲没在家，一直奔了嫂子去。及至看见父亲，他立住不敢动了：“爸爸！”

老先生上下打量了廉仲一番，慢慢地，细细地，厉害地，把廉仲的心看得乱跳。看够多时，老先生往前挪了一步，廉仲低下头去。

“你上哪儿啦？天天连来看看我也不来，好像我不是你的父亲！父亲有什么对不起你的地方，说！事情是我给你找的，凭你也一月拿六十元钱？婚姻是我给说定的，你并不配娶那么好的媳妇！白天不来省问，也还可以，你得去办公；晚上怎么也不来？我还没死！进门就叫大嫂，眼里就根本没有父亲！你还不如大成呢，他知道先叫爷爷！你并不是小孩子了；眼看就成婚生子；看看你自己，哪点儿像呢！”老先生发气之间，找不到文话与诗句，只用了白话，心中更气了。

“妈，妈！”小女孩轻轻地叫，连扯妈妈的袖子，“咱们上屋里去！”

廉伯太太轻轻搡了小妞子一下，没敢动。

“父亲，”廉仲还低着头，“哥哥下了监啦！您看看去！”

“什么？”

“我哥哥昨儿晚上在宋家叫局里捉了去，下了监！”

“没有的事！”

“他昨天可是一夜没回来！”廉伯太太着了急。

“冯有才呢？一问他就明白了。”老先生还不相信廉仲的话。

“冯有才也拿下去了！”

“你说公安局拿的？”老先生开始有点着急了，“自家拿自家的人？为什么呢？”

“我说不清，”廉仲大着胆看了老先生一眼，“很复杂！”

“都叫你说清了，敢情好了，糊涂！”

“爷爷就去看看吧！”廉伯太太的脸色白了。

“我知道他在哪儿呢？”老先生的声音很大。他只能向家里的人发怒，因为心中一时没有主意。

“您见见局长去吧；您要不去，我去！”廉伯太太是真着急。

“妇道人家上哪儿去？”老先生的火儿逼了上来，“我去！我去！有事弟子服其劳，废物！”他指着廉仲骂。

“叫辆汽车吧？”廉仲为了嫂子，忍受着骂。

“你叫去呀！”老先生去拿帽子与名片。

车来了，廉仲送父亲上去；廉伯太太也跟到门口。叔嫂见车开走，慢慢地往里走。

“怎回事呢？二弟！”

“我真不知道！”廉仲敢自由地说话了，“是这么回事，大嫂，自从那天我拿走那两包东西，始终我没离开这儿，我舍不得这些朋友，也舍不得这块地方。我自幼生在这儿！把那两包东西给了龙云，他给了我一百块钱。我就白天还去做事，晚上住在个小旅馆里。每一想起婚事，我就要走；可是过一会儿，又忘了。好在呢，我知道父亲睡得早，晚上不会查看我。廉伯呢一向就不注意我，当然也不会问。我倒好几次要来看你，大嫂，我知道你一定不放心。可是我真懒得再登这个门，一看见这个街门，我就连条狗也不如了，仿佛是。我就这么对付过这些日子，说不上痛快，也说不上不痛快，马马虎虎。昨天晚上我一个人无聊瞎走，走到宋家门口，也就是九点多钟吧。哥哥的汽车在门口放着呢。门是路北的，车靠南墙放着。院里可连个灯亮也没有。车夫在车里睡着了，我推醒了他，问大爷什么时候来的。他说早来了，他这是刚把车开回来接侦探长，等了大概有二十分钟了，不见动静。所以他打了个盹儿。”

把小女孩交给了刘妈，他们叔嫂坐在了台阶上，阳光挺暖和。廉仲接着说：

“我推了推门，推不开。拍了拍，没人答应。奇怪！又等了会儿，还是没有动静。我跟开车的商议，怎么办。他说，里边一定是睡了觉，或是都出去听戏去了。我不敢信，可也不敢再打门。车夫决定在那儿等着。”

“你那天不是说，龙云要偷偷把她们送走吗？”廉伯太太想起来。

“是呀，我也疑了心；莫非龙云把她们送走，然后把哥哥诓进去……”廉仲不愿说下去，他觉得既不应当这么关心哥哥，也不应当来惊吓嫂子。可是这的确是他当时的感情，哥哥到底是哥哥，不管怎样恨他，“我决定进去，哪怕是跳墙呢！我正在打主意，远远地来了几个人，走在胡同的电灯底下，我看最先的一个像老朱，公安局的队长。他们一定是来找哥哥，我想；我可就藏在汽车后面，不愿叫他们或哥哥看见我。他们走到车前，就和开车的说开了话。他们问他等谁呢，他笑着说，还能等别人吗？呕，他还不知道，老朱说。你大概是把陈送到这儿，找地方吃饭去了，刚才又回来？我没听见车夫说什么，大概他是点了点头。好了，老朱又说了，就用你的车吧。小凤也得上局里去！说着，他们就推门了。推不开。他们似乎急了，老朱上了墙，墙里边有棵不大的树。一会儿他从里面把门开开，大家都进去。我乘势就跑出老远去，躲在黑影里等着。好大半天，他们才出来，并没有她。汽车开了。我绕着道儿去找龙云。什么地方也找不着他，我一直找到夜里两点，我知道事情是坏了：‘小凤也得上局里去！’也得去！这不是说哥哥已经去了吗？他要是保护不了小凤，必定是他已顾不了自己！可是我不敢家来，我到底没得到确信。今天早晨，我给侦探队打电，找冯有才，他没在那儿。刚才我一到家，他也没在门房，我晓得他也完了。打完电，我更疑心了，可是究竟没个水落石出。我不敢向公安局去打听，我又不能不打听，乱碰吧，我找了聚元的孙掌柜去，他，昨天晚上也被人抓了去，便衣巡警把着门，铺子可是还开着，大概是为免得叫大家大惊小怪，同时又禁止伙计们出来。我假装问问米价，大伙计还精明，偷偷告诉了我一句：汽车装了走，昨晚上！”

“二弟，”廉伯太太脸上已没一点血色，出了冷汗，“二弟！你哥哥。”她哭起来。

“大嫂。别哭！咱们等爸爸回来就知道了。大概没多大关系！”

“他活不了，我知道，那两包白面！”她哭着说。

“不至于！大嫂！咱们快快想主意！”

傻小子大成拿着块点心跑来了：

“胖叔！你又欺侮妈哪？回来告诉爷爷，叫爷爷揍你！”

十一

要在平常日子，以陈老先生的服装气度，满可以把汽车开进公安局的里边去；这天门前加了岗，都持枪，上着刺刀；车一到就被拦住了。老先生要见局长，掏出片子来，巡警当时说局长今天不见客。老先生才知道事情是非常严重了，不敢发作，立刻坐上车去找钱会长。他知道了事情是很严重，可是想不出儿子犯了什么罪；儿子没有什么不好的地方。大概是在局里得罪了人，那么，有人出来调停一下也就完了。设若仍然不行呢，花上点钱，送上些礼，疏通疏通总该一天云雾散了。这么一想，他心中宽了些。

见着钱会长，他略把他所知道的说了一遍：

“子美翁你知道，廉伯是个孝子；未有孝悌而好犯上者也。他不会做出什么不体面的事来。我自己，你先生也晓得，在今日像我们这样的家庭有几个？恐怕只是廉伯于无意中开罪于人，那么我想请子美翁给调解一下，大概也就没什么了。”

“大概没多大关系，官场中彼此倾轧是常有的事，”钱会长一边咕噜着水烟，“我打听打听看。”

“会长若是能陪我到趟公安局才好，因为我到底还不知其详，最好能见见局长，再见见廉伯，然后再详为计划。”

“我想想看，”会长一劲儿点头，“事情倒不要这么急，想想看，总该有办法的。”

陈老先生心中凉了些。“子美翁看能不能代我设法去见见公安局长，我独自去，武将军能不能——”

“是的，武将军对地面的官员比我还接近，是的，找找他看！”

希望着武将军能代为出力，陈老先生忽略了钱会长的冷淡。

见着武将军，他完全用白话讲明来意，怕将军听不明白。武将军很痛快地答应与他一同去见局长。

在公安局门口，武将军递进自己的片子，马上被请进去，陈老先生在后面跟着。

局长很亲热地和将军握手，及至看见了陈老先生，他皱了一下眉，点了点头。

“刚才老先生来过，局长大概很忙，没见着，所以我同他来了。”武将军一气说完。

“啊，是的，”局长对将军说，没看老先生一眼，“对不起，适才有点紧要的公事。”

“廉伯昨晚没回去，”陈老先生往下用力地压着气，“听说被扣起来，我很不放心。”

“呕，是的，”局长还对着武将军说，“不过一种手续，没多大关系。”

“请问局长，他犯了什么法呢？”老先生的腰挺起来，语气也很冷硬。

“不便于说，老先生，”局长冷笑了一下，脸对着老先生，“公事，公事，朋友也有难尽力的地方！”

“局长高见。”陈老先生晓得事情是很难办了。可是他想不出廉伯能做出什么不规矩的事。一定这是局长的阴谋，他再也压不住气。“局长晓得廉伯是个孝子，老夫是个书生，绝不会办出不法的事来。局长也有父母，也有儿女，我不敢强迫长官泄露机要，我只以爱子的一片真心来格外求情，请局长告诉我到底是怎回事！士可杀不可辱，这条老命可以不要，不能忍受……”

“哎哎，老先生说远了！”局长笑得缓和了些，“老先生既不能整天跟着他，他做的事你哪能都知道？”

“我见见廉伯呢？”老先生问。

“真对不起！”局长的头低下去，马上抬起来。

“局长，”武将军插了嘴，“告诉老先生一点，一点，他是真急。”

“当然着急，连我都替他着急，”局长微笑了下，“不过爱莫能助！”

“廉伯是不是有极大的危险？”老先生的脑门上见了汗。

“大概，或者，不至于；案子正在检理，一时自然不能完结。我呢，凡是我能尽力帮忙的地方无不尽力，无不尽力！”局长立起来。

“等一等，局长，”陈老先生也立起来，脸上煞白，两腮咬紧，胡子根儿立起来，“我最后请求你告诉我个大概，人都有个幸不幸，莫要赶尽杀绝。设若你错待了个孝子，你知道你将遗臭万年。我虽老朽，将与君周旋到底！”

“那么老先生一定要知道，好，请等一等！”局长用力按了两下铃。

进来一个警士，必恭必敬地立在桌前。

“把告侦探长的呈子取来，全份！”局长的脸也白了，可是还勉强地向武将军笑。

陈老先生坐下，手在膝上哆嗦。

不大会儿，警士把一堆呈子送在桌上。局长随便推送在武将军与老先生面前，将军没动手。陈老先生翻了翻最上边的几本，很快地翻过，已然得到几种案由：强迫商家送礼；霸占良家妇女；假公济私，借赈私运粮米；窃卖赃货……老先生不能往下看了，手扶在桌上，只剩了哆嗦。哆嗦了半天，他用尽力量抬起头来，脸上忽然瘦了一圈，极慢极低地说：

“局长，局长！谁没有错处呢！他不见得比人家坏，这些状子也未必都可靠。局长，他的命在你手里，你积德就完了！你闭一闭眼，我们全家永感大德！”

“能尽力处我无不尽力！武将军，改天再过去请安！”

武将军把老先生搀了出来。将军把他送到家中，他一句话也没说。那些罪案，他知道，多半都是真的。而且有的是他自己给儿子造成的。可是，他还不肯完全承认这是他们父子的过错，局长应负多一半责任；局长是可以把那些状子压下不问的。他的怨怒多于羞愧，心中和火烧着似的，可是说不出话来。他恨自己的势力小，不能马上把局长收拾了。他恨自己的命不好，命给他带来灾殃，不是他自己的毛病，天命！

到了家中，他越想越怕了。事不宜迟，他得去为儿子奔走。幸而他已交结了不少有势力的朋友。第一个被想到的是孟宝斋，新亲自然会帮忙。可是孟宝斋的大烟吃上没完，虽然答应给设法，而始终不动弹。老先生又去找别人，大家都劝他不要着急，也就是表示他们不愿出力。绕到晚上，老先生明白了世态炎凉还不都是街上的青年男女闹的！与他为道义之交的人们，听他讲经的人们，也丝毫没有古道。但是他没心细想这个，他身上疲乏，心中发乱。立在镜前，他已不认识自己了。他的眼陷下好深，眼下的肉袋成了些鲇皮，像一对很大的瘪臭虫。他愤恨，渺茫，心里发辣。什么都可以牺牲，只要保住儿子的命。儿媳妇在屋中放声地哭呢！她带着大成去探望廉伯，没有见到。听着她哭，老先生的泪止不住了，越想越难过，他也放了声。

他只想喝水，晚饭没有吃。早早地躺下，疲乏，可是合不上眼。想起什么都想到半截便忘了，迷乱，心中像老映着破碎不全的电影片。想得讨厌了，心中仍不愿休息，还希望在心的深处搜出一半个好主意。没有主意，他只能低声地叫，叫着廉伯的乳名。一直到夜中三点，他迷糊过去，不是睡，是像飘在云里那样惊心吊胆地闭着眼。时时仿佛看见儿子回来了，又仿佛听见儿媳妇啼哭，也看见自己死去的老伴儿……可是始终没有睁开眼，恍惚像风里的灯苗，似灭不灭，顾不得再为别人照个亮儿。

十二

太阳出来好久，老先生还半睡半醒地忍着，他不愿再见这无望的阳光。

忽然，儿媳妇与廉仲都大哭起来，老先生猛孤仃地爬起来。没顾得穿长衣，急忙地跑过来，儿媳妇已哭背过气去，他明白了。他咬上了牙，心中突然一热，咬着牙把撞上来的一口黏的咽回去。扶住门框，他吼了一声：

“廉仲，你嫂子！”他蹲在了地上，颤成一团。

廉仲和刘妈，把廉伯太太撅巴起来，她闭着眼只能抽气。

“爸，送信来了，去收尸！”廉仲的胖脸浮肿着，黄蜡似地流着两条泪。

“好！好！”老先生手把着门框想立起来，手一软，蹲得更低了些。“你去吧，用我的寿材好了；我还得大办丧事呢！哈，哈。”他坐在地上狂号起来。

陈老先生真的遍发讣闻，丧事办得很款式。来吊祭的可是没有几个人，连孟宅都没有人过来。武将军送来一个鲜花圈，钱会长送来一对挽联；廉伯的朋友没来一个。老先生随着棺材，一直送到墓地。临入土的时候，老先生拍了拍棺材：“廉伯，廉伯，我还健在，会替你教子成名！”说完他亲手燃着自己写的挽联：

孝子忠臣，风波于汝莫须有；

孤灯白发，经史传孙知奈何？

事隔了许久，事情的真相渐渐地透露出来，大家的意见也开始显出公平。廉伯的罪过是无可置辩的，可是要了他的命的罪名，是窃卖“白面”——搜捡了来，而用面粉替换上去。然而这究竟是个“罪名”，骨子里面还是因为他想“顶”公安局长。又正赶上政府刚下了严禁白面的命令，于是局长得了手。设若没有这道命令，或是这道命令已经下了好多时候，不但廉伯的命可以保住，而且局长为使自己的地位稳固，还得至少教廉伯兼一个差事。不能枪毙他，就得给他差事，局长只有这么两条路。他不敢撤廉伯的差，廉伯可以帮助局长，也可以随时倒戈，他手下有人，能扰乱地面。大家所以都这么说：廉伯与局长是半斤八两，不过廉伯的运气差一点，情屈命不屈。

有不少人同情于陈家：无论怎说，他是个孝子，可惜！这个增高了陈老先生的名望。那对挽联已经脍炙人口。就连公安局长也不敢再赶尽杀绝。聚元的孙掌柜不久就放了出来，陈家的财产也没受多少损失：“经史传孙知奈何？”多么气势！局长不敢结世仇，而托人送来五百元的教育费，陈老先生没有收下。

陈家的财产既没受多少损失，亲友们慢慢地又转回来。陈老先生在国学会未曾讲完的那两讲——正心修身——在廉伯死的六七个月后，又经会中敦聘续讲。老先生瘦了许多，腰也弯了一些，可是声音还很足壮。听讲的人是很多，多数是想看看被枪毙的孝子的老父亲是什么样儿。老先生上台后，戴上大花镜，手微颤着摸出讲稿，长须已有几根白的，可是神气还十分的好看。讲着讲着，他一手扶着桌子，一手放在头上，愣了半天，好像忘记了点什么。忽然他摘下眼镜，匆忙地下了台。大家莫名其妙，全立起来。

会中的职员把他拦住。他低声地，极不安地说：

“我回家去看看，不放心！我的大儿子，孝子，死了。廉仲——虽然不孝——可别再跑了！他想跑，我知道！不满意我给他定下的媳妇；自由结婚，该杀！我回家看看，待一会儿再来讲：我不但能讲，还以身作则！不用拦我，我也不放心大儿媳妇。她，死了丈夫，心志昏乱；常要自杀，胡闹！她老说她害了丈夫，什么拿走两包东西咧，乱七八糟！无法，无法！几时能‘买蓑山县云藏市，横笛江城月满楼’呢？”说完，他弯着点腰，扯开不十分正确的方步走去。

大家都争着往外跑，先跑出去的还看见了老先生的后影，肩头上飘着些长须。

歪毛儿

小的时候，我们俩——我和白仁禄——下了学总到小茶馆去听评书。我俩每天的点心钱不完全花在点心上，留下一部分给书钱。虽然茶馆掌柜孙二大爷并不一定要我们的钱，可是我俩不肯白听。其实，我俩真不够听书的派儿：我那时脑后梳着个小坠根，结着红绳儿；仁禄梳俩大歪毛。孙二大爷用小笸萝打钱的时候，一到我俩面前便低声地说，“歪毛子！”把钱接过去，他马上笑着给我们抓一大把煮毛豆角，或是花生米来，“吃吧，歪毛子！”他不大爱叫我小坠根，我未免有点不高兴。可是说真的，仁禄是比我体面得多。他的脸正像年画上的白娃娃的，虽然没有那么胖。单眼皮，小圆鼻子，清秀好看。一跑，俩歪毛左右开弓地敲着脸蛋，像个拨浪鼓儿。青嫩头皮，剃头之后，谁也想轻敲他三下——剃头打三光。就是稍打重了些，他也不急。

他不淘气，可是也有背不上书来的时候。歪毛仁禄背不过书来本可以不挨打，师娘不准老师打他，他是师娘的歪毛宝贝：上街给她买一缕白棉花线，或是打俩小钱的醋，都是仁禄的事儿。可是他自己找打。

每逢背不上书来，他比老师的脾气还大。他把小脸憋红，鼻子皱起一块儿，对先生说：“不背！不背！”不等老师发作，他又添上：“就是不背，看你怎样！”老师磨不开脸了，只好拿板子吧。仁禄不擦磨手心，也不迟宕，单眼皮眨巴得特别快，摇着俩歪毛，过去领受平板。打完，眼泪在眼眶里转，转好大半天，像水花打旋而渗不下去的样儿。始终他不许泪落下来。过了一会儿，他的脾气消散了，手心搓着膝盖，低着头念书，没有声音，小嘴像热天的鱼，动得很快很紧。

奇怪，这么清秀的小孩，脾气这么硬。

到了入中学的年纪，他更好看了。还不甚胖，眉眼可是开展了。我们脸上都起了小红脓泡，他还是那么白净。后一天入中学，上一班的学生便有一个挤了他一膀子，然后说：“对不起，姑娘！”仁禄一声没出，只把这位学友的脸打成酦面包子。他不是打架呢，是拚命，连劝架的都受了点罡误伤。第二天，他没来上课。他又考入别的学校。

一直有十几年的工夫，我们俩没见面。听说，他在大学毕了业，到外边去做事。

去年旧历年前的末一次集，天很冷。千佛山上盖着些厚而阴寒的黑云。尖溜溜的小风，鬼似地掐人鼻子与耳唇。我没事，住得又离山水沟不远，想到集上看看。集上往往也有几本好书什么的。

我以为天寒人必少，其实集上并不冷静；无论怎冷，年总是要过的。我转了一圈，没看见什么对我的路子的东西——大堆的海带菜，财神的纸像，冻得铁硬的猪肉片子，都与我没有多少缘分。本想不再绕，可是极南边有个地摊，摆着几本书，引起我的注意，这个摊子离别的买卖有两三丈远，而且地点是游人不大来到的。设若不是我已走到南边，设若不是我注意书籍，我绝不想过去。我走过去，翻了翻那几本书——都是旧英文教科书，我心里说，大年底下的谁买旧读本？看书的时候，我看见卖书人的脚，一双极旧的棉鞋，可是缎子的：袜子还是夏季的单线袜。别人都跺跺着脚，天是真冷；这双脚好像冻在地上，不动。把书合上我便走开了。

大概谁也有那个时候：一件极不相干的事，比如看见一群蚁擒住一个绿虫，或是一个癞狗被打，能使我们不痛快半天，那个挣扎的虫或是那条癞狗好似贴在我们心上，像块病似的。这双破缎子鞋就是这样贴在我的心上。走了几步，我不由地回了头。卖书的正弯身摆那几本书呢。其实我并没给弄乱：只那么几本，也无从乱起。我看出来，他不是久干这个的。逢集必赶的卖零碎的不这样细心。他穿着件旧灰色棉袍，很单薄，头上戴着顶没人要的老式帽头。由他的身上，我看到南圩子墙，千佛山，山上的黑云，结成一片清冷。我好似被他吸引住了。决定回去，虽然觉得不好意思的。我知道，走到他跟前，我未必敢端详他。他身上有那么一股高傲劲儿，像破庙似的，虽然破烂而仍令人心中起敬。我说不上来那几步是怎样走回去的，无论怎说吧，我又立在他面前。

我认得那两只眼，单眼皮儿。其余的地方我一时不敢相认，最清楚的记忆也不敢反抗时间，我俩已十几年没见了。他看了我一眼，赶快把眼转向千佛山去：一定是他了，我又认出这个神气来。

“是不是仁禄哥？”我大着胆问。

他又扫了我一眼，又去看山，可是极快地又转回来。他的瘦脸上没有任何表示，只是腮上微微地动了动，傲气使他不愿与我过话，可是“仁禄哥”三个字打动了他的心。他没说一个字，拉住我的手。手冰硬。脸朝着山，他无声地笑了笑。

“走吧，我住得离这儿不远。”我一手拉着他，一手拾起那几本书。

他叫了我一声。然后待了一会儿，“我不去！”

我抬起头来，他的泪在眼内转呢。我松开他的手，把几本书夹起来，假装笑着，“你走也得走，不走也得走！”

“待一会儿我找你去好了。”他还是不动。

“你不用！”我还是故意打哈哈似地说，“待一会儿？管保再也找不到你了。”

他似乎要急，又不好意思；多么高傲的人也不能不原谅梳着小辫时候的同学。一走路，我才看出他的肩往前探了许多。他跟我来了。

没有五分钟便到了家。一路上，我直怕他和我转了影壁。他坐在屋中了，我才放心，仿佛一件宝贝确实落在手中。可是我没法说话了。问他什么呢？怎么问呢？他的神气显然地是很不安，我不肯把他吓跑了。

想起来了，还有瓶白葡萄酒呢。找到了酒，又发现了几个金丝枣。好吧，就拿这些待客吧。反正比这么僵坐着强。他拿起酒杯，手有点颤。喝下半杯去，他的眼中湿了一点，湿得像小孩冬天下学来喝着热粥时那样。

“几时来到这里的？”我试着步说。

“我？有几天了吧？”他看着杯沿上一小片木塞的碎屑，好像是和这片小东西商议呢。

“不知道我在这里？”

“不知道。”他看了我一眼，似乎表示有许多话不便说，也不希望我再问。

我问定了。讨厌，但我俩是幼年的同学。“在哪儿住呢？”

他笑了，“还在哪儿住？凭我这个样？”还笑着，笑得极无聊。

“那好了，这儿就是你的家，不用走了。咱们一块儿听鼓书去。趵突泉有三四处唱大鼓的呢：《老残游记》，嗳？”我想把他哄喜欢了，“记得小时候一同去听《施公案》？”

我的话没得到预期的效果，他没言语。但是我不失望。劝他酒，酒会打开人的口。还好，他对酒倒不甚拒绝，他的俩脸渐渐有了红色。我的主意又来了：

“说，吃什么？面条？饺子？饼？说，我好去预备。”

“不吃，还得卖那几本书去呢！”

“不吃？你走不了！”

待了老大半天，他点了点头，“你还是这么活泼！”

“我？我也不是咱们梳着小辫时的样子了！光阴多么快，不知不觉地三十多了，想不到地事！”

“三十多也就该死了。一个狗才活十来年。”

“我还不那么悲观。”我知道已把他引上了路。

“人生还就不是个好玩艺！”他叹了口气。

随着这个往下说，一定越说越远：我要知道的是他的遭遇。我改变了战略，开始告诉他我这些年的经过，好歹地把人生与悲观扯在里面，好不显着生硬。费了许多周折，我才用上了这个公式——“我说完了，该听你的了。”

其实他早已明白我的意思，始终他就没留心听我的话。要不然，我在引用公式以前还得多绕几个弯儿呢。他的眼神把我的话删短了好多。我说完，他好似没法子了，问了句：

“你叫我说什么吧？”

这真使我有点难堪。律师不是常常逼得犯人这样问么？可是我扯长了脸，反正我俩是有交情的。爽性直说了吧，这或者倒合他的脾气：

“你怎么落到这样？”

他半天没回答出。不是难以出口，他是思索呢。生命是没有什么条理的，老朋友见面不是常常相对无言么？

“从哪里说起呢？”他好像是和生命中那些小岔路商议呢，“你记得咱们小的时候，我也不短挨打？”

“记得，都是你那点怪脾气。”

“还不都在乎脾气，”他微微摇着头，“那时候咱俩还都是小孩子，所以我没对你说过；说真的那时节我自己也还没觉出来是怎回事。后来我才明白了，是我这两只眼睛作怪。”

“不是一双好好的眼睛吗？”我说。

“平日是好好的一对眼；不过，有时候犯病。”

“怎样犯病？”我开始怀疑莫非他有点精神病。

“并不是害眼什么的那种肉体上的病，是种没法治的毛病。有时候忽然来了，我能看见些——我叫不出名儿来。”

“幻像？”我想帮他的忙。

“不是幻像，我并没看见什么绿脸红舌头的。是些形像。也还不是形像；是一股神气。举个例说，你就明白了，你记得咱们小时候那位老师？很好的一个人，是不是？可是我一犯病，他就非常的可恶，我所以跟他横着来了。过了一会儿，我的病犯过去，他还是他，我白挨一顿打。只是一股神气，可恶的神气。”

我没等他说完就问：“你有时候你也看见我有那股神气吧？”

他微笑了一下：“大概是，我记不甚清了。反正咱俩吵过架，总有一回是因为我看你可恶。万幸，我们一入中学就不在一处了。不然……你知道，我的病越来越深。小的时候，我还没觉出这个来，看见那股神气只闹一阵气就完了；后来，我管不住自己了，一旦看出谁可恶来，就是不打架，也不能再和他交往，连一句话也不肯过。现在，在我的记忆中只有幼年的一切是甜蜜的，因为那时病还不深。过了二十，凡是可恶的都记在心里！我的记忆是一堆丑恶相片！”他愣起来了。

“人人都可恶？”我问。

“在我犯病的时节，没有例外。父母兄弟全可恶。要是敷衍，得敷衍一切，生命那才难堪。要打算不敷衍，得见一个打一个，办不到。慢慢地，我成了个无家无小没有一个朋友的人。干吗再交朋友呢？怎能交朋友呢？明知有朝一日便看出他可恶！”

我插了一句：“你所谓的可恶或者应当改为软弱，人人有个弱点，不见得就可恶。”

“不是弱点。弱点足以使人生厌，可也能使人怜悯。譬如对一个爱喝醉了的人，我看见的不是这个。其实不用我这对眼也能看出点来，你不信这么试试，你也能看出一些，不过不如我的眼那么强就是了。你不用看人脸的全部，而单看他的眼，鼻子，或是嘴，你就看出点可恶来。特别是眼与嘴，有时一个人正和你讲道德说仁义，你能看见他的眼中有张活的春画正在动。那嘴，露着牙喷粪的时节单要笑一笑！越是上等人越可恶。没受过教育的好些，也可恶，可是可恶得明显一些；上等人会遮掩。假如我没有这么一对眼，生命岂不是个大骗局？还举个例说吧，有一回我去看戏，旁边来了个三十多岁的人，很体面，穿得也讲究。我的眼一斜，看出来，他可恶。我的心中冒了火。不干我的事，诚然；可是，为什么可恶的人单要一张体面的脸呢？这是人生的羞耻与错处。正在这么个当儿，查票了。这位先生没有票，瞪圆了眼向查票员说：‘我姓王，没买过票，就是日本人查票，我姓王的还是不买！’我没法管束自己了。我并不是要惩罚他，是要把他的原形真面目打出来。我给了他一个顶有力的嘴巴。你猜他怎样？他嘴里嚷着，走了。要不怎说他可恶呢。这不是弱点，是故意地找打——只可惜没人常打他。他的原形是追着叫花子乱咬的母狗。幸而我那时节犯了病，不然，他在我眼中也是个体面的雄狗了。”

“那么你很愿意犯病！”我故意地问。

他似乎没听见，我又重了一句，他又微笑了笑。“我不能说我以这个为一种享受；不过，不犯病的时候更难堪——明知人们可恶而看不出，明知是梦而醒不了。病来了，无论怎样吧，我不至于无聊。你看，说打就打，多少有点意思。最有趣的是打完了人，人们还不敢当面说我什么，只在背后低声地说，这是个疯子。我没遇上一个可恶而硬正的人；都是些虚伪的软蛋。有一回我指着个军人的脸说他可恶，他急了，把枪掏出来，我很喜欢。我问他：你干什么？哼，他把枪收回去了，走出老远才敢回头看我一眼；可恶而没骨头的东西！”他又愣了一会儿。“当初，我是怕犯病。一犯病就吵架，事情怎会做得长远？久而久之，我怕不犯病了。不犯病就得找事去做，闲着是难堪的事。可是有事便有人，有人就可恶。一来二去，我立在了十字路口：长期地抵抗呢？还是敷衍一下？不能决定。病犯了不由地便惹是非，可是也有一月两月不犯的时候。我能专等着犯病，什么也不干？不能！刚要干点什么，病又来了。生命仿佛是拉锯玩呢。有一回，半年多没犯病。好了，我心里说，再找回人生的旧辙吧；既然不愿放火，烟还是由烟筒出去好。我回了家，老老实实去做孝子贤孙。脸也常刮一刮，表示出诚意的敷衍。既然看不见人中的狗脸，我假装看见狗中的人脸，对小猫小狗都很和气，闲着也给小猫梳梳毛，带着狗去溜个圈。我与世界复和了。人家世界本是热热闹闹地混，咱干吗非硬拐硬碰不可呢。这时候，我的文章做多了。第一，我想组织家庭，把油盐柴米的责任加在身上也许会治好了病。况且，我对妇人的印象比较的好。在我的病眼中经过的多数是男人。虽然这也许是机会不平的关系，可是我硬认定女子比男子好一些。做文章吗？人们大概都很会替生命做文章。我想，自要找到个理想的女子，大概能马马虎虎地混几十年。文章还不尽于此，原先我不是以眼的经验断定人人可恶吗，现在改了。我这么想了：人人可恶是个推论，我并没亲眼看见人人可恶呀。也许人人可恶，而我不永远是犯着病，所以看不出。可也许世上确有好人，完全人，就是立在我的病眼前面，我也看不出他可恶来。我并不晓得哪时犯病；看见面前的人变了样，我才晓得我是犯了病，焉知没有我已犯病而看不出人家可恶的时候呢？假如那是个根本不可恶的人。这么一做文章，我的希望更大了。我决定不再硬了，结婚，组织家庭，生胖小子；人家都快活地过日子，我干吗放着熟葡萄不吃，单捡酸的吃呢？文章做得不错。”

他休息了一会儿，我没敢催促他。给他满上了酒。

“还记得我的表妹？”他突然地问，“咱们小时候和她一块儿玩要过。”

“小名叫招弟儿？”我想起来，那时候她耳上戴着俩小绿玉艾叶儿。

“就是。她比我小两岁，还没出嫁；等着我呢，好像是。想做文章就有材料，你看她等着我呢。我对她说了一切，她愿意跟我。我俩定了婚。”他又半天没言语，连喝了两三口酒，“有一天，我去找她，在路上我又犯了病。一个七八岁小女孩，拿着个粗碗，正在路中走。来了辆汽车。听见喇叭响，她本想往前跑，可是跑了一步，她又退回来了。车到了跟前，她蹲下了。车幸而猛地收住。在这个工夫，我看见车夫的脸，非常的可恶。在事实上他停住了车；心里很愿意把那个小女孩轧死，轧，来回地轧，轧碎了。做文章才无聊呢。我不能再找表妹去了。我的世界是个丑恶的，我不能把她也拉进来。我又跑了出来；给她一封极简短的信——不必再等我了。有过希望以后，我硬不起来了。我忽然地觉到，焉知我自己不可恶呢，不更可恶呢？这一疑虑，把硬气都跑了。以前，我见着可恶的便打，至少是瞪他那么一眼，使他哆嗦半天。我虽不因此得意，可是非常的自信——信我比别人强。及至一想结婚，与世界共同敷衍，坏了；我原来不比别人强，不过只多着双病眼罢了。我再没有勇气去打人了，只能消极地看谁可恶就躲开他。很希望别人指着脸子说我可恶，可是没人肯那么办。”他又愣了一会儿，“生命的真文章比人做得更周到？你看，我是刚从狱里出来。是这么回事，我和土匪们一块混来着。我既是也可恶，跟谁在一块不可以呢。我们的首领总算可恶得到家，接了赎款还把票儿撕了。绑来票砌在炕洞里。我没打他，我把他卖了，前几天他被枪毙了。在公堂上，我把他的罪恶都抖出来。他呢，一句也没扳我，反倒替我解脱。所以我只住了几天狱，没定罪。顶可恶的人原来也有点好心：撕票儿的恶魔不卖朋友！我以前没想到过这个。耶稣为仇人，为土匪祷告：他是个人物。他的眼或者就和我这对一样，可是他能始终是硬的，因为他始终是软的。普通人只能软，不能硬，所以世界没有骨气。我只能硬，不能软，现在没法安置我自己。人生真不是个好玩艺。”

他把酒喝净，立起来。

“饭就好。”我也立起来。

“不吃！”他很坚决。

“你走不了，仁禄！”我有点急了，“这儿就是你的家！”

“我改天再来，一定来！”他过去拿那几本书。

“一定得走？连饭也不吃？”我紧跟着问。

“一定得走！我的世界没有友谊。我既不认识自己，又好管教别人。我不能享受有秩序的一个家庭，像你这个样。只有瞎走乱撞还舒服一些。”

我知道，无须再留他了。愣了一会儿，我掏出点钱来。

“我不要！”他笑了笑，“饿不死。饿死也不坏。”

“送你件衣裳横是行了吧？”我真没法儿了。

他愣了会儿。“好吧，谁叫咱们是幼时同学呢。你准是以为我很奇怪，其实我已经不硬了。对别人不硬了。对自己是没法不硬的，你看那个最可恶的土匪也还有点骨气。好吧，给我件你自己身上穿着的吧。那件毛衣便好。有你身上的一些热气便不完全像礼物了。我太好做文章！”

我把毛衣脱给他。他穿在棉袍外边，没顾得扣上钮子。

空中飞着些雪片，天已遮满了黑云。我送他出去，谁也没说什么，一个阴惨的世界，好像只有我们俩的脚步声儿。到了门口，他连头也没回，探着点身在雪花中走去。

老字号

钱掌柜走后，辛德治——三合祥的大徒弟，现在很拿点事——好几天没正经吃饭。钱掌柜是绸缎行公认的老手，正如三合祥是公认的老字号。辛德治是钱掌柜手下教练出来的人。可是他并不专因私人的感情而这样难过，也不是自己有什么野心。他说不上来为什么这样怕，好像钱掌柜带走了一些永难恢复的东西。

周掌柜到任。辛德治明白了，他的恐怖不是虚的；“难过”几乎要改成咒骂了。周掌柜是个“野鸡”，三合祥——多少年的老字号！——要满街拉客了！辛德治的嘴撇得像个煮破了的饺子。老手，老字号，老规矩——都随着钱掌柜的走了，或者永远不再回来。钱掌柜，那样正直，那样规矩，把买卖做赔了。东家不管别的，只求年底下多分红。

多少年了，三合祥是永远那么官样大气：金匾黑字，绿装修，黑柜蓝布围子，大机凳（不带靠背的椅子）包着蓝呢子套，茶几上永远放着鲜花。多少年了，三合祥除了在灯节才挂上四只宫灯，垂着大红穗子没有任何不合规矩的胡闹八光。多少年了，三合祥没打过价钱，抹过零儿，或是贴张广告，或者减价半月；三合祥卖的是字号。多少年了，柜上没有吸烟卷的，没有大声说话的；有点响声只是老掌柜的咕噜水烟与咳嗽。

这些，还有许许多多可宝贵的老气度，老规矩，由周掌柜一进门，辛德治看出来，全要完！周掌柜的眼睛就不规矩，他不低着眼皮，而是满世界扫，好像找贼呢。人家钱掌柜，老坐在大杌凳上合着眼，可是哪个伙计出错了口气，他也晓得。

果然，周掌柜——来了还没有两天——要把三合祥改成蹦蹦戏[①]的棚子：门前扎起血丝胡拉的一座彩牌，“大减价”每个字有五尺见方，两盏煤气灯，把人们照得脸上发绿。这还不够，门口一档子洋鼓洋号，从天亮吹到三更；四个徒弟，都戴上红帽子，在门口，在马路上，见人就给传单。这还不够，他派定两个徒弟专管给客人送烟递茶，哪怕是买半尺白布，也往后柜让，也递香烟：大兵，清道夫，女招待，都烧着烟卷，把屋里烧得像个佛堂。这还不够，买一尺还饶上一尺，还赠送洋娃娃，伙计们还要和客人随便说笑；客人要买的，假如柜上没有，不告诉人家没有，而拿出别种东西硬叫人家看；买过十元钱的东西，还打发徒弟送了去，柜上买了两辆一走三歪的自行车！

辛德治要找个地方哭一大场去！在柜上十五六年了，没想到

①蹦蹦戏俗称评剧，是北方地区的一种传统戏曲艺术。

过——更不用说见过了——三合祥会落到这步天地！怎么见人呢？合街上有谁不敬重三合祥的？伙计们晚上出来，提着三合祥的大灯笼，连巡警们都另眼看待。那年兵变，三合祥虽然也被抢一空，可是没像左右的铺户那样连门板和“言无二价”的牌子都被摘了走——三合祥的金匾有种尊严！他到城里已经二十来年了，其中的十五六年是在三合祥，三合祥是他第二家庭，他的说话、咳嗽与蓝布大衫的样式，全是三合祥给他的。他因三合祥、也为三合祥而骄傲。他给铺子去索债，都被人请进去喝碗茶；三合祥虽是个买卖，可是和照顾主儿们似乎是朋友。钱掌柜是常给照顾主儿行红白人情的。三合祥是“君子之风”的买卖：门凳上常坐着附近最体面的人；遇到街上有热闹的时候，照顾主儿的女眷们到这里向老掌柜借个座儿。这个光荣的历史，是长在辛德治的心里的。可是现在？

辛德治也并不是不晓得，年头是变了。拿三合祥的左右铺户说，多少家已经把老规矩舍弃，而那些新开的更是提不得的，因为根本就没有过规矩。他知道这个。可是因此他更爱三合祥，更替它骄傲。假如三合祥也下了桥，世界就没了！哼，现在三合祥和别人家一样了，假如不是更坏！

他最恨的是对门那家正香村：掌柜的踏拉着鞋，叼着烟卷，镶着金门牙。老板娘背着抱着，好像兜儿里还带着，几个男女小孩，成天出来进去，进去出来，唧唧喳喳，不知喊些什么。老板和老板娘吵架也在柜上，打孩子，给孩子吃奶，也在柜上。摸不清他们是做买卖呢，还是干什么玩呢，只有老板娘的胸口老在柜前陈列着是件无可疑的事儿。那群伙计，不知是从哪儿找来的，全穿着破鞋，可是衣服多半是绸缎的。有的贴着太阳膏，有的头发梳得像漆勺，有的戴着金丝眼镜。再说那份儿厌气：一年到头老是大减价，老悬着煤气灯，老转动着留声机。买过两元钱的东西，老板便亲自让客人吃块酥糖；不吃，他能往人家嘴里送！什么东西也没有一定的价钱，洋钱也没有一定的行市。辛德治永远不正眼看“正香村”那三个字，也永不到那边买点东西。他想不到世上会有这样的买卖，而且和三合祥正对门！

更奇怪的，正香村发财，而三合祥一天比一天衰微。他不明白这是什么道理。难道买卖必定得不按着规矩做才行吗？果然如此，何必学徒呢？是个人就可以做生意了！不能是这样，不能；三合祥到底是不会那样的！谁知道竟自来了个周掌柜，三合祥的与正香村的煤气灯把街道照青了一大截，它们是一对儿！三合祥与正香村成了一对？！这莫非是做梦么？不是梦，辛德治也得按着周掌柜的办法走。他得和客人瞎扯，他得让人吸烟，他得把人诓到后柜，他得拿着假货当真货卖，他得等客人争竞才多放二寸，他得用手术量布——手指一捻就抽回来一块！他不能受这个！

可是多数的伙计似乎愿意这么做。有个女客进来，他们恨不能把她围上，恨不能把全铺子的东西都搬来给她瞧，等她买完——哪怕是买了二尺搪布——他们恨不能把她送回家去。周掌柜喜爱这个，他愿意伙计们折跟头、打把式，更好是能在空中飞。

周掌柜和正香村的老板成了好朋友。有时候还凑上天成的人们打打“麻将”。天成也是本街上的绸缎店，开张也有四五年了，可是钱掌柜就始终没招呼过他们。天成故意和三合祥打对仗，并且吹出风来，非把三合祥顶趴下不可。钱掌柜一声也不出，只偶尔说一句：咱们做的是字号。天成一年倒有三百六十五天是纪念日，大减价。现在天成的人们也过来打牌了。辛德治不能搭理他们。他有点空闲，便坐在柜里发愣，面对着货架子——原先架上的布匹都用白布包着，现在用整幅的通天扯地地做装饰，看着都眼晕，那么花红柳绿的！三合祥已经完了，他心里说。

但是，过了一节，他不能不佩服周掌柜了。节下报账，虽然没赚什么，可是没赔。周掌柜笑着给大家解释：“你们得记住，这是我的头一节呀！我还有好些没施展出来的本事呢。还有一层，扎牌楼，赁煤气灯……哪个不花钱呢？所以呀！”他到说上劲来的时节总这么“所以呀”一下，“日后无须扎牌楼了，咱会用更新的，更省钱的办法，那可就有了赚头，所以呀！”辛德治看出来，钱掌柜是回不来了；世界的确是变了。周掌柜和天成、正香村的人们说得来，他们都是发财的。

过了节，检查日货嚷嚷动了。周掌柜疯了似地上东洋货。检查队已经出动，周掌柜把东洋货全摆在大面上，而且下了命令：“进来买主，先拿日本布；别处不敢卖，咱们正好做一批生意。看见乡下人，明说这是东洋布，他们认这个；对城里的人，说德国货。”

检查队到了。周掌柜脸上要笑出几个蝴蝶儿来，让吸烟，让喝茶。“三合祥，冲这三个字，不是卖东洋货的地方，所以呀！诸位看吧！门口那些有德国布，也有土布，内柜都是国货绸缎，小号在南方有联号，自办自运。”

大家疑心那些花布。周掌柜笑了：“张福来，把后边剩下的那匹东洋布拿来。”

布拿来了。他扯住检查队的队长：“先生，不屈心，只剩下这么一匹东洋布，跟先生穿的这件大衫一样的材料，所以呀！”他回过头来，“福来，把这匹料子扔到街上去！”

队长看着自己的大衫，头也没抬，便走出去了。

这批随时可以变成德国货、国货、英国货的日本布赚了一大笔钱。有识货的人，当着周掌柜的面，把布扔在地上，周掌柜会笑着命令徒弟：“拿真正西洋货去，难道就看不出先生是懂眼的人吗？”然后对买主：“什么人要什么货，白给你这个，你也不要，所以呀！”于是又做了一号买卖。客人临走，好像怪舍不得周掌柜。辛德治看透了，做买卖打算要赚钱的话，得会变戏法、说相声。周掌柜是个人物。可是辛德治不想再在这儿干，他越佩服周掌柜，心里越难过。他的饭由脊梁骨下去。打算睡得安稳一些，他得离开这样的三合祥。

可是，没等到他在别处找好位置，周掌柜上天成领东去了。天成需要这样的人，而周掌柜也愿意去，因为三合祥的老规矩太深了，仿佛是长了根，他不能充分施展他的才能。

辛德治送出周掌柜去，好像是送走了一块心病。

对于东家们，辛德治以十五六年老伙计的资格，是可以说几句话的，虽然不一定发生什么效力。他知道哪些位东家是更老派一些，他知道怎样打动他们。他去给钱掌柜运动，也托出钱掌柜的老朋友们来帮忙。他不说钱掌柜的一切都好，而是说钱与周二位各有所长，应当折中一下，不能死守旧法，也别改变得太过火。老字号是值得保存的，新办法也得学着用。字号与利益两顾着——他知道这必能打动了东家们。

他心里，可是，另有个主意。钱掌柜回来，一切就都回来，三合祥必定是“老”三合祥，要不然便什么也不是。他想好了：减去煤气灯、洋鼓洋号、广告、传单、烟卷；至必不得已的时候，还可以减人，大概可以省去一大笔开销。况且，不出声而贱卖，尺大而货物地道。难道人们就都是傻子吗？

钱掌柜果然回来了。街上只剩了正香村的煤气灯，三合祥恢复了昔日的肃静，虽然因为欢迎钱掌柜而悬挂上那四个宫灯，垂着大红穗子。

三合祥挂上宫灯那天，天成号门口放了两只骆驼，骆驼身上披满了各色的缎条，驼峰上安着一明一灭的五彩电灯。骆驼的左右辟了抓彩部，一人一毛钱，凑足了十个人就开彩，一毛钱有得一匹摩登绸的希望。天成门外成了庙会，挤不动的人。真有笑嘻嘻夹走一匹摩登绸的嘛！

三合祥的门凳上又罩上蓝呢套，钱掌柜眼皮也不抬，在那里坐着。伙计们安静地坐在柜里，有的轻轻拨弄算盘珠儿，有的徐缓地打着哈欠，辛德治口里不说什么，心中可是着急。半天儿能不进来一个买主。偶尔有人在外边打一眼，似乎是要进来，可是看看金匾，往天成那边走去。有时候已经进来，看了货，因不打价钱，又空手走了。只有几位老主顾，时常来买点东西；可也有时候只和钱掌柜说会儿话，慨叹着年月这样穷，喝两碗茶就走，什么也不买。辛德治喜欢听他们说话，这使他想起昔年的光景，可是他也晓得，昔年的光景，大概不会回来了；这条街只有天成“是”个买卖！

过了一节，三合祥非减人不可了。辛德治含着泪和钱掌柜说：“我一人干五个人的活，咱们不怕！”老掌柜也说：“咱们不怕！”辛德治那晚睡得非常香甜，准备次日干五个人的活。

可是过了一年，三合祥倒给天成了。

马裤先生

火车在北平东站还没开，同屋那位睡上铺的穿马裤，戴平光的眼镜，青缎子洋服上身，胸袋插着小楷羊毫，足登青绒快靴的先生发了问："你也是从北平上车？"很和气的。

我倒有点迷了头，火车还没动呢，不从北平上车，难道由——由哪儿呢？我只好反攻了："你从哪儿上车？"很和气的。我希望他说是由汉口或绥远上车，因为果然如此，那么中国火车一定已经是无轨的，可以随便走走；那多么自由！

他没言语。看了看铺位，用尽全身——假如不是全身——的力气喊了声，"茶房！"

茶房正忙着给客人搬东西，找铺位。可是听见这么紧急的一声喊，就是有天大的事也得放下，茶房跑来了。

"拿毯子！"马裤先生喊。

"请少待一会儿，先生，"茶房很和气地说，"一开车，马上就给您铺好。"

马裤先生用食指挖了鼻孔一下，别无动作。

茶房刚走开两步。

“茶房！”这次连火车好似都震得直动。

茶房像旋风似地转过身来。

“拿枕头。”马裤先生大概是已经承认毯子可以迟一下，可是枕头总该先拿来。

“先生，请等一等，您等我忙过这会儿去，毯子和枕头就一齐全到。”茶房说得很快，可依然是很和气。

茶房看马裤客人没任何表示，刚转过身去要走，这次火车确是哗啦了半天，“茶房！”

茶房差点吓了个跟头，赶紧转回身来。

“拿茶！”

“先生请略微等一等，一开车茶水就来。”

马裤先生没任何的表示。茶房故意地笑了笑，表示歉意。然后搭讪着慢慢地转身，以免快转又吓个跟头。转好了身，腿刚预备好要走，背后打了个霹雳，“茶房！”

茶房不是假装没听见，便是耳朵已经震聋，竟自没回头，一直地快步走开。

“茶房！茶房！茶房！”马裤先生连喊，一声比一声高；站台上送客的跑过一群来，以为车上失了火，要不然便是出了人命。茶房始终没回头。马裤先生又挖了鼻孔一下，坐在我的床上。刚坐下，

“茶房！”茶房还是没来。看着自己的磕膝，脸往下沉，沉到最长的限度，手指一挖鼻孔，脸好似刷地一下又纵回去了。然后，“你坐二等？”这是问我呢。我又毛了，我确是买的二等，难道上错了车？

“你呢？”我问。

“二等。这是二等。二等有卧铺。快开车了吧？茶房！”

我拿起报纸来。

他站起来，数他自己的行李，一共八件，全堆在另一卧铺上——两个上铺都被他占了。数了两次，又说了话，“你的行李呢？”

我没言语。原来我误会了：他是善意，因为他跟着说，“可恶的茶房，怎么不给你搬行李？”

我非说话不可了：“我没有行李。”

“呕？！”他确是吓了一跳，好像坐车不带行李是大逆不道似的，“早知道，我那四只皮箱也可以不打行李票了！”

这回该轮着我了，“呕？！”我心里说，“幸而是如此，不然的话，把四只皮箱也搬进来，还有睡觉的地方啊？！”

我对面的铺位也来了客人，他也没有行李，除了手中提着个扁皮夹。

“呕？！”马裤先生又出了声，“早知道你们都没行李，那口棺材也可以不另起票了！”

我决定了。下次旅行一定带行李；真要陪着棺材睡一夜，谁受得了！

茶房从门前走过。

“茶房！拿毛巾把！”

“等等。”茶房似乎下了抵抗的决心。

马裤先生把领带解开，摘下领子来，分别挂在铁钩上：所有的钩子都被占了，他的帽子，大衣，已占了两个。

车开了，他顿时想起买报，“茶房！”

茶房没有来。我把我的报赠给他；我的耳鼓出的主意。

他爬上了上铺，在我的头上脱靴子，并且击打靴底上的土。枕着个手提箱，用我的报纸盖上脸，车还没到永定门，他睡着了。

我心中安坦了许多。

到了丰台，车还没站住，上面出了声，“茶房！”

没等茶房答应，他又睡着了；大概这次是梦话。

过了丰台，茶房拿来两壶热茶。我和对面的客人——一位四十来岁平平无奇的人，脸上的肉还可观——吃茶闲扯。大概还没到廊房，上面又打了雷，“茶房！”

茶房来了，眉毛拧得好像要把谁吃了才痛快。

“干吗？先——生——”

“拿茶！”上面的雷声响亮。

“这不是两壶？”茶房指着小桌说。

“上边另要一壶！”

“好吧！”茶房退出去。

“茶房！”

茶房的眉毛拧得直往下落毛。

“不要茶，要一壶开水！”

“好啦！”

“茶房！”

我直怕茶房的眉毛脱净！

“拿毯子，拿枕头，打手巾把，拿——”似乎没想起拿什么好。

“先生，您等一等。天津还上客人呢；过了天津我们一总收拾，也耽误不了您睡觉！”

茶房一气说完，扭头就走，好像永远不再想回来。

待了会儿，开水到了，马裤先生又入了梦乡，呼声只比“茶房”小一点。可是匀调，继续不断，有时呼声稍低一点。用咬牙来补上。

“开水，先生！”

“茶房！”

“就在这儿；开水！”

“拿手纸！”

“厕所里有。”

“茶房！厕所在哪边？”

“哪边都有。”

“茶房！”

“回头见。”

“茶房！茶房！！茶房！！”

没有应声。

“呼——呼呼——呼”又睡了。

有趣！

到了天津。又上来些旅客。马裤先生醒了，对着壶嘴喝了一气水。又在我头上击打靴底。穿上靴子，溜下来，食指挖了鼻孔一下，看了看外面。“茶房！”

恰巧茶房在门前经过。

“拿毯子！”

“毯子就来。”

马裤先生出去，呆呆地立在走廊中间，专为阻碍来往的旅客与脚夫。忽然用力挖了鼻孔一下，走了。下了车，看看梨，没买；看看报，没买；看看脚行的号衣，更没作用。又上来了，向我招呼了声，“天津，唉？”我没言语。他向自己说，“问问茶房，”紧跟着一个雷，“茶房！”我后悔了，赶紧地说，“是天津，没错儿。”

“总得问问茶房；茶房！”

我笑了，没法再忍住。

车好容易又从天津开走。

刚一开车，茶房给马裤先生拿来头一份毯子枕头和手巾把。马裤先生用手巾把耳鼻孔全钻得到家，这一把手巾擦了至少有一刻钟，最后用手巾擦了擦手提箱上的土。

我给他数着，从老站到总站的十来分钟之间，他又喊了四五十声茶房。茶房只来了一次，他的问题是火车向哪面走呢？茶房的回答是不知道；于是又引起他的建议，车上总该有人知道，茶房应当负责去问。茶房说，连驶车的也不晓得东西南北。于是他几乎变了颜色，万一车走迷了路？！茶房没再回答，可是又掉了几根眉毛。

他又睡了，这次是在头上摔了摔袜子，可是一口痰并没往下唾，而是照顾了车顶。

我睡不着是当然的，我早已看清，除非有一对“避呼耳套”当然不能睡着。可怜的是别屋的人，他们并没预备来熬夜，可是在这种带钩的呼声下，还只好是白瞪眼一夜。

我的目的地是德州，天将亮就到了。谢天谢地！

车在此处停半点钟，我雇好车，进了城，还清清楚楚地听见“茶房！”

一个多礼拜了，我还惦记着茶房的眉毛呢。

我这一辈子

一

我幼年读过书，虽然不多，可是足够读《七侠五义》与《三国志演义》什么的。我记得好几段《聊斋》，到如今还能说得很齐全动听，不但听的人都夸奖我的记性好，连我自己也觉得应该高兴。可是，我并念不懂《聊斋》的原文，那太深了；我所记得的几段，都是由小报上的“评讲聊斋”念来的——把原文变成白话，又添上些逗哏打趣，实在有个意思！

我的字写得也不坏。拿我的字和老年间衙门里的公文比一比，论个儿的匀适，墨色的光润，与行列的齐整，我实在相信我可以做个很好的“笔帖式”。自然我不敢高攀，说我有写奏折的本领，可是眼前的通常公文是准保能写到好处的。

凭我认字与写的本事，我本该去当差。当差虽不见得一定能增光耀祖，但是至少也比做别的事更体面些。况且呢，差事不管大小，多少总有个升腾。我看见不止一位了，官职很大，可是那笔字还不如我的好呢，连句整话都说不出来。这样的人既能做高官，我怎么不能呢？

可是，当我十五岁的时候，家里教我去学徒。五行八作，行行出状元，学手艺原不是什么低搭的事；不过比较当差稍差点劲儿罢了。学手艺，一辈子逃不出手艺人去，即使能大发财源，也高不过大官儿不是？可是我并没和家里闹别扭，就去学徒了；十五岁的人，自然没有多少主意。况且家里老人还说，学满了艺，能挣上钱，就给我说亲事。在当时，我想像着结婚必是件有趣的事。那么，吃上二三年的苦，而后大人似的去耍手艺挣钱，家里再有个小媳妇，大概也很下得去了。

我学的是裱糊匠。在那太平年月，裱匠是不愁没饭吃的。那时候，死一个人不像现在这么省事。这可并不是说，老年间的人要翻来覆去地死好几回，不干脆地一下子断了气。我是说，那时候死人，丧家要拚命地花钱，一点不惜力气与金钱地讲排场。就拿与冥衣铺有关系的事来说吧，就得花上老些个钱。人一断气，马上就得去糊"倒头车"——现在，连这个名词儿也许有好多人不晓得了。紧跟着便是"接三"，必定有些烧活：车轿骡马，墩箱灵人，引魂幡，灵花等等。要是害月子病死的，还必须另糊一头牛，和一个鸡罩。赶到"一七"念经，又得糊楼库，金山银山，尺头元宝，四季衣服，四季花草，古玩陈设，各样木器。及至出殡，纸亭纸架之外，还有许多烧活，至不济也得弄一对"童儿"举着。"五七"烧伞，六十天糊船桥。一个死人到六十天后才和我们裱糊匠脱离关系。一年之中，死那么十来个有钱的人，我们便有了吃喝。

裱糊匠并不专伺候死人，我们也伺候神仙。早年间的神仙不像如今晚儿的这样寒碜，就拿关老爷说吧，早年间每到六月二十四，人们必给他糊黄幡宝盖，马童马匹，和七星大旗什么的。现在，几乎没有人再惦记着关公了！遇上闹“天花”，我们又得为娘娘们忙一阵。九位娘娘得糊九顶轿子，红马黄马各一匹，九份凤冠霞帔，还得预备痘哥哥痘姐姐们的袍带靴帽，和各样执事。如今，医院都施种牛痘，娘娘们无事可做，裱糊匠也就陪着她们闲起来了。此外还有许许多多的“还愿”的事，都要糊点什么东西，可是也都随着破除迷信没人再提了。年头真是变了啊！

除了伺候神与鬼外，我们这行自然也为活人做些事。这叫作“白活”，就是给人家糊顶棚。早年间没有洋房，每遇到搬家，娶媳妇，或别项喜事，总要把房间糊得四白落地，好显出焕然一新的气象。那大富之家，连春秋两季糊窗子也雇用我们。人是一天穷似一天了，搬家不一定糊棚顶，而那些有钱的呢，房子改为洋式的，棚顶抹灰，一劳永逸；窗子改成玻璃的，也用不着再糊上纸或纱。什么都是洋式好，要手艺的可就没了饭吃。我们自己也不是不努力呀，洋车时兴，我们就照样糊洋车；汽车时兴，我们就糊汽车，我们知道改良。可是有几家死了人来糊一辆洋车或汽车呢？年头一旦大改良起来，我们的小改良全算白饶，水大漫不过鸭子去，有什么法儿呢！

二

上面交代过了：我若是始终仗着那份儿手艺吃饭，恐怕就早已饿死了。不过，这点本事虽不能永远有用，可是三年的学艺并非没有很大的好处，这点好处教我一辈子享用不尽。我可以撂下家伙，干别的营生去；这点好处可是老跟着我。就是我死后，有人谈到我的为人如何，他们也必须要记得我少年曾学过三年徒。

学徒的意思是一半学手艺，一半学规矩。在初到铺子去的时候，不论是谁也得害怕，铺中的规矩就是委屈。当徒弟的得晚睡早起，得听一切的指挥与使遣，得低三下四地伺候人，饥寒劳苦都得高高兴兴地受着，有眼泪往肚子里咽。像我学艺的所在，铺子也就是掌柜的家；受了师傅的，还得受师母的，夹板儿气！能挺过这么三年，顶倔强的人也得软了，顶软和的人也得硬了；我简直地可以这么说，一个学徒的脾性不是天生带来的，而是被板子打出来的；像打铁一样，要打什么东西便成什么东西。

在当时正挨打受气的那一会儿，我真想去寻死，那种气简直不是人所受得住的！但是，现在想起来，这种规矩与调教实在值金子。受过这种排练，天下便没有什么受不了的事啦。随便提一样吧，比方说教我去当兵，好哇，我可以做个满好的兵，军队的操演有时有会儿，而学徒们是除了睡觉没有任何休息时间的。我抓着工夫去出恭，一边蹲着一边就能打个盹儿，因为遇上赶夜活的时候，我一天一夜只能睡上三四点钟的觉。我能一口吞下去一顿饭，刚端起饭碗，不是师傅喊，就是师娘叫，要不然便是有照顾主儿来定活，我得恭而敬之地招待，并且细心听着师傅怎样论活讨价钱。不把饭整吞下去怎办呢？这种排练教我遇到什么苦处都能硬挺，外带着还是挺和气。读书的人，据我这粗人看，永远不会懂得这个。现在的洋学堂里开运动会，学生跑上两个圈就仿佛有了汗马功劳一般，喝！又是搀着，又是抱着，往大腿上拍火酒，还闹脾气，还坐汽车！这样的公子哥儿哪懂得什么叫作规矩，哪叫排练呢？话往回来说，我所受的苦处给我打下了做事任劳任怨的底子，我永远不肯闲着，做起活来永不晓得闹脾气，耍别扭，我能和大兵们一样受苦，而大兵们不能像我这么和气。

再拿件实事来证明这个吧：在我学成出师以后，我和别的耍手艺的一样，为表明自己是凭本事挣钱的人，第一我先买了根烟袋，只要一闲着便捻上一袋吧唧着，仿佛很有身分，慢慢地，我又学了喝酒，时常弄两盅猫尿咂着嘴儿抿几口。嗜好就怕开了头，会了一样就不难学第二样，反正都是个玩艺吧咧。这可也就出了毛病。我爱烟爱酒，原本不算什么稀奇的事，大家伙儿都差不多是这样。可是，我一来二去地学会了吃大烟。那个年月，鸦片烟不犯私，非常的便宜；我先是吸着玩，后来可就上了瘾。不久，我便觉出手紧来了，做事也不似先前那么上劲了。我并没等谁劝告我，不但戒了大烟，而且把旱烟袋也撅了，从此烟酒不动！我入了“理门”。入理门，烟酒都不准动；一旦破戒，必走背运。所以我不但戒了嗜好，而且入了理门；背运在那儿等着我，我怎肯再犯戒呢？这点心胸与硬气，如今想起来，还是由学徒得来的。多大的苦处我都能忍受。初一戒烟戒酒，看着别人吸，别人饮，多么难过呢！心里真像有一千条小虫爬挠那么痒痒触触的难过。但是我不能破戒，怕走背运。其实背运不背运的，都是日后的事，眼前的罪过可是不好受呀！硬挺，只有硬挺才能成功，怕走背运还在其次。我居然挺过来了，因为我学过徒，受过排练呀！

提到我的手艺来，我也觉得学徒三年的光阴并没白费了。凡是一门手艺，都得随时改良，方法是死的，运用可是活的。三十年前的瓦匠，讲究会磨砖对缝，做细工儿活；现在，他得会用洋灰和包镶人造石什么的。三十年前的木匠，讲究会雕花刻木，现在得会造洋式木器。我们这行也如此，不过比别的行业更活动。我们这行讲究看见什么就能糊什么。比方说，人家落了丧事，教我们糊一桌全席，我们就能糊出鸡鸭鱼肉来。赶上人家死了未出阁的姑娘，教我们糊一全份嫁妆，不管是四十八抬，还是三十二抬，我们便能由粉罐油瓶一直糊到衣橱穿衣镜。眼睛一看，手就能模仿下来，这是我们的本事。我们的本事不大，可是得有点聪明，一个心窟窿的人绝不会成个好裱糊匠。

这样，我们做活，一边工作也一边游戏，仿佛是。我们的成败全仗着怎么把各色的纸调动得合适，这是要心路的事儿。以我自己说，我有点小聪明。在学徒时候所挨的打，很少是为学不上活来，而多半是因为我有聪明而好调皮不听话。我的聪明也许一点也显露不出来，假若我是去学打铁，或是拉大锯——老那么打，老那么拉，一点变动没有。幸而我学了裱糊匠，把基本的技能学会了以后，我便开始自出花样，怎么灵巧逼真我怎么做。有时候我白费了许多工夫与材料，而做不出我所想到的东西，可是这更教我加紧地去揣摸，去调动，非把它做成不可。这个，真是个好习惯。有聪明，而且知道用聪明，我必须感谢这三年的学徒，在这三年养成了我会用自己的聪明的习惯。诚然，我一辈子没做过大事，但是无论什么事，只要是平常人能做的，我一瞧就能明白个五六成。我会砌墙，栽树，修理钟表，看皮货的真假，合婚择日，知道五行八作的行话上诀窍……这些，我都没学过，只凭我的眼去看，我的手去试验；我有勤苦耐劳与多看多学的习惯；这个习惯是在冥衣铺学徒三年养成的。到如今我才明白过来——我已是快饿死的人了！——假若我多读上几年书，只抱着书本死啃，像那些秀才与学堂毕业的人们那样，我也许一辈子就糊糊涂涂地下去，而什么也不晓得呢！裱糊的手艺没有给我带来官职和财产，可是它让我活得很有趣；穷，但是有趣，有点人味儿。

刚二十多岁，我就成为亲友中的重要人物了。不因为我有钱与身分，而是因为我办事细心，不辞劳苦。自从出了师，我每天在街口的茶馆里等着同行的来约请帮忙。我成了街面上的人，年轻，利落，懂得场面。有人来约，我便去作活；没人来约，我也闲不住：亲友家许许多多的事都托咐我给办，我甚至于刚结过婚便给别人家做媒了。

给别人帮忙就等于消遣。我需要一些消遣。为什么呢？前面我已说过：我们这行有两种活，烧活和白活。做烧活是有趣而干净的，白活可就不然了。糊顶棚自然得先把旧纸撕下来，这可真够受的，没做过的人万也想不到顶棚上会能有那么多尘土，而且是日积月累攒下来的，比什么土都干，细，钻鼻子，撕完三间屋子的棚，我们就都成了土鬼。及至扎好了秫秸，糊新纸的时候，新银花纸的面子是又臭又挂鼻子。尘土与纸面子就能教人得痨病——现在叫作肺病。我不喜欢这种活儿。可是，在街上等工作，有人来约就不能拒绝，有什么活得干什么活。应下这种活儿，我差不多老在下边裁纸递纸抹浆糊，为的是可以不必上“交手”，而且可以低着头干活儿，少吃点土。就是这样，我也得弄一身灰，我的鼻子也得像烟筒。做完这么几天活，我愿意做点别的，变换变换。那么，有亲友托我办点什么，我是很乐意帮忙的。

再说呢，做烧活吧，做白活吧，这种工作老与人们的喜事或丧事有关系。熟人们找我定活，也往往就手儿托我去讲别项的事，如婚丧事的搭棚，讲执事，雇厨子，定车马等等。我在这些事儿中渐渐找出乐趣，晓得如何能捏住巧处，给亲友们既办得漂亮，又省些钱，不能窝窝囊囊地被人捉了“大头”。我在办这些事儿的时候，得到许多经验，明白了许多人情，久而久之，我成了个很精明的人，虽然还不到三十岁。

三

由前面所说过的去推测，谁也能看出来，我不能老靠着裱糊的手艺挣饭吃。像逛庙会忽然遇上雨似的，年头一变，大家就得往四散里跑。在我这一辈子里，我仿佛是走着下坡路，收不住脚。心里越盼着天下太平，身子越往下出溜。这次的变动，不使人缓气，一变好像就要变到底。这简直不是变动，而是一阵狂风，把人糊糊涂涂地刮得不知上哪里去了。在我小时候发财的行当与事情，许多许多都忽然走到绝处，永远不再见面，仿佛掉在了大海里头似的。裱糊这一行虽然到如今还阴死巴活的始终没完全断了气，可是大概也不会再有抬头的一日了。我老早的就看出这个来。在那太平的年月，假若我愿意的话，我满可以开个小铺，收两个徒弟，安安顿顿地混两顿饭吃。幸而我没那么办。一年得不到一笔大活，只仗着糊一辆车或两间屋子的顶棚什么的，怎能吃饭呢？睁开眼看看，这十几年了，可有过一笔体面的活？我得改行，我算是猜对了。

不过，这还不是我忽然改了行的唯一的原因。年头儿的改变不是个人所能抵抗的，胳臂扭不过大腿去，跟年头儿叫死劲简直是自己找别扭。可是，个人独有的事往往来得更厉害，它能马上教人疯了。去投河觅井都不算新奇，不用说把自己的行业放下，而去干些别的了。个人的事虽然很小，可是一加在个人身上便受不住；一个米粒很小，教蚂蚁去搬运便很费力气。个人的事也是如此。人活着是仗了一口气，多咱有点事儿，把这口气憋住，人就要抽风。人是多么小的玩艺儿呢！

我的精明与和气给我带来背运。乍一听这句话仿佛是不合情理，可是千真万确，一点儿不假，假若这要不落在我自己身上，我也许不大相信天下会有这宗事。它竟自找到了我；在当时，我差不多真成了个疯子。隔了这么二三十年，现在想起那回事儿来，我满可以微微一笑，仿佛想起一个故事来似的。现在我明白了个人的好处不必一定就有利于自己。一个人好，大家都好，这点好处才有用，正是如鱼得水。一个人好，而大家并不都好，个人的好处也许就是让他倒霉的祸根。精明和气有什么用呢！现在，我悟过这点理儿来，想起那件事不过点点头，笑一笑罢了。在当时，我可真有点咽不下去那口气。那时候我还很年轻啊。

哪个年轻的人不爱漂亮呢？在我年轻的时候，给人家行人情或办点事，我的打扮与气派谁也不敢说我是个手艺人。在早年间，皮货很贵，而且不准乱穿。如今的人，今天得了马票或奖券，明天就可以穿上狐皮大衣，不管是个十五岁的孩子还是二十岁还没刮过脸的小伙子。早年间可不行，年纪身分决定个人的服装打扮。那年月，在马褂或坎肩上安上一条灰鼠领子就仿佛是很漂亮阔气。我老安着这么条领子，马褂与坎肩都是青大缎的——那时候的缎子也不知怎么那样结实，一件马褂至少也可以穿上十来年。在给人家糊棚顶的时候，我是个土鬼；回到家中一梳洗打扮，我立刻变成个漂亮小伙子。我不喜欢那个土鬼，所以更爱这个漂亮的青年。我的辫子又黑又长，脑门剃得锃光青亮，穿上带灰鼠领子的缎子坎肩，我的确像个“人儿”！

一个漂亮小伙子所最怕的恐怕就是娶个丑八怪似的老婆吧。我早已有意无意地向老人们透了个口话：不娶倒没什么，要娶就得来个够样儿的。那时候，自然还不时兴自由婚，可是已有男女两造对相对看的办法。要结婚的话，我得自己去相看，不能马马虎虎就凭媒人的花言巧语。

二十岁那年，我结了婚，我的妻比我小一岁。把她放在哪里，她也得算个俏式利落的小媳妇；在定婚以前，我亲眼相看的呀。她美不美，我不敢说，我说她俏式利落，因为这四个字就是我择妻的标准；她要是不够这四个字的格儿，当初我绝不会点头。在这四个字里很可以见出我自己是怎样的人来。那时候，我年轻，漂亮，做事麻利，所以我一定不能要个笨牛似的老婆。

这个婚姻不能说不是天配良缘。我俩都年轻，都利落，都个子不高；在亲友面前，我们像一对轻巧的陀螺似的，四面八方地转动，招得那年岁大些的人们眼中要笑出一朵花来。我俩竞争着去在大家面前显出个人的机警与口才，到处争强好胜，只为教人夸奖一声我们是一对最有出息的小夫妇。别人的夸奖增高了我俩彼此间的敬爱，颇有点英雄惜英雄，好汉爱好汉的劲儿。

我很快乐，说实话：我的老人没挣下什么财产，可是有一所儿房。我住着不用花租金的房子，院中有不少的树木，檐前挂着一对黄鸟。我呢，有手艺，有人缘，有个可心的年轻女人。不快乐不是自找别扭吗?

对于我的妻，我简直找不出什么毛病来。不错，有时候我觉得她有点太野；可是哪个利落的小媳妇不爽快呢? 她爱说话，因为她会说；她不大躲避男人，因为这正是做媳妇所应享的利益，特别是刚出嫁而有些本事的小媳妇，她自然愿意把做姑娘时的腼腆收起一些，而大大方方地自居为“媳妇”。这点实在不能算作毛病。况且，她见了长辈又是那么亲热体贴，殷勤地伺候，那么她对年轻一点的人随便一些也正是理之当然；她是爽快大方，所以对于年老的正像对于年少的，都愿表示出亲热周到来。我没因为她爽快而责备她过。

她有了孕，做了母亲，她更好看了，也更大方了——我简直地不忍再用那个“野”字！世界上还有比怀孕的少妇更可怜，年轻的母亲更可爱的吗? 看她坐在门坎上，露着点胸，给小娃娃奶吃，我只能更爱她，而想不起责备她太不规矩。

到了二十四岁，我已有一儿一女。对于生儿养女，做丈夫的有什么功劳呢！赶上高兴，男子把娃娃抱起来，耍巴一回；其余的苦处全是女人的。我不是个糊涂人，不必等谁告诉我才能明白这个。真的，生小孩，养育小孩，男人有时候想去帮忙也归无用；不过，一个懂得点人事的人，自然该使做妻的痛快一些，自由一些；欺侮孕妇或一个年轻的母亲，据我看，才真是混蛋呢！对于我的妻，自从有了小孩之后，我更放任了些；我认为这是当然的合理的。

再一说呢，夫妇是树，儿女是花；有了花的树才能显出根儿深。

一切猜忌，不放心，都应该减少，或者完全消灭；小孩子会把母亲拴得结结实实的。所以，即使我觉得她有点野——真不愿用这个臭字——我也不能不放心了，她是个母亲呀。

四

直到如今，我还是不能明白那到底是怎么一回事。

我所不能明白的事也就是当时教我差点儿疯了的事，我的妻跟人家跑了。

我再说一遍，到如今我还不能明白那到底是怎回事。我不是个固执的人，因为我久在街面上，懂得人情，知道怎样找出自己的长处与短处。但是，对于这件事，我把自己的短处都找遍了，也找不出应当受这种耻辱与惩罚的地方来。所以，我只能说我的聪明与和气给我带来祸患，因为我实在找不出别的道理来。

我有位师哥，这位师哥也就是我的仇人。街口上，人们都管他叫作黑子，我也就还这么叫他吧；不便道出他的真名实姓来，虽然他是我的仇人。“黑子”，由于他的脸不白；不但不白，而且黑得特别，所以才有这个外号。他的脸真像个早年间人们揉的铁球，黑，可是非常的亮；黑，可是光润；黑，可是油光水滑的可爱。当他喝下两盅酒，或发热的时候，脸上红起来，就好像落太阳时的一些黑云，黑里透出一些红光。至于他的五官，简直没有什么好看的地方，我比他漂亮多了。他的身量很高，可也不见得怎么魁梧，高大而懈懈松松的。他所以不至教人讨厌他，总而言之，都仗着那一张发亮的黑脸。

我跟他是很好的朋友。他既是我的师哥，又那么傻大黑粗的，即使我不喜爱他，我也不能无缘无故地怀疑他。我的那点聪明不是给我预备着去猜疑人的；反之，我知道我的眼睛里不容砂子，所以我因信任自己而信任别人。我以为我的朋友都不至于偷偷地对我掏坏招数。一旦我认定谁是个可交的人，我便真拿他当个朋友看待。对于我这个师哥，即使他有可猜疑的地方，我也得敬重他，招待他，因为无论怎样，他到底是我的师哥呀。同是一门儿学出来的手艺，又同在一个街口上混饭吃，有活没活，一天至少也得见几面；对这么熟的人，我怎能不拿他当作个好朋友呢？有活，我们一同去做活；没活，他总是到我家来吃饭喝茶，有时候也摸几把索儿胡玩——那时候“麻将”还不十分时兴。我和蔼，他也不客气；遇到什么就吃什么，遇到什么就喝什么，我一向不特别为他预备什么，他也永远不挑剔。他吃得很多，可是不懂得挑食。看他端着大碗，跟着我们吃热汤儿面什么的，真是个痛快的事。他吃得四脖子汗流，嘴里西啦胡噜地响，脸上越来越红，慢慢地成了个半红的大煤球似的；谁能说这样的人能存着什么坏心眼儿呢！

一来二去，我由大家的眼神看出来天下并不很太平。可是，我并没有怎么往心里搁这回事。假若我是个糊涂人，只有一个心眼，大概对这种事不会不听见风就是雨，马上闹个天昏地暗，也许立刻把事情弄个水落石出，也许是望风捕影而弄一鼻子灰。我的心眼多，绝不肯这么糊涂瞎闹，我得平心静气地想一想。

先想我自己，想不出我有什么不对的地方来，即使我有许多毛病，反正至少我比师哥漂亮，聪明，更像个人儿。

再看师哥吧，他的长相，行为，财力，都不能教他为非作歹，他不是那种一见面就教女人动心的人。

最后，我详详细细地为我的年轻的妻子想一想：她跟了我已经四五年，我俩在一处不算不快乐。即使她的快乐是假装的，而愿意去跟个她真喜爱的人——这在早年间几乎是不能有的——大概黑子也绝不会是这个人吧？他跟我都是手艺人，他的身分一点不比我高。同样，他不比我阔，不比我漂亮，不比我年轻；那么，她贪图的是什么呢？想不出。就满打说她是受了他的引诱而迷了心，可是他用什么引诱她呢，是那张黑脸，那点本事，那身衣裳，腰里那几吊钱？笑话！哼，我要是有意的话嘛，我倒满可以去引诱引诱女人；虽然钱不多，至少我有个样子。黑子有什么呢？再说，就是说她一时迷了心窍，分别不出好歹来，难道她就肯舍得那两个小孩吗？

我不能信大家的话，不能立时疏远了黑子，也不能傻子似地去盘问她。我全想过了，一点缝子没有，我只能慢慢地等着大家明白过来他们是多虑。即使他们不是凭空造谣，我也得慢慢地察看，不能无缘无故地把自己，把朋友，把妻子，都卷在黑土里边。有点聪明的人做事不能鲁莽。

可是，不久，黑子和我的妻子都不见了。直到如今，我没再见过他俩。为什么她肯这么办呢？我非见着她，由她自己吐出实话，我不会明白。我自己的思想永远不够对付这件事的。

我真盼望能再见她一面，专为明白明白这件事。到如今我还是在个葫芦里。

当时我怎样难过，用不着我自己细说。谁也能想到，一个年轻漂亮的人，守着两个没了妈的小孩，在家里是怎样的难过；一个聪明规矩的人，最亲爱的妻子跟师哥跑了，在街面上是怎么难堪。同情我的人，有话说不出，不认识我的人，听到这件事，总不会责备我的师哥，而一直地管我叫“王八”。在咱们这讲孝悌忠信的社会里，人们很喜欢有个王八，好教大家有放手指头的准头。我的口闭上，我的牙咬住，我心中只有他们俩的影儿和一片血。不用教我见着他们，见着就是一刀，别的无须乎再说了。

在当时，我只想拚上这条命，才觉得有点人味儿。现在，事情过去这么多年了。我可以细细地想这件事在我这一辈子里的作用了。

我的嘴并没闲着，到处我打听黑子的消息。没用，他俩真像石沉大海一般。打听不着确实的消息，慢慢地我的怒气消散了一些；说也奇怪，怒气一消，我反倒可怜我的妻子。黑子不过是个手艺人，而这种手艺只能在京津一带大城里找到饭吃，乡间是不需要讲究的烧活的。那么，假若他俩是逃到远处去，他拿什么养活她呢？哼，假若他肯偷好朋友的妻子，难道他就不会把她卖掉吗？这个恐惧时常在我心中绕来绕去。我真希望她忽然逃回来，告诉我她怎样上了当，受了苦处；假若她真跪在我的面前，我想我不会不收下她的，一个心爱的女人，永远是心爱的，不管她做了什么错事。她没有回来，没有消息，我恨她一会儿，又可怜她一会儿，胡思乱想，我有时候整夜地不能睡。

过了一年多，我的这种乱想又轻淡了许多。是的，我这一辈子也不能忘了她，可是我不再为她思索什么了。我承认了这是一段千真万确的事实，不必为它多费心思了。

我到底怎样了呢？这倒是我所要说的，因为这件我永远猜不透的事在我这一辈子里实在是件极大的事。这件事好像是在梦中丢失了我最亲爱的人，一睁眼，她真的跑得无影无踪了。这个梦没法儿明白，可是它的真确劲儿是谁也受不了的。做过这么个梦的人，就是没有成疯子，也得大大地改变；他是丢失了半个命呀！

五

最初，我连屋门也不肯出，我怕见那个又明又暖的太阳。

顶难堪的是头一次上街：抬着头大大方方地走吧，准有人说我天生来的不知羞耻。低着头走，便是自己招认了脊背发软。怎么着也不对。我可是问心无愧，没做过一点对不起人的事。

我破了戒，又吸烟喝酒了。什么背运不背运的，有什么再比丢了老婆更倒霉的呢？我不求人家可怜我，也犯不上成心对谁要刺儿，我独自吸烟喝酒，把委屈放在心里好了。再没有比不测的祸患更能扫除了迷信的；以前，我对什么神仙都不敢得罪；现在，我什么也不信，连活佛也不信了。迷信，我咂摸出来，是盼望得点意外的好处；赶到遇上意外的难处，你就什么也不盼望，自然也不迷信了。我把财神和灶王的龛——我亲手糊的——都烧了。亲友中很有些人说我成了二毛子的。什么二毛子三毛子的，我再不给谁磕头。人若是不可靠，神仙就更没准儿了。

我并没变成忧郁的人。这种事本来是可以把人愁死的，可是我没往死牛犄角里钻。我原是个活泼的人，好吧，我要打算活下去，就得别丢了我的活泼劲儿。不错，意外的大祸往往能忽然把一个人的习惯与脾气改变了；可是我决定要保持住我的活泼。我吸烟，喝酒，不再信神佛，不过都是些使我活泼的方法。不管我是真乐还是假乐，我乐！在我学艺的时候，我就会这一招，经过这次的变动，我更必须这样了。现在，我已快饿死了，我还是笑着，连我自己也说不清这是真的还是假的笑，反正我笑，多咱死了多咱我并上嘴。从那件事发生了以后，直到如今，我始终还是个有用的人，热心的人，可是我心中有了个空儿。这个空儿是那件不幸的事给我留下的，像墙上中了枪弹，老有个小窟窿似的。我有用，我热心，我爱给人家帮忙，但是不幸而事情没办到好处，或者想不到的扎手，我不着急，也不动气，因为我心中有个空儿。这个空儿会教我在极热心的时候冷静，极欢喜的时候有点悲哀，我的笑常常和泪碰在一处，而分不清哪个是哪个。

这些，都是我心里头的变动，我自己要是不说——自然连我自己也说不大完全——大概别人无从猜到。在我的生活上，也有了变动，这是人人能看到的。我改了行，不再当裱糊匠，我没脸再上街口去等生意，同行的人，认识我的，也必认识黑子；他们只须多看我几眼，我就没法再咽下饭去。在那报纸还不大时兴的年月，人们的眼睛是比新闻还要厉害的。现在，离婚都可以上衙门去明说明讲，早年间男女的事儿可不能这么随便。我把同行中的朋友全放下了，连我的师傅师母都懒得去看，我仿佛是要由这个世界一脚跳到另一个世界去。这样，我觉得我才能独自把那桩事关在心里头。年头的改变教裱糊匠们的活路越来越狭，但是要不是那回事，我也不会改行改得这么快，这么干脆。放弃了手艺，没什么可惜；可是这么放弃了手艺，我也不会感谢“那”回事儿！不管怎说吧，我改了行，这是个显然的变动。

决定扔下手艺可不就是我准知道应该干什么去。我得去乱碰，像一支空船浮在水面上，浪头是它的指南针。在前面我已经说过，我认识字，还能抄抄写写，很够当个小差事的。再说呢，当差是个体面的事，我这丢了老婆的人若能当上差，不用说那必能把我的名誉恢复了一些。现在想起来，这个想法真有点可笑；在当时我可是诚心地相信这是最高明的办法。“八”字还没有一撇儿，我觉得很高兴，仿佛我已经很有把握，既得到差事，又能恢复了名誉。我的头又抬得很高了。

哼！手艺是三年可以学成的；差事，也许要三十年才能得上吧！

一个钉子跟着一个钉子，都预备着给我碰呢！我说我识字，哼！敢情有好些个能整本背书的人还挨饿呢。我说我会写字，敢情会写字的绝不算出奇呢。我把自己看得太高了。可是，我又亲眼看见，那做着很大的官儿的，一天到晚山珍海味地吃着，连自己的姓都不大认得。那么，是不是我的学问又太大了，而超过了做官所需要的呢？我这个聪明人也没法儿不显着糊涂了。

慢慢地，我明白过来。原来差事不是给本事预备着的，想做官第一得有人。这简直没了我的事，不管我有多么大的本事。我自己是个手艺人，所认识的也是手艺人；我爸爸呢，又是个白丁，虽然是很有本事与品行的白丁。我上哪里去找差事当呢？

事情要是逼着一个人走上哪条道儿，他就非去不可，就像火车一样，轨道已摆好，照着走就是了，一出花样准得翻车！我也是如此。决定扔下了手艺，而得不到个差事，我又不能老这么闲着。好啦，我的面前已摆好了铁轨，只准上前，不许退后。

我当了巡警。

巡警和洋车是大城里头给苦人们安好的两条火车道。大字不识而什么手艺也没有的，只好去拉车。拉车不用什么本钱，肯出汗就能吃窝窝头。识几个字而好体面的，有手艺而挣不上饭的，只好去当巡警；别的先不提，挑巡警用不着多大的人情，而且一挑上先有身制服穿着，六块钱拿着；好歹是个差事。除了这条道，我简直无路可走。我既没混到必须拉车去的地步，又没有做高官的舅舅或姐丈，巡警正好不高不低，只要我肯，就能穿上一身铜钮子的制服。当兵比当巡警有起色，即使熬不上军官，至少能有抢劫些东西的机会。可是，我不能去当兵，我家中还有俩没娘的小孩呀。当兵要野，当巡警要文明；换句话说，当兵有发邪财的机会，当巡警是穷而文明一辈子；穷得要命，文明得稀松！

以后这五六十年的经验，我敢说这么一句：真会办事的人，到时候才说话，爱张罗办事的人——像我自己——没话也找话说。我的嘴老不肯闲着，对什么事我都有一片说词，对什么人我都想很恰当地给起个外号。我受了报应：第一件事，我丢了老婆，把我的嘴封起来一二年！第二件是我当了巡警。在我还没当上这个差事的时候，我管巡警们叫作“马路行走”，“避风阁大学士”和“臭脚巡”。这些无非都是说巡警们的差事只是站马路，无事忙，跑臭脚。哼！我自己当上“臭脚巡”了！生命简直就是自己和自己开玩笑，一点不假！我自己打了自己的嘴巴，可并不因为我做了什么缺德的事；至多也不过爱多说几句玩笑话罢了。在这里，我认识了生命的严肃，连句玩笑话都说不得的！好在，我心中有个空儿；我怎么叫别人“臭脚巡”，也照样叫自己。这在早年间叫作“抹稀泥”，现在的新名词应叫着什么，我还没能打听出来。

我没法不去当巡警，可是真觉得有点委屈。是呀，我没有什么出众的本事，但是论街面上的事，我敢说我比谁知道的也不少。巡警不是管街面上的事情吗？那么，请看看那些警官儿吧：有的连本地的话都说不上来，二加二是四还是五都得想半天。哼！他是官，我可是“招募警”；他的一双皮鞋够开我半年的饷！他什么经验与本事也没有，可是他做官。这样的官儿多了去啦！上哪儿讲理去呢？记得有位教官，头一天教我们操法的时候，忘了叫“立正”，而叫了“闸住”。用不着打听，这位大爷一定是拉洋车出身。有人情就行，今天你拉车，明天你姑父做了什么官儿，你就可以弄个教官当当；叫“闸住”也没关系，谁敢笑教官一声呢！这样的自然是不多，可是有这么一位教官，也就可以教人想到巡警的操法是怎么稀松二五眼了。内堂的功课自然绝不是这样教官所能担任的，因为至少得认识些个字才能“虎”得下来。我们的内堂的教官大概可以分为两种：一种是老人儿们，多数都有口鸦片烟瘾；他们要是能讲明白一样东西，就凭他们那点人情，大概早就做上大官儿了；唯其什么也讲不明白，所以才来做教官。另一种是年轻的小伙子们，讲的都是洋事，什么东洋巡警怎么样，什么法国违警律如何，仿佛我们都是洋鬼子。这种讲法有个好处，就是他们信口开河瞎扯，我们一边打盹一边听着，谁也不准知道东洋和法国是什么样儿，可不就随他的便说吧。我满可以编一套美国的事讲给大家听，可惜我不是教官罢了。这群年轻的小人真懂外国事儿不懂，无从知道；反正我准知道他们一点中国事儿也不晓得。这两种教官的年纪上学问上都不同，可是他们有个相同的地方，就是他们都高不成低不就，所以对对付付地只能作教官。他们的人情真不小，可是本事太差，所以来教一群为六块洋钱而一声不敢出的巡警就最合适。

教官如此，别的警官也差不多是这样。想想：谁要是能去做一任知县或税局局长，谁肯来做警官呢？前面我已交代过了，当巡警是高不成低不就，不得已而为之。警官也是这样。这群人由上至下全是“狗熊耍扁担，混碗儿饭吃”。不过呢，巡警一天到晚在街面上，不论怎样抹稀泥，多少得能说会道，见机而作，把大事化小，小事化无；既不多给官面上惹麻烦，又让大家都过得去；真的吧假的吧，这总得算点本事。而做警官的呢，就连这点本事似乎也不必有。阎王好做，小鬼难当，诚然！

六

我再多说几句，或者就没人再说我太狂傲无知了。我说我觉得委屈，真是实话；请看吧：一月挣六块钱，这跟当仆人的一样，而没有仆人们那些“外找儿”；死挣六块钱，就凭这么个大人——腰板挺直，样子漂亮，年轻力壮，能说会道，还得识文断字！这一大堆资格，一共值六块钱！

六块钱饷粮，扣去三块半钱的伙食，还得扣去什么人情公议儿，净剩也就是两块上下钱吧。衣服自然是可以穿官发的，可是到休息的时候，谁肯还穿着制服回家呢；那么，不做不做也得有件大褂什么的。要是把钱做了大褂，一个月就算白混。再说，谁没有家呢？父母——呕，先别提父母吧！就说一夫一妻吧：至少得赁一间房，得有老婆的吃，喝，穿。就凭那两块大洋！谁也不许生病，不许生小孩，不许吸烟，不许吃点零碎东西；连这么着，月月还不够嚼谷！

我就不明白为什么肯有人把姑娘嫁给当巡警的，虽然我常给同事的做媒。当我一到女家提说的时候，人家总对我一撇嘴，虽不明说，但是意思很明显，“哼！当巡警的！”可是我不怕这一撇嘴，因为十回倒有九回是撇完嘴而点了头。难道是世界上的姑娘太多了吗？我不知道。

由哪面儿看，巡警都活该是鼓着腮帮子充胖子而教人哭不得笑不得的。穿起制服来，干净利落，又体面又威风，车马行人，打架吵嘴，都由他管着。他这是差事；可是他一月除了吃饭，净剩两块来钱。他自己也知道中气不足，可是不能不硬挺着腰板，到时候他得娶妻生子，还是仗着那两块来钱。提婚的时候，头一句是说：“小人呀当差！”当差的底下还有什么呢？没人愿意细问，一问就糟到底。

是的，巡警们都知道自己怎样的委屈，可是风里雨里他得去巡街下夜，一点懒儿不敢偷；一偷懒就有被开除的危险；他委屈，可不敢抱怨，他劳苦，可不敢偷闲，他知道自己在这里混不出来什么，而不敢冒险搁下差事。这点差事扔了可惜，做着又没劲；这些人也就人儿似的先混过一天是一天，在没劲中要露出劲儿来，像打太极拳似的。

世上为什么应当有这种差事，和为什么有这样多肯做这种差事的人？我想不出来。假若下辈子我再托生为人，而且忘了喝迷魂汤，还记得这一辈子的事，我必定要扯着脖子去喊：这玩艺儿整个的是丢人，是欺骗，是杀人不流血！现在，我老了，快饿死了，连喊这么几句也顾不及了，我还得先为下顿的窝窝头着忙呀！

自然在我初当差的时候，我并没有一下子就把这些都看清楚了，谁也没有那么聪明。反之，一上手当差我倒觉出点高兴来：穿上整齐的制服，靴帽，的确我是漂亮精神，而且心里说：好吧歹吧，这是个差事；凭我的聪明与本事，不久我必有个升腾。我很留神看巡长巡官们制服上的铜星与金道，而想像着我将来也能那样。我一点也没想到那铜星与金道并不按着聪明与本事颁给人们呀。

新鲜劲儿刚一过去，我已经讨厌那身制服了。它不教任何人尊敬，而只能告诉人："臭脚巡"来了！拿制服的本身说，它也很讨厌：夏天它就像牛皮似的，把人闷得满身臭汗；冬天呢，它一点也不像牛皮了，而倒像是纸糊的；它不许谁在里边多穿一点衣服，只好任着狂风由胸口钻进来，由脊背钻出去，整打个穿堂！再看那双皮鞋，冬冷夏热，永远不教脚舒服一会儿；穿单袜的时候，它好像是两大篓子似的，脚指脚踵都在里边乱抓弄，而始终找不到鞋在哪里；到穿棉袜的时候，它们忽然变得很紧，不许棉袜与脚一齐伸进去。有多少人因包办制服皮鞋而发了财，我不知道，我只知道我的脚永远烂着，夏天闹湿气，冬天闹冻疮。自然，烂脚也得照常地去巡街站岗，要不然就别挣那六块洋钱！多么热，或多么冷，别人都可以找地方去躲一躲，连洋车夫都可以自由地歇半天，巡警得去巡街，得去站岗，热死冻死都活该，那六块现大洋买着你的命呢！

记得在哪儿看见过这么一句：食不饱，力不足。不管这句在原地方讲的是什么吧，反正拿来形容巡警是没有多大错儿的。最可怜，又可笑的是我们既吃不饱，还得挺着劲儿，站在街上得像个样子！要饭的花子有时不饿也弯着腰，假充饿了三天三夜；反之，巡警却不饱也得鼓起肚皮，假装刚吃完三大碗鸡丝面似的。花子装饿倒有点道理，我可就是想不出巡警假装酒足饭饱有什么理由来，我只觉得这真可笑。

人们都不满意巡警的对付事，抹稀泥。哼！抹稀泥自有它的理由。不过，在细说这个道理之前，我愿先说件极可怕的事。有了这件可怕的事，我再反回头来细说那些理由，仿佛就更顺当，更生动。好！就这样办啦。

七

应当有月亮，可是教黑云给遮住了，处处都很黑。我正在个僻静的地方巡夜。我的鞋上钉着铁掌，那时候每个巡警又须带着一把东洋刀，四下里鸦雀无声，听着我自己的铁掌与佩刀的声响，我感到寂寞无聊，而且几乎有点害怕。眼前忽然跑过一只猫，或忽然听见一声鸟叫，都教我觉得不是味儿，勉强着挺起胸来，可是心中总空空虚虚的，仿佛将有些什么不幸的事情在前面等着我。不完全是害怕，又不完全气粗胆壮，就那么怪不得劲的，手心上出了点凉汗。平日，我很有点胆量，什么看守死尸，什么独自看管一所脏房，都算不了一回事。不知为什么这一晚上我这样胆虚，心里越要耻笑自己，便越觉得不定哪里藏着点危险。我不便放快了脚步，可是心中急切地希望快回去，回到那有灯光与朋友的地方去。

忽然，我听见一排枪！我立定了，胆子反倒壮起来一点；真正的危险似乎倒可以治好了胆虚，惊疑不定才是恐惧的根源。我听着，像夜行的马竖起耳朵那样。又一排枪，又一排枪！没声了，我等着，听着，静寂得难堪。像看见闪电而等着雷声那样，我的心跳得很快。啪，啪，啪，啪，四面八方都响起来了！

我的胆气又渐渐地往下低落了。一排枪，我壮起气来；枪声太多了，真遇到危险了；我是个人，人怕死；我忽然地跑起来，跑了几步，猛地又立住，听一听，枪声越来越密，看不见什么，四下漆黑，只有枪声，不知为什么，不知在哪里，黑暗里只有我一个人，听着远处的枪响。往哪里跑？到底是什么事？应当想一想，又顾不得想；胆大也没用，没有主意就不会有胆量。还是跑吧，糊涂地乱动，总比呆立哆嗦着强。我跑，狂跑，手紧紧地握住佩刀。像受了惊的猫狗，不必想也知道往家里跑。我已忘了我是巡警，我得先回家看看我那没娘的孩子去，要是死就死在一处！

要跑到家，我得穿过好几条大街。刚到了头一条大街，我就晓得不容易再跑了。街上黑黑忽忽的人影，跑得很快，随跑随着放枪。

兵！我知道那是些辫子兵。而我才刚剪了发不多日子。我很后悔我没像别人那样把头发盘起来，而是连根儿烂真正剪去了辫子。假若我能马上放下辫子来，虽然这些兵们平素很讨厌巡警，可是因为我有辫子或者不至于把枪口冲着我来。在他们眼中，没有辫子便是二毛子，该杀。我没有了这么条宝贝！我不敢再动，只能蒙在黑影里，看事行事。兵们在路上跑，一队跟着一队，枪声不停。我不晓得他们是干什么呢？待了一会儿，兵们好像是都过去了，我往外探了探头，见外面没有什么动静，我就像一只夜鸟儿似地飞过了马路，到了街的另一边。在这极快地穿过马路的一会儿里，我的眼梢撩着一点红光。十字街头起了火。我还藏在黑影里，不久，火光远远地照亮了一片；再探头往外看，我已可以影影绰绰地看到十字街口，所有四面把角的铺户已全烧起来，火影中那些兵们来回地奔跑，放着枪。我明白了，这是兵变。不久，火光更多了，一处接着一处，由光亮的距离我可以断定：凡是附近的十字口与丁字街全烧了起来。

说句该挨嘴巴的话，火是真好看！远处，漆黑的天上，忽然一白，紧跟着又黑了。忽然又一白，猛地冒起一个红团，有一块天像烧红的铁板，红得可怕。在红光里看见了多少股黑烟，和火舌们高低不齐地往上冒，一会儿烟遮住了火苗；一会儿火苗冲破了黑烟。黑烟滚着，转着，千变万化地往上升，凝成一片，罩住下面的火光，像浓雾掩住了夕阳。待一会儿，火光明亮了一些，烟也改成灰白色儿，纯净，旺炽，火苗不多，而光亮结成一片，照明了半个天。那近处的，烟与火中带着种种的响声，烟往高处起，火往四下里奔；烟像些丑恶的黑龙，火像些乱长乱钻的红铁笋。烟裹着火，火裹着烟，卷起多高，忽然离散，黑烟里落下无数的火花，或者三五个极大的火团。火花火团落下，烟像痛快轻松了一些，翻滚着向上冒。火团下降，在半空中遇到下面的火柱，又狂喜地往上跳跃，炸出无数火花。火团远落，遇到可以燃烧的东西，整个地再点起一把新火，新烟掩住旧火，一时变为黑暗；新火冲出了黑烟，与旧火联成一气，处处是火舌，火柱，飞舞，吐动，摇摆，颠狂。忽然哗啦一声，一架房倒下去，火星，焦炭，尘土，白烟，一齐飞扬，火苗压在下面，一齐在底下往横里吐射，像千百条探头吐舌的火蛇。静寂，静寂，火蛇慢慢地，忍耐地，往上翻。绕到上边来，与高处的火接到一处，通明，纯亮，呼呼地响着，要把人的心全照亮了似的。

我看着，不，不但看着，我还闻着呢！在种种不同的味道里，我咂摸着：这是那个金匾黑字的绸缎庄，那是那个山西人开的油酒店。由这些味道，我认识了那些不同的火团，轻而高飞的一定是茶叶铺的，迟笨黑暗的一定是布店的。这些买卖都不是我的，可是我都认得，闻着它们火葬的气味，看着它们火团的起落，我说不上来心中怎样难过。

我看着，闻着，难过，我忘了自己的危险，我仿沸是个不懂事的小孩，只顾了看热闹，而忘了别的一切。我的牙打得很响，不是为自己害怕，而是对这奇惨的美丽动了心。

回家是没希望了。我不知道街上一共有多少兵，可是由各处的火光猜度起来，大概是热闹的街口都有他们。他们的目的是抢劫，可是顺着手儿已经烧了这么多铺户，焉知不就棍打腿的杀些人玩玩呢？我这剪了发的巡警在他们眼中还不和个臭虫一样，只须一搂枪机就完了，并不费多少事。

想到这个，我打算回到“区”里去，“区”离我不算远，只须再过一条街就行了。可是，连这个也太晚了。当枪声初起的时候，连贫带富，家家关了门；街上除了那些横行的兵们，简直成了个死城。及至火一起来，铺户里的人们开始在火影里奔走，胆大一些的立在街旁，看着自己的或别人的店铺燃烧，没人敢去救火，可也舍不得走开，只那么一声不出地看着火苗乱窜。胆小一些的呢，争着往胡同里藏躲，三五成群地藏在巷内，不时向街上探探头，没人出声，大家都哆嗦着。火越烧越旺了，枪声慢慢地稀少下来，胡同里的住户仿佛已猜到是怎么一回事，最先是有人开门向外望望，然后有人试着步往街上走。街上，只有火光人影，没有巡警，被兵们抢过的当铺与首饰店全大敞着门！……这样的街市教人们害怕，同时也教人们胆大起来；一条没有巡警的街正像是没有老师的学房，多么老实的孩子也要闹哄闹哄。一家开门，家家开门，街上人多起来；铺户已有被抢过的了，跟着抢吧！平日，谁能想到那些良善守法的人民会去抢劫呢？哼！机会一到，人们立刻显露了原形。说声抢，壮实的小伙子们首先进了当铺，金店，钟表行。男人们回去一趟，第二趟出来已搀夹上女人和孩子们。被兵们抢过的铺子自然不必费事，进去随便拿就是了；可是紧跟着那些尚未被抢过的铺户的门也拦不住谁了。粮食店，茶叶铺，百货店，什么东西也是好的，门板一律砸开。

我一辈子只看见了这么一回大热闹：男女老幼喊着叫着，狂跑着，拥挤着，争吵着，砸门的砸门，喊叫的喊叫，咔嚓！门板倒下去，一窝蜂似地跑进去，乱挤乱抓，压倒在地的狂号，身体利落的往柜台上蹿，全红着眼，全拚着命，全奋勇前进，挤成一团，倒成一片，散走全街。背着，抱着，扛着，拽着，像一片战胜的蚂蚁，昂首疾走，去而复归，呼妻唤子，前呼后应。

苦人当然出来了，哼！那中等人家也不甘落后呀！

贵重的东西先搬完了，煤米柴炭是第二拨。有的整坛的搬着香油，有的独自扛着两口袋面，瓶子罐子碎了一街，米面洒满了便道，抢啊！抢啊！抢啊！谁都恨自己只长了一双手，谁都嫌自己的腿脚太慢；有的人会推着一坛子白糖，连人带坛在地上滚，像屎壳郎推着个大粪球。

强中自有强中手，人是到处会用脑子的！有人拿出切菜刀来了，立在巷口等着："放下！"刀晃了晃。口袋或衣服，放下了；安然地，不费力地，拿回家去。"放下！"不灵验，刀下去了，把面口袋砍破，下了一阵小雪，二人滚在一团。过路的急走，稍带着说了句："打什么，有的是东西！"两位明白过来，立起来向街头跑去。抢啊，抢啊！有的是东西！

我挤在了一群买卖人的中间，藏在黑影里。我并没说什么，他们似乎很明白我的困难，大家一声不出，而紧紧地把我包围住。不要说我还是个巡警，连他们买卖人也不敢抬起头来。他们无法去保护他们的财产与货物，谁敢出头抵抗谁就是不要命，兵们有枪，人民也有切菜刀呀！是的，他们低着头，好像倒怪羞惭似的。他们唯恐和抢劫的人们——也就是他们平日的照顾主儿——对了脸，羞恼成怒，在这没有王法的时候，杀几个买卖人总不算一回事呢！所以，他们也保护着我。想想看吧，这一带的居民大概不会不认识我吧！ 我三天两头地到这里来巡逻。平日，他们在墙根撒尿，我都要讨他们的厌，上前干涉；他们怎能不恨恶我呢！现在大家正在兴高采烈地白拿东西，要是遇见我，他们一人给我一砖头，我也就活不成了。即使他们不认识我，反正我是穿着制服，佩着东洋刀呀！在这个局面下，冒而咕咚地出来个巡警，够多么不合适呢！我满可以上前去道歉，说我不该这么冒失，他们能白白地饶了我吗？

街上忽然清静了一些，便道上的人纷纷往胡同里跑，马路当中走着七零八散的兵，都走得很慢；我摘下帽子，从一个学徒的肩上往外看了一眼，看见一位兵士，手里提着一串东西，像一串儿螃蟹似的。我能想到那是一串金银的镯子。他身上还有多少东西，不晓得，不过一定有许多硬货，因为他走得很慢。多么自然，多么可羡慕呢！自自然然地，提着一串镯子，在马路中心缓缓地走，有烧亮的铺户做着巨大的火把，给他们照亮了全城！

兵过去了，人们又由胡同里钻出来。东西已抢得差不多了，大家开始搬铺户的门板，有的去摘门上的匾额。我在报纸上常看见“彻底”这两个字，咱们的良民们打抢的时候才真正彻底呢！

这时候，铺户的人们才有出头喊叫的：“救火呀！救火呀！别等着烧净了呀！”喊得教人一听见就要落泪！我身旁的人们开始活动。我怎么办呢？他们要是都去救火，剩下我这一个巡警，往哪儿跑呢？我拉住了一个屠户！他脱给了我那件满是猪油的大衫。把帽子夹在胳肢窝底下。一手握着佩刀，一手揪着大襟，我擦着墙根，逃回“区”里去。

八

我没去抢，人家所抢的又不是我的东西，这回事简直可以说和我不相干。可是，我看见了，也就明白了。明白了什么？我不会干脆地，恰当地，用一半句话说出来；我明白了点什么意思，这点意思教我几乎改变了点脾气。丢老婆是一件永远忘不了的事，现在它有了伴儿，我也永远忘不了这次的兵变。丢老婆是我自己的事，只须记在我的心里，用不着把家事国事天下事全拉扯上。这次的变乱是多少万人的事，只要我想一想，我便想到大家，想到全城，简直地我可以用这回事去断定许多的大事，就好像报纸上那样谈论这个问题那个问题似的。对了，我找到了一句漂亮的了。这件事教我看出一点意思，由这点意思我咂摸着许多问题。不管别人听得懂这句与否，我可真觉得它不坏。

我说过了：自从我的妻潜逃之后，我心中有了个空儿。经过这回兵变，那个空儿更大了一些，松松通通的能容下许多玩艺儿。还接着说兵变的事吧！把它说完全了，你也就可以明白我心中的空儿为什么大起来了。

当我回到宿舍的时候，大家还全没睡呢。不睡是当然的，可是，大家一点也不显着着急或恐慌，吸烟的吸烟，喝茶的喝茶，就好像有红白事熬夜那样。我的狼狈的样子，不但没引起大家的同情，倒招得他们直笑。我本排着一肚子话要向大家说，一看这个样子也就不必再言语了。我想去睡，可是被排长给拦住了："别睡！待一会儿，天一亮，咱们全得出去弹压地面！"这该轮到我发笑了；街上烧抢到那个样子，并不见一个巡警，等到天亮再去弹压地面，岂不是天大的笑话！命令是命令，我只好等到天亮吧！

还没到天亮，我已经打听出来：原来高级警官们都预先知道兵变的事儿，可是不便于告诉下级警官和巡警们。这就是说，兵变是警察们管不了的事，要变就变吧；下级警官和巡警们呢，夜间糊糊涂涂地照常去巡逻站岗，是生是死随他们去！这个主意够多么活动而毒辣呢！再看巡警们呢，全和我自己一样，听见枪声就往回跑，谁也不傻。这样巡警正好对得起这样警官，自上而下全是瞎打混地当"差事"，一点不假！

虽然很要困，我可是急于想到街上去看看，夜间那一些情景还都在我的心里，我愿白天再去看一眼，好比较比较，教我心中这张画儿有头有尾。天亮得似乎很慢，也许是我心中太急。天到底慢慢地亮起来，我们排上队。我又要笑，有的人居然把盘起来的辫子梳好了放下来，巡长们也作为没看见。有的人在快要排队的时候，还细细刷了刷制服，用布擦亮了皮鞋！街上有那么大的损失，还有人顾得擦亮了鞋呢。我怎能不笑呢！

到了街上，我无论如何也笑不出了！从前，我没真明白过什么叫作“惨”，这回才真晓得了。天上还有几颗懒得下去的大星，云色在灰白中稍微带出些蓝，清凉，暗淡。到处是焦糊的气味，空中游动着一些白烟。铺户全敞着门，没有一个整窗子，大人和小徒弟都在门口，或坐或立，谁也不出声，也不动手收拾什么，像一群没有主儿的傻羊。火已经停止住延烧，可是已被烧残的地方还静静地冒着白烟，吐着细小而明亮的火苗。微风一吹，那烧焦的房柱忽然又亮起来，顺着风摆开一些小火旗。最初起火的几家已成了几个巨大的焦土堆，山墙没有倒，空空地围抱着几座冒烟的坟头。最后燃烧的地方还都立着，墙与前脸全没塌倒，可是门窗一律烧掉，成了些黑洞。有一只猫还在这样的一家门口坐着，被烟熏得连连打嚏，可是还不肯离开那里。

平日最热闹体面的街口变成了一片焦木头破瓦，成群的焦柱静静地立着，东西南北都是这样，懒懒地，无聊地，欲罢不能地冒着些烟。地狱什么样？我不知道。大概这就差不多吧！我一低头，便想起往日街头上的景象，那些体面的铺户是多么华丽可爱。一抬头，眼前只剩了焦煳的那么一片。心中记得的景象与眼前看见的忽然碰到一处，碰出一些泪来。这就叫作“惨”吧？火场外有许多买卖人与学徒们呆呆地立着，手揣在袖里，对着残火发愣。遇见我们，他们只淡淡地看那么一眼，没有任何别的表示，仿佛他们已绝了望，用不着再动什么感情。

过了这一带火场，铺户全敞着门窗，没有一点动静，便道上马路上全是破碎的东西，比那火场更加凄惨。火场的样子教人一看便知道那是遭了火灾，这一片破碎静寂的铺户与东西使人莫名其妙，不晓得为什么繁华的街市会忽然变成绝大的垃圾堆。我就被派在这里站岗。我的责任是什么呢？不知道。我规规矩矩地立在那里，连动也不敢动，这破烂的街市仿佛有一股凉气，把我吸住。一些妇女和小孩子还在铺子外边拾取一些破东西，铺子的人不作声，我也不便去管；我觉得站在那里简直是多此一举。

太阳出来，街上显着更破了，像阳光下的叫花子那么丑陋。地上的每一个小物件都露出颜色与形状来，花哨得奇怪，杂乱得使人憋气。没有一个卖菜的，赶早市的，卖早点心的，没有一辆洋车，一匹马，整个的街上就是那么破破烂烂，冷冷清清，连刚出来的太阳都仿佛垂头丧气不大起劲，空空洞洞地悬在天上。一个邮差从我身旁走过去，低着头，身后扯着一条长影。我哆嗦了一下。

待了一会儿，段上的巡官下来了。他身后跟着一名巡警，两人都非常的精神，在马路当中当当地走，好像得了什么喜事似的。巡官告诉我：注意街上的秩序，大令已经下来了！我行了礼，莫名其妙他说的是什么，那名巡警似乎看出来我的傻气，低声找补了一句：赶开那些拾东西的，大令下来了！我没心思去执行，可是不敢公然违抗命令，我走到铺户外边，向那些妇人孩子们摆了摆手，我说不出话来！

一边这样维持秩序，我一边往猪肉铺走，为是说一声，那件大褂等我给洗好了再送来。屠户在小肉铺门口坐着呢，我没想到这样的小铺也会遭抢，可是竟自成个空铺子了。我说了句什么，屠户连头也没抬。我往铺子里望了望：大小肉墩子，肉钩子，钱筒子，油盘，凡是能拿走的吧，都被人家拿走了，只剩下了柜台和架肉案子的土台！

我又回到岗位，我的头痛得要裂。要是老教我看着这条街，我知道不久就会疯了。

大令真到了。十二名兵，一个长官，捧着就地正法的令牌，枪全上着刺刀。呕！原来还是辫子兵啊！他们抢完烧完，再出来就地正法别人；什么玩艺呢？我还得给令牌行礼呀！

行完礼，我急快往四下里看，看看还有没有捡拾零碎东西的人，好警告他们一声。连屠户的木墩都搬了走的人民，本来值不得同情；可是被辫子兵们杀掉，似乎又太冤枉。

说时迟，那时快，一个十四五岁的男孩子没有走脱。枪刺围住了他，他手中还攥住一块木板与一只旧鞋。拉倒了，大刀亮出来，孩子喊了声“妈！”血溅出去多远，身子还抽动，头已悬在电线杆子上！

我连吐口唾沫的力量都没有了，天地都在我眼前翻转。杀人，看见过，我不怕。我是不平！我是不平！请记住这句，这就是前面所说过的，“我看出一点意思”的那点意思。想想看，把整串的金银镯子提回营去，而后出来杀个拾了双破鞋的孩子，还说就地正“法”呢！天下要有这个“法”，我×“法”的亲娘祖奶奶！请原谅我的嘴这么野，但是这种事恐怕也不大文明吧?

事后，我听人家说，这次的兵变是有什么政治作用，所以打抢的兵在事后还出来弹压地面。连头带尾，一切都是预先想好了的。什么政治作用？咱不懂！咱只想再骂街。可是，就凭咱这么个“臭脚巡”，骂街又有什么用呢！

九

简直我不愿再提这回事了，不过为圆上场面，我总得把问题提出来；提出来放在这里，比我聪明的人有的是，让他们自己去细咂摸吧！

怎么会“政治作用”里有兵变?

若是有意教兵来抢，当初干吗要巡警?

巡警到底是干吗的？是只管在街上小便的，而不管抢铺子的吗?

安善良民要是会打抢，巡警干吗去专拿小偷?

人们到底愿意要巡警不愿意？不愿意吧！为什么刚要打架就喊巡警，而且月月往外拿“警捐”？愿意吧！为什么又喜欢巡警不管事：

要抢的好去抢，被抢的也一声不言语?

好吧，我只提出这么几个“样子”来吧！问题还多得很呢！我既不能去解决，也就不便再瞎叨叨了。这几个“样子”就真够教我糊涂的了，怎想怎不对，怎摸不清哪里是哪里，一会儿它有头有尾，一会儿又没头没尾，我这点聪明不够想这么大的事的。

我只能说这么一句老话，这个人民，连官儿，兵丁，巡警，带安善的良民，都“不够本”！所以，我心中的空儿就更大了呀！在这群“不够本”的人们里活着，就是个对付劲儿，别讲究什么“真”事儿，我算是看明白了。

还有个好字眼儿，别忘下：“汤儿事”。谁要是跟我一样，想不出什么好办法来，顶好用这个话，又现成，又恰当，而且可以不至把自己绕糊涂了。“汤儿事”，完了；如若还嫌稍微秃一点呢，再补上“真他妈的”，就挺合适。

十

不须再发什么议论，大概谁也能看清楚咱们国的人是怎回事了。由这个再谈到警察，稀松二五眼正是理之当然，一点也不出奇。就拿抓赌来说吧：早年间的赌局都是由顶有字号的人物做后台老板；不但官面上不能够抄拿，就是出了人命也没有什么了不得的；赌局里打死人是常有的事。赶到有了巡警之后，赌局还照旧开着，敢去抄吗？这谁也能明白，不必我说。可是，不抄吧，又太不像话；怎么办呢？有主意，捡着那老实的办几案，拿几个老头儿老太太，抄去几打儿纸牌，罚上十头八块的。巡警呢，算交上了差事；社会上呢，大小也有个风声，行了。拿这一件事比方十件事，警察自从一开头就是抹稀泥。它养着一群混饭吃的人，做些个混饭吃的事。社会上既不需要真正的巡警，巡警也犯不上为六块钱卖命。这很清楚。

这次兵变过后，我们的困难增多了老些。年轻的小伙子们，抢着了不少的东西，总算发了邪财。有的穿着两件马褂，有的十个手指头戴着十个戒指，都扬扬得意地在街上扭，斜眼看着巡警，鼻子里哽哽地哼白气。我只好低下头去，本来嘛，那么大的阵式，我们巡警都一声没出，事后还能怨人家小看我们吗？赌局到处都是，白抢来的钱，输光了也不折本儿呀！我们不敢去抄，想抄也抄不过来，太多了。我们在墙儿外听见人家里面喊“人九”“对子”，只作为没听见，轻轻地走过去。反正人们在院儿里头耍，不到街上来就行。哼！人们连这点面子也不给咱们留呀！那穿两件马褂的小伙子们偏要显出一点也不怕巡警——他们的祖父，爸爸，就没怕过巡警，也没见过巡警，他们为什么这辈子应当受巡警的气呢？——单要来到街上赌一场。有骰子就能开宝，蹲在地上就玩起活来。有一对石球就能踢，两人也行，五个人也行，“一毛钱一脚，踢不踢？好啦！‘倒回来！’”啪，球碰了球，一毛。耍儿真不小呢，一点钟里也过手好几块。这都在我们鼻子底下，我们管不管呢？管吧！一个人，只佩着连豆腐也切不齐的刀，而赌家老是一帮年轻的小伙子。明人不吃眼前亏，巡警得绕着道儿走过去，不管的为是。可是，不幸，遇见了稽察，“你难道瞎了眼，看不见他们聚赌？”回去，至轻是记一过。这份儿委屈上哪儿诉去呢？

这样的事还多得很呢！以我自己说，我要不是佩着那么把破刀，而是拿着把手枪，跟谁我也敢碰碰，六块钱的饷银自然合不着卖命，可是泥人也有个土性，架不住碰在气头儿上。可是，我摸不着手枪，枪在土匪和大兵手里呢。

明明看见了大兵坐了车不给钱，而且用皮带抽洋车夫，我不敢不笑着把他劝了走。他有枪，他敢放，打死个巡警算得了什么呢！有一年，在三等窑子里，大兵们打死了我们三位弟兄，我们连凶首也没要出来。三位弟兄白白地死了，没有一个抵偿的，连一个挨几十军棍的也没有！他们的枪随便放，我们赤手空拳，我们这是文明事儿呀！

总而言之吧，在这么个以蛮横不讲理为荣，以破坏秩序为增光耀祖的社会里，巡警简直是多余。明白了这个，再加上我们前面所说过的食不饱力不足那一套，大概谁也能明白个八九成了。我们不抹稀泥，怎么办呢？我——我是个巡警——并不求谁原谅，我只是愿意这么说出来，心明眼亮，好教大家心里有个谱儿。

爽性我把最泄气的也说了吧：

当过了一二年差事，我在弟兄们中间已经是个了不得的人物。遇见官事，长官们总教我去挡头一阵。弟兄们并不因此而忌妒我，因为对大家的私事我也不走在后边。这样，每逢出个排长的缺，大家总对我咕叽："这回一定是你补缺了！"仿佛他们非常希望要我这么个排长似的。虽然排长并没落在我身上，可是我的才干是大家知道的。

我的办事诀窍，就是从前面那一大堆话中抽出来的。比方说吧，有人来报被窃，巡长和我就去察看。糙糙地把门窗户院看一过儿，顺口搭音就把我们在哪儿有岗位，夜里有几趟巡逻，都说得详详细细，有滋有味，仿佛我们比谁都精细，都卖力气。然后，找门窗不甚严密的地方，话软而意思硬地开始反攻："这扇门可不大保险，得安把洋锁吧？告诉你，安锁要往下安，门坎那溜儿就很好，不容易教贼摸到。屋里养着条小狗也是办法，狗圈在屋里，不管是多么小，有动静就会汪汪，比院里放着三条大狗还有用。先生你看，我们多留点神，你自己也得注点意，两下一凑合，准保丢不了东西了。好吧，我们回去，多派几名下夜的就是了；先生歇着吧！"这一套，把我们的责任卸了，他就赶紧得安锁养小狗；遇见和气的主儿呢，还许给我们泡壶茶喝。这就是我的本事。怎么不负责任，而且不教人看出抹稀泥来，我就怎办。话要说得好听，甜嘴蜜舌地把责任全推到一边去，准保不招灾不惹祸。弟兄们都会这一套，可是他们的嘴与神气差着点劲儿。一句话有多少种说法，把神气弄对了地方，话就能说出去又拉回来，像有弹簧似的。这点，我比他们强，而且他们还是学不了去，这是天生来的才分！

赶到我独自下夜，遇见贼，你猜我怎么办？我呀！把佩刀攥在手里，省得有响声；他爬他的墙，我走我的路，各不相扰。好嘛，真要教他记恨上我，藏在黑影儿里给我一砖，我受得了吗？那谁，傻王九，不是瞎了一只眼吗？他还不是为拿贼呢！有一天，他和董志和在街门上强迫给人们剪发，一人手里一把剪刀，见着带小辫的，拉过来就是一剪子。哼！教人家记上了。等傻王九走单了的时候，人家照准了他的眼就是一把石灰："让你剪我的发，×你妈妈的！"他的眼就那么瞎了一只。你说，这差事要不像我那么去当，还活着不活着呢？凡是巡警们以为该干涉的，人们都以为是"狗拿耗子多管闲事"，有什么法子呢？

我不能像傻王九似的，平白无故地丢去一只眼睛，我还留着眼睛看这个世界呢！轻手蹑脚地躲开贼，我的心里并没闲着，我想我那俩没娘的孩子，我算计这一个月的嚼谷。也许有人一五一十地算计，而用洋钱做单位吧？我呀，得一个铜子一个铜子地算。多几个铜子，我心里就宽绰；少几个，我就得发愁。还拿贼，谁不穷呢？穷到无路可走，谁也会去偷，肚子才不管什么叫作体面呢！

十一

这次兵变过后，又有一次大的变动：大清国改为中华民国了。改朝换代是不容易遇上的，我可是并没觉得这有什么意思。说真的，这百年不遇的事情，还不如兵变热闹呢。据说，一改民国，凡事就由人民主管了；可是我没看见。我还是巡警，饷银没有增加，天天出来进去还是那一套。原先我受别人的气，现在我还是受气；原先大官儿们的车夫仆人欺负我们，现在新官儿手底下的人也并不和气。“汤儿事”还是“汤儿事”，倒不因为改朝换代有什么改变。可也别说，街上剪发的人比从前多了一些，总得算作一点进步吧。牌九押宝慢慢地也少起来，贫富人家都玩“麻将”了，我们还是照样地不敢去抄赌，可是赌具不能不算改了良，文明了一些。

民国的民倒不怎样，民国的官和兵可了不得！像雨后的蘑菇似的，不知道哪儿来的这么些官和兵。官和兵本不当放在一块儿说，可是他们的确有些相像的地方。昨天还一脚黄土泥，今天做了官或当了兵，立刻就瞪眼；越糊涂，眼越瞪得大，好像是糊涂灯，糊涂得透亮儿。这群糊涂玩艺儿听不懂哪叫好话，哪叫歹话，无论你说什么；他们总是横着来。他们糊涂得教人替他们难过，可是他们很得意。有时候他们教我都这么想了：我这辈大概做不了文官或是武官啦！因为我糊涂得不够程度！

几乎是个官儿就可以要几名巡警来给看门护院，我们成了一种保镖的，挣着公家的钱，可为私人做事。我便被派到宅门里去。从道理上说，为官员看守私宅简直不能算作差事；从实利上讲，巡警们可都愿意这么被派出来。我一被派出来，就拔升为“三等警”；“招募警”还没有被派出来的资格呢！我到这时候才算入了“等”。再说呢，宅门的事情清闲，除了站门，守夜，没有别的事可做；至少一年可以省出一双皮鞋来。事情少，而且外带着没有危险；宅里的老爷与太太若打起架来，用不着我们去劝，自然也就不会把我们打在底下而受点误伤。巡夜呢，不过是绕着宅子走两圈，准保遇不上贼；墙高狗厉害，小贼不能来，大贼不便于来——大贼找退职的官儿去偷，既有油水，又不至于引起官面严拿；他们不惹有势力的现任官。在这里，不但用不着去抄赌，我们反倒保护着老爷太太们打麻将。遇到宅里请客玩牌，我们就更清闲自在：宅门外放着一片车马，宅里到处亮如白昼，仆人来往如梭，两三桌麻将，四五盏烟灯，彻夜地闹哄，绝不会闹贼，我们就睡大觉，等天亮散局的时候，我们再出来站门行礼，给老爷们助威。要赶上宅里有红白事，我们就更合适：喜事唱戏，我们跟着白听戏，准保都是有名的角色，在戏园子里绝听不到这么齐全。丧事呢，虽然没戏可听，可是死人不能一半天就抬出去，至少也得停三四十天，念好几棚经；好了，我们就跟着吃吧；他们死人，咱们就吃犒劳。怕就怕死小孩，既不能开吊，又得听着大家呕呕地真哭。其次是怕小姐偷偷跑了，或姨太太有了什么大错而被休出去，我们捞不着吃喝看戏，还得替老爷太太们怪不得劲儿的！

教我特别高兴的，是当这路差事，出入也随便了许多，我可以常常回家看看孩子们。在“区”里或“段”上，请会儿浮假都好不容易，因为无论是在“内勤”或“外勤”，工作是刻板儿排好了的，不易调换更动。在宅门里，我站完门便没了我的事，只须对弟兄们说一声就可以走半天。这点好处常常教我害怕，怕再调回“区”里去；我的孩子们没有娘，还不多教他们看看父亲吗？

就是我不出去，也还有好处。我的身上既永远不疲乏，心里又没多少事儿，闲着干什么呢？我呀，宅上有的是报纸，闲着就打头到底地念。大报小报，新闻社论，明白吧不明白吧，我全念，老念。这个，帮助我不少，我多知道了许多的事，多识了许多的字。有许多字到如今我还念不出来，可是看惯了，我会猜出它们的意思来，就好像街面上常见着的人，虽然叫不上姓名来，可是彼此怪面善。除了报纸，我还满世界去借闲书看。不过，比较起来，还是念报纸的益处大，事情多，字眼儿杂，看着开心。唯其事多字多，所以才费劲；念到我不能明白的地方，我只好再拿起闲书来了。闲书老是那一套，看了上回，猜也会猜到下回是什么事；正因为它这样，所以才不必费力，看着玩玩就算了。报纸开心，闲书散心，这是我的一点经验。

在门儿里可也有坏处：吃饭就第一成了问题。在“区”里或“段”上，我们的伙食钱是由饷银里坐地儿扣，好歹不拘，天天到时候就有饭吃。派到宅门里来呢，一共三五个人，绝不能找厨子包办伙食，没有厨子肯包这么小的买卖的。宅里的厨房呢，又不许我们用：人家老爷们要巡警，因为知道可以白使唤几个穿制服的人，并不大管这群人有肚子没有。我们怎办呢？自己起灶，做不到，买一堆盆碗锅勺，知道哪时就又被调了走呢？再说，人家门头上要巡警原为体面好看，好，我们若是给人家弄得盆朝天碗朝地，刀勺乱响，成何体统呢？没法子，只好买着吃。

这可够别扭的。手里若是有钱，不用说，买着吃是顶自由了，爱吃什么就叫什么，弄两盅酒儿伍的，叫俩可口的菜，岂不是个乐子？请别忘了，我可是一月才共总进六块钱！吃的苦还不算什么，一顿一顿想主意可真教人难过，想着想着我就要落泪。我要省钱，还得变个样儿，不能老啃干馍馍辣饼子，像填鸭子似的。省钱与可口简直永远不能碰到一块，想想钱，我认命吧，还是弄几个干烧饼，和一块老腌萝卜，对付一下吧；想到身子，似乎又不该如此。想，越想越难过，越不能决定；一直饿到太阳平西还没吃上午饭呢！

我家里还有孩子呢！我少吃一口，他们就可以多吃一口，谁不心疼孩子呢？吃着包饭，我无法少交钱；现在我可以自由地吃饭了，为什么不多给孩子们省出一点来呢？好吧，我有八个烧饼才够，就硬吃六个，多喝两碗开水，来个"水饱"！我怎能不落泪呢！

看看人家宅门里吧，老爷挣钱没数儿！是呀，只要一打听就能打听出来他拿多少薪俸，可是人家绝不指着那点固定的进项，就这么说吧，一月挣八百块的，若是干挣八百块，他怎能那么阔气呢？这里必定有文章。这个文章是这样的，你要是一月挣六块钱，你就死挣那个数儿，你兜儿里忽然多出一块钱来，都会有人斜眼看你，给你造些谣言。你要是能挣五百块，就绝不会死挣这个数儿，而且你的钱越多，人们越佩服你。这个文章似乎一点也不合理，可是它就是这么做出来的，你爱信不信！

报纸与宣讲所里常常提倡自由；事情要是等着提倡，当然是原来没有。我原没有自由；人家提倡了会子，自由还没来到我身上，可是我在宅门里看见它了。民国到底是有好处的，自己有自由没有吧，反正看见了也就得算开了眼。

你瞧，在大清国的时候，凡事都有个准谱儿；该穿蓝布大褂的就得穿蓝布大褂，有钱也不行。这个，大概就应叫作专制吧！一到民国来，宅门里可有了自由，只要有钱，你爱穿什么，吃什么，戴什么，都可以，没人敢管你。所以，为争自由，得拚命地去搂钱；搂钱也自由，因为民国没有御史。你要是没在大宅门待过，大概你还不信我的话呢，你去看看好了。现在的一个小官都比老年间的头品大员多享着点福：讲吃的，现在交通方便，山珍海味随便地吃，只要有钱，吃腻了这些还可以拿西餐洋酒换换口味；哪一朝的皇上大概也没吃过洋饭吧？讲穿的，讲戴的，讲看的听的，使的用的，都是如此；坐在屋里你可以享受全世界最好的东西。如今享福的人才真叫作享福，自然如今搂钱也比从前自由得多。别的我不敢说，我准知道宅门里的姨太太擦五十块钱一小盒的香粉，是由什么巴黎来的；巴黎在哪儿？我不知道，反正那里来的粉是很贵。我的邻居李四，把个胖小子卖了，才得到四十块钱，足见这香粉贵到什么地步了，一定是又细又香呀，一定！

好了，我不再说这个了；紧自贫嘴恶舌，倒好像我不赞成自由似的，那我哪敢呢！

我再从另一方面说几句，虽然还是话里套话，可是多少有点变化，好教人听着不俗气厌烦。刚才我说人家宅门里怎样自由，怎样阔气，谁可也别误会了人家做老爷的就整天地大把往外扔洋钱，老爷们才不这么傻呢！是呀，姨太太擦比一个小孩还贵的香粉，但是姨太太是姨太太，姨太太有姨太太的造化与本事。人家做老爷的给姨太太买那么贵的粉，正因为人家有地方可以抠出来。你就这么说吧，好比你做了老爷，我就能按着宅门的规矩告诉你许多诀窍：你的电灯，自来水，煤，电话，手纸，车马，天棚，家具，信封信纸，花草，都不用花钱；最后，你还可以白使唤几名巡警。这是规矩，你要不明白这个，你简直不配做老爷。告诉你一句到底的话吧，做老爷的要空着手儿来，满膛满馅地去，就好像刚惊蛰后的臭虫，来的时候是两张皮，一会儿就变成肚大腰圆，满兜儿血。这个比喻稍粗一点，意思可是不错。自由地搂钱，专制地省钱，两下里一合，你的姨太太就可以擦巴黎的香粉了。这句话也许说得太深奥了一些，随便吧！你爱懂不懂。

这可就该说到我自己了。按说，宅门里白使唤了咱们一年半载，到节了年了的，总该有个人心，给咱们哪怕是顿稿劳饭呢，也大小是个意思。哼！休想！人家做老爷的钱都留着给姨太太花呢，巡警算哪道货？等咱被调走的时候，求老爷给“区”里替我说句好话，咱都得感激不尽。

你看，命令下来，我被调到别处。我把铺盖卷打好，然后恭而敬之地去见宅上的老爷。看吧，人家那股子劲儿大了去啦！带理不理的，倒仿佛我偷了他点东西似的。我托咐了几句：求老爷顺便和

“区”里说一声，我的差事当得不错。人家微微地一抬眼皮，连个屁都懒得放。我只好退出来了，人家连个拉铺盖的车钱也不给；我得自己把它扛了走。这就是他妈的差事，这就是他妈的人情！

十二

机关和宅门里的要人越来越多了。我们另成立了警卫队，一共有五百人，专做那义务保镖的事。为是显出我们真能保卫老爷们，我们每人有一杆洋枪，和几排子弹。对于洋枪——这些洋枪——我一点也不感觉兴趣：它又沉，又老，又破，我摸不清这是由哪里找来的一些专为压人肩膀，而一点别的用处没有的玩艺儿。我的子弹老在腰间围着，永远不准往枪里搁；到了什么大难临头，老爷们都逃走了的时候，我们才安上刺刀。

这可并非是说，我可以完全不管那枝破家伙；它虽然是那么破，我可得给它支使着。枪身里外，连刺刀，都得天天擦；即使永远擦不亮，我的手可不能闲着。心到神知！再说，有了枪，身上也就多了些玩艺儿，皮带，刺刀鞘，子弹袋子，全得弄得利落抹腻，不能像猪八戒挎腰刀那么懈懈松松的，还得打裹腿呢！

多出这么些事来，肩膀上添了七八斤的分量，我多挣了一块钱；现在我是一个月挣七块大洋了，感谢天地！

七块钱，扛枪，打裹腿，站门，我干了三年多。由这个宅门串到那个宅门，由这个衙门调到那个衙门；老爷们出来，我行礼；老爷进去，我行礼。这就是我的差事。这种差事才毁人呢：你说没事做吧，又有事，说有事做吧，又没事。还不如上街站岗去呢。在街上，至少得管点事，用用心思。在宅门或衙门，简直永远不用费什么一点脑子。赶到在闲散的衙门或汤儿事的宅子里，连站门的时候都满可以随便，拄着枪立着也行，抱着枪打盹也行。这样的差事教人不起一点儿劲，它生生地把人耗疲了。一个当仆人的可以有个盼望，哪儿的事情甜就想往哪儿去，我们当这份儿差事，明知一点好来头没有，可是就那么一天天地穷耗，耗得连自己都看不起了自己。按说，这么空闲无事，就应当吃得白白胖胖，也总算个体面呀。哼！我们并蹲不出膘儿来。我们一天老绕着那七块钱打算盘，穷得揪心。心要是揪上，还怎么会发胖呢？以我自己说吧，我的孩子已到上学的年岁了，我能不教他去吗？上学就得花钱，古今一理，不算出奇，可是我上哪里找这份钱去呢？做官的可以白占许多许多便宜，当巡警的连孩子白念书的地方也没有。上私塾吧，学费节礼，书籍笔墨，都是钱。上学校吧，制服，手工材料，种种本子，比上私塾还费得多。再说，孩子们在家里，饿了可以掰一块窝窝头吃；一上学，就得给点心钱，即使咱们肯教他揣着块窝窝头去，他自己肯吗？小孩的脸是更容易红起来的。

我简直没办法。这么大个活人，就会干瞪着眼睛看自己的儿女在家里荒荒着！我这辈无望了，难道我的儿女应当更不济吗？看着人家宅门的小姐少爷去上学，喝！车接车送，到门口还有老妈子丫环来接书包，抱进去，手里拿着橘子苹果，和新鲜的玩具。人家的孩子这样，咱的孩子那样；孩子不都是将来的国民吗？我真想辞差不干了。我愣当仆人去，弄俩零钱，好教我的孩子上学。

可是人就是别入了辙，入到哪条辙上便一辈子拔不出腿来。当了几年的差事——虽然是这样的差事——我事事入了辙，这里有朋友，有说有笑，有经验，它不教我起劲，可是我也仿佛不大能狠心地离开它。再说，一个人的虚荣心每每比金钱还有力量，当惯了差，总以为去当仆人是往下走一步，虽然可以多挣些钱。这可笑，很可笑，可是人就是这么个玩艺儿。我一跟朋友们说这个，大家都摇头。有的说，大家混得都很好的，干吗去改行？有的说，这山望着那山高，咱们这些苦人干什么也发不了财，先忍着吧！有的说，人家中学毕业生还有当“招募警”的呢，咱们有这个差事当，就算不错；何必呢？连巡官都对我说了：好歹混着吧，这是差事；凭你的本事，日后总有升腾！大家这么一说，我的心更活了，仿佛我要是固执起来，倒不大对得住朋友似的。好吧，还往下混吧。小孩念书的事呢？没有下文！

不久，我可有了个好机会。有位冯大人哪，官职大得很，一要就要十二名警卫；四名看门，四名送信跑道，四名做跟随。这四名跟随得会骑马。那时候，汽车还没出世，大官们都讲究坐大马车。在前清的时候，大官坐轿或坐车，不是前有顶马，后有跟班吗？这位冯大人愿意恢复这点官威，马车后得有四名带枪的警卫，敢情会骑马的人不好找，找遍了全警卫队，才找到了三个；三条腿不大像话，连巡官都急得直抓脑袋。我看出便宜来了：骑马，自然得有粮钱哪！为我的小孩念书起见，我得冒下子险，假如从马粮钱里能弄出块儿八毛的来，孩子至少也可以去私塾了。按说，这个心眼不甚好，可是我这是卖着命，我并不会骑马呀！我告诉了巡官，我愿意去。他问我会骑马不会？我没说我会，也没说我不会；他呢，反正找不到别人，也就没究根儿。

有胆子，天下便没难事。当我头一次和马见面的时候，我就合计好了：摔死呢，孩子们入孤儿院，不见得比在家里坏；摔不死呢，好，孩子们可以念书去了。这么一来，我就先不怕马了。我不怕它，它就得怕我，天下的事不都是如此吗？再说呢，我的腿脚利落，心里又灵，跟那三位会骑马的瞎扯巴了一会儿，我已经把骑马的招数知道了不少。找了匹老实的，我试了试，我手心里攥着把汗，可是硬说我有了把握。头几天，我的罪过真不小，浑身像散了一般，屁股上见了血。我咬了牙。等到伤好了，我的胆子更大起来，而且觉出来骑马的快乐。跑，跑，车多快，我多快，我算是治服了一种动物！

我把马治服了，可是没把粮草钱拿过来，我白冒了险。冯大人家中有十几匹马呢，另有看马的专人，没有我什么事。我几乎气病了。可是，不久我又高兴了：冯大人的官职是这么大，这么多，他简直没有回家吃饭的工夫。我们跟着他出去，一跑就是一天。他当然喽，到处都有饭吃，我们呢？我们四个人商议了一下，决定跟他交涉，他在哪里吃饭，也得有我们的。冯大人这个人心眼还不错，他很爱马，爱面子，爱手下的人。我们一对他说，他马上答应了。这个，可是个便宜。不用往多里说。我们要是一个月准能在外边白吃半个月的饭，我们不就省下半个月的饭钱吗？我高了兴！

冯大人，我说，很爱面子。当我们去见他交涉饭食的时候，他细细看了看我们。看了半天，他摇了摇头，自言自语地说："这可不行！"我以为他是说我们四个人不行呢，敢情不是。他登时要笔墨，写了个条子："拿这个见总队长去，教他三天内都办好！"把条子拿下来，我们看了看，原来是教队长给我们换制服：我们平常的制服是斜纹布的，冯大人现在教换呢子的；袖口，裤缝，和帽箍，一律要安金絛子。靴子也换，要过膝的马靴。枪要换上马枪，还另外给一人一把手枪。看完这个条子，连我们自己都觉得不合适：长官们才能穿呢衣，镶金絛，我们四个是巡警，怎能平白无故地穿上这一套呢？自然，我们不能去教冯大人收回条子去，可是我们也怪不好意思去见总队长。总队长要是不敢违抗冯大人，他满可以对我们四个人发发脾气呀！

你猜怎么着？总队长看了条子，连大气没出，照活而行，都给办了。你就说冯大人有多么大的势力吧！喝！我们四个人可抖起来了，真正细黑呢制服，镶着黄澄澄的金絛，过膝的黑皮长靴，靴后带着白亮亮的马刺，马枪背在背后，手枪挎在身旁，枪匣外搭拉着长杏黄穗子。简直可以这么说吧，全城的巡警的威风都教我们四个人给夺过来了。我们在街上走，站岗的巡警全都给我们行礼，以为我们是大官儿呢！

当我做裱糊匠的时候，稍微讲究一点的烧活，总得糊上匹菊花青的大马。现在我穿上这么抖的制服，我到马棚去挑了匹菊花青的马，这匹马非常的闹手，见了人是连啃带踢；我挑了它，因为我原先糊过这样的马，现在我得骑上匹活的；菊花青，多么好看呢！这匹马闹手，可是跑起来真做脸，头一低，嘴角吐着点白沫，长鬃像风吹着一垄春麦，小耳朵立着像俩小瓢儿；我只须一认镫，它就要飞起来。这一辈子，我没有过什么真正得意的事；骑上这匹菊花青大马，我必得说，我觉到了骄傲与得意！

按说，这回的差事总算过得去了，凭那一身衣裳与那匹马还不值得高高兴兴地混吗？哼！新制服还没穿过三个月，冯大人吹了台，警卫队也被解散；我又回去当三等警了。

十三

警卫队解散了。为什么？我不知道。我被调到总局里去当差，并且得了一面铜片的奖章，仿佛是说我在宅门里立下了什么功劳似的。在总局里，我有时候管户口册子，有时候管铺捐的账簿，有时候值班守大门，有时候看管军装库。这么二三年的工夫，我又把局子里的事情全明白了个大概，加上我以前在街面上，衙门口和宅门里的那些经验，我可以算作个百事通了，里里外外的事，没有我不晓得的。要提起警务，我是地道内行。可是一直到这个时候，当了十年的差，我才升到头等警，每月挣大洋九元。

大家伙或者以为巡警都是站街的，年轻轻的好管闲事。其实，我们还有一大群人在区里局里藏着呢。假若有一天举行总检阅，你就可以看见些稀奇古怪的巡警：罗锅腰的，近视眼的，掉了牙的，瘸着腿的，无奇不有。这些怪物才真是巡警中的盐，他们都有资格有经验，识文断字，一切公文案件，一切办事的诀窍，都在他们手里呢。要是没有他们，街上的巡警就非乱了营不可。这些人，可是永远不会升腾起来；老给大家办事，一点起色也没有，平生连出头露面的体面一次都没有过。他们任劳任怨地办事，一直到他们老得动不了窝，老是头等警，挣九块大洋。多咱你在街上看见：穿着洗得很干净的灰布大褂，脚底下可还穿着巡警的皮鞋，用脚后跟慢慢地走，仿佛支使不动那双鞋似的，那就准是这路巡警。他们有时候也到大“酒缸”上，喝一个“碗酒”，就着十几个花生豆儿，挺有规矩，一边往下咽那点辣水，一边叹着气。头发已经有些白的了，嘴巴儿可还刮得很光，猛看很像个太监。他们很规则，和蔼，会做事，他们连休息的时候还得穿着那双不得人心的鞋！

跟这群人在一处办事，我长了不少的知识。可是，我也有点害怕：莫非我也就这样下去了吗？他们够多么可爱，又多么可怜呢！看着他们，我心中时常忽然凉那么一下，教我半天说不上话来。不错，我比他们都年岁小，也不见得比他们不精明，可是我有希望没有呢？

年岁小？我也三十六了！

这几年在局子里可也有一样好处，我没受什么惊险。这几年，正是年年春秋准打仗的时期，旁人受的罪我先不说，单说巡警们就真够瞧的。一打仗，兵们就成了阎王爷，而巡警头朝了下！要粮，要车，要马，要人，要钱，全交派给巡警，慢一点送上去都不行。一说要烙饼一万斤，得，巡警就得挨着家去到切面铺和烙烧饼的地方给要大饼；饼烙得，还得押着清道夫给送到营里去；说不定还挨几个嘴巴回来！

要单是这么伺候着兵老爷们，也还好；不，兵老爷们还横反呢。凡是有巡警的地方，他们非捣乱不可，巡警们管吧不好，不管吧也不好，活受气。世上有糊涂人，我晓得；但是兵们的糊涂令我不解。他们只为逞一时的字号，完全不讲情理；不讲情理也罢，反正得自己别吃亏呀；不，他们连自己吃亏不吃亏都看不出来，你说天下哪里再找这么糊涂的人呢。就说我的表弟吧，他已当过十多年的兵，后来几年还老是排长，按说总该明白点事儿了。哼！那年打仗，他押着十几名俘虏往营里送。嗬！他得意非常地在前面领着，仿佛是个皇上似的。他手下的弟兄都看出来，为什么不先解除了俘虏的武装呢？他可就是不这么办，拍着胸膛说一点错儿没有。走到半路上，后面响了枪，他登时就死在了街上。他是我的表弟，我还能盼着他死吗？可是这股子糊涂劲儿，教我也没法抱怨开枪打他的人。有这样一个例子，你也就能明白一点兵们是怎样的难对付了。你要是告诉他，汽车别往墙上开，好啦，他就非去碰碰不可，把他自己碰死倒可以，他就是不能听你的话。

在总局里几年，没别的好处，我算是躲开了战时的危险与受气。自然啰！一打仗，煤米柴炭都涨价儿，巡警们也随着大家一同受罪，不过我可以安坐在公事房里，不必出去对付大兵们，我就得知足。

可是，在局里我又怕一辈子就窝在那里，永没有出头之日，有人情，可以升腾起来；没人情而能在外边拿贼办案，也是个路子，我既没人情，又不到街面上去，打哪儿升高一步呢？我越想越发愁。

十四

到我四十岁那年，大运亨通，我补了巡长！我顾不得想已经当了多少年的差，卖了多少力气，和巡长才挣多少钱；都顾不得想了。我只觉得我的运气来了！

小孩子拾个破东西，就能高兴地玩耍半天，所以小孩子能够快乐。大人们也得这样，或者才能对付着活下去。细细一想，事情就全糟。我升了巡长，说真的，巡长比巡警才多挣几块钱呢？挣钱不多，责任可有多么大呢！往上说，对上司们事事得说出个谱儿来；往下说，对弟兄们得又精明又热诚；对内说，差事得交得过去；对外说，得能不软不硬地办了事。这，比做知县难多了。县长就是一个地方的皇上，巡长没那个身分，他得认真办事，又得敷衍事，真真假假，虚虚实实，哪一点没想到就出蘑菇。出了蘑菇还是真糟，往上升腾不易呀，往下降可不难呢。当过了巡长再降下来，派到哪里去也不吃香：弟兄们咬吃，喝！你这做过巡长的，……这个那个地扯一堆。长官呢，看你是刺儿头，故意地给你小鞋穿，你怎么忍也忍不下去。怎办呢？哼！由巡长而降为巡警，顶好干脆卷铺盖回家去，这碗饭不必再吃了。可是，以我说吧，四十岁才升上巡长，真要是卷了铺盖，我干吗去呢？

真要是这么一想，我登时就得白了头发。幸而我当时没这么想，只顾了高兴，把坏事儿全放在了一旁。我当时倒这么想：四十做上巡长，五十——哪怕是五十呢！——再做上巡官，也就算不白当了差。咱们非学校出身，又没有大人情，能做到巡官还算小吗？这么一想，我简直地拚了命，精神百倍地看着我的事，好像看着颗夜明珠似的！

做了二年的巡长，我的头上真见了白头发。我并没细想过一切，可是天天揪着心，唯恐哪件事办错了，担了处分。白天，我老喜笑颜开地打着精神办公；夜间，我睡不实在，忽然想起一件事，我就受了一惊似的，翻来覆去地思索；未必能想出办法来，我的困意可也就不再回来了。

公事而外，我为我的儿女发愁：儿子已经二十了，姑娘十八。福海——我的儿子——上过几天私塾，几天贫儿学校，几天公立小学。字吗，凑在一块儿他大概能念下来第二册国文；坏招儿，他可学会了不少，私塾的，贫儿学校的，公立小学的，他都学来了，到处准能考一百分，假若学校里考坏招数的话。本来嘛，自幼失了娘，我又终年在外边瞎混，他可不是爱怎么反就怎么反啵。我不恨铁不成钢去责备他，也不抱怨任何人，我只恨我的时运低，发不了财，不能好好地教育他。我不算对不起他们，我一辈子没给他们弄个后娘，给他们气受。至于我的时运不济，只能当巡警，那并非是我的错儿，人还能大过天去吗？

福海的个子可不小，所以很能吃呀！一顿胡搂三大碗芝麻酱拌面，有时候还说不很饱呢！就凭他这个吃法，他再有我这么两份儿爸爸也不中用！我供给不起他上中学，他那点“秀气”也设法儿考上。我得给他找事做。哼！他会做什么呢？

从老早，我心里就这么嘀咕：我的儿子宁可去拉洋车，也不去当巡警；我这辈子当够了巡警，不必世袭这份差事了！在福海十二三岁的时候，我教他去学手艺，他哭着喊着的一百个不去。不去就不去吧，等他长两岁再说；对个没娘的孩子不就得格外心疼吗？到了十五岁，我给他找好了地方去学徒，他不说不去，可是我一转脸，他就会跑回家来。几次我送他走，几次他偷跑回来。于是只好等他再大一点吧，等他心眼转变过来也许就行了。哼！从十五到二十，他就愣荒荒过来，能吃能喝，就是不爱干活儿。赶到教我给逼急了：“你到底愿意干什么呢？你说！”他低着脑袋，说他愿意挑巡警！他觉得穿上制服，在街上走，既能挣钱，又能就手儿散心，不像学徒那样永远圈在屋里。我没说什么，心里可刺着痛。我给打了个招呼，他挑上了巡警。我心里痛不痛的，反正他有事做，总比死吃我一口强啊。父是英雄儿好汉，爸爸巡警儿子还是巡警，而且他这个巡警还必定跟不上我。我到四十岁才熬上巡长，他到四十岁，哼！不教人家开革出来就是好事！没盼望！我没续娶过，因为我咬得住牙。他呢，赶明儿个难道不给他成家吗？拿什么养着呢？

是的，儿子当了差，我心中反倒堵上个大疙瘩！

再看女儿呀，也十八九了，紧自搁在家里算怎回事呢？当然，早早撮出去的为是，越早越好。给谁呢？巡警，巡警，还得是巡警？一个人当巡警，子孙万代全得当巡警，仿佛掉在了巡警阵里似的。可是，不给巡警还真不行呢：论模样，她没什么模样；论教育，她自幼没娘，只认识几个大字；论陪送，我至多能给她做两件洋布大衫；论本事，她只能受苦，没别的好处。巡警的女儿天生来的得嫁给巡警，八字造定，谁也改不了！

唉！给了就给了啵！撮出她去，我无论怎说也可以心净一会儿。并非是我心狠哪；想想看，把她搿到二十多岁，还许就剩在家里呢。我对谁都想对得起，可是谁又对得起我来着！我并不想唠里唠叨地发牢骚，不过我愿把事情都搿平了，谁是谁非，让大家看。

当她出嫁的那一天，我真想坐在那里痛哭一场。我可是没有哭；这也不是一半天的事了，我的眼泪只会在眼里转两转，简直地不会往下流！

十五

儿子有了事做，姑娘出了阁，我心里说：这我可能远走高飞了！假若外边有个机会，我愣把巡长搁下，也出去见识见识。什么发财不发财的，我不能就窝囊这么一辈子。

机会还真来了。记得那位冯大人呀，他放了外任官。我不是爱看报吗？得到这个消息，就找他去了，求他带我出去。他还记得我，而且愿意这么办。他教我去再约上三个好手，一共四个人随他上任。我留了个心眼，请他自己向局里要四名，作为是拨遣。我是这么想：假若日后事情不见佳呢，既省得朋友们抱怨我，而且还可以回来交差，有个退身步。他看我的办法不错，就指名向局里调了四个人。

这一喜可非同小喜。就凭我这点经验知识，管保说，到哪儿我也可以做个很好的警察局局长，一点不是瞎吹！一条狗还有得意的那一天呢，何况是个人？我也该抖两天了，四十多岁还没露过一回脸呢！

果然，命令下来，我是卫队长；我乐得要跳起来。

哼！也不是咱的命不好，还是冯大人的运不济；还没到任呢，又撤了差。猫咬尿泡，瞎欢喜一场！幸而我们四个人是调用，不是辞差；冯大人又把我们送回局里去了。我的心里既为这件事难过，又为回局里能否还当巡长发愁，我脸上瘦了一圈。

幸而还好，我被派到防疫处做守卫，一共有六位弟兄，由我带领。这是个不错的差事，事情不多，而由防疫处开我们的饭钱。我不确实地知道，大概这是冯大人给我说了句好话。

在这里，饭钱既不必由自己出，我开始攒钱，为是给福海娶亲——只剩了这么一档子该办的事了，爽性早些办了吧！

在我四十五岁上，我娶了儿媳妇。她的娘家父亲与哥哥都是巡警。可倒好，我这一家子，老少里外，全是巡警，凑吧凑吧，就可以成立个警察分所！

人的行动有时候莫名其妙。娶了儿媳妇以后，也不知怎么我以为应当留下胡子，才够做公公的样子。我没细想自己是干什么的，直入公堂的就留下胡子了。小黑胡子在我嘴上，我捻上一袋关东烟，觉得挺够味儿。本来嘛，姑娘聘出去了，儿子成了家，我自己的事又挺顺当，怎能觉得不是味儿呢？

哼！我的胡子惹下了祸。总局局长忽然换了人，新局长到任就检阅全城的巡警。这位老爷是军人出身，只懂得立正看齐，不懂得别的。在前面我已经说过，局里区里都有许多老人们，长相不体面，可是办事多年，最有经验。我就是和局里这群老手儿排在一处的，因为防疫处的守卫不属于任何警区，所以检阅的时候便随着局里的人立在一块儿。

当我们站好了队，等着检阅的时候，我和那群老人们还有说有笑，自自然然的。我们心里都觉得，重要的事情都归我们办，提哪一项事情我们都知道，我们没升腾起来已经算很委屈了，谁还能把我们踢出去吗？上了几岁年纪，诚然，可是我们并没少做事儿呀！即使说老朽不中用了，反正我们都至少当过十五六年的差，我们年轻力壮的时候是把精神血汗耗费在公家的差事上，冲着这点，难道还不留个情面吗？谁能够看狗老了就一脚踢出去呢？我们心中都这么想，所以满没把这回事放在心里，以为新局长从远处瞭我们一眼也就算了。

局长到了，大个子胸前挂满了徽章，又是喊，又是蹦，活像个机器人。我心里打开了鼓。他不按着次序看，一眼看到我们这一排，他猛虎扑食似地就跑过来了。岔开脚，手握在背后，他向我们点了点头。然后忽然他一个箭步跳到我们跟前，抓起一个老书记生的腰带，像摔跤似地往前一拉，几乎把老书记生拉倒；抓着腰带，他前后摇晃了老书记生几把，然后猛一撒手，老书记生摔了个屁股墩。局长对准了他就是两口唾沫，“你也当巡警！连腰带都系不紧？来！拉出去毙了！”

我们都知道，凭他是谁，也不能枪毙人。可是我们的脸都白了，不是怕，是气的。那个老书记生坐在地上，哆嗦成了一团。

局长又看了看我们，然后用手指划了条长线，“你们全滚出去，别再教我看见你们！你们这群东西也配当巡警！”说完这个，仿佛还不解气，又跑到前面，扯着脖子喊：“是有胡子的全脱了制服，马上走！”

有胡子的不止我一个，还都是巡长巡官，要不然我也不敢留下这几根惹祸的毛。

二十年来的服务，我就是这么被刷下来了。其实呢，我虽四十多岁，我可是一点也不显着老苍，谁教我留下了胡子呢！这就是说，当你年轻力壮的时候，你把命卖上，一月就是那六七块钱。你的儿子，因为你当巡警，不能读书受教育；你的女儿，因为你当巡警，也嫁个穷汉去吃窝窝头。你自己呢，一长胡子，就算完事，一个铜子的恤金养老金也没有，服务二十年后，你教人家一脚踢出来，像踢开一块碍事的砖头似的。五十以前，你没挣下什么，有三顿饭吃就算不错；五十以后，你该想主意了，是投河呢，还是上吊呢？这就是当巡警的下场头。

二十年来的差事，没做过什么错事，但我就这样卷了铺盖。

弟兄们有含着泪把我送出来的，我还是笑着；世界上不平的事可多了，我还留着我的泪呢！

十六

穷人的命——并不像那些施舍稀粥的慈善家所想的——不是几碗粥所能救活了的；有粥吃，不过多受几天罪罢了，早晚还是死。我的履历就跟这样的粥差不多，它只能帮助我找上个小事，教我多受几天罪；我还得去当巡警。除了说我当巡警，我还真没法介绍自己呢！它就像颗不体面的痣或瘤子，永远跟着我。我懒得说当过巡警，懒得再去当巡警，可是不说不当，还真连碗饭也吃不上，多么可恶呢！

歇了没有好久，我由冯大人的介绍，到一座煤矿上去做卫生处主任，后来又升为矿村的警察分所所长；这总算运气不坏。在这里我很施展了些我的才干与学问：对村里的工人，我以二十年服务的经验，管理得真叫不错。他们聚赌，斗殴，罢工，闹事，醉酒，就凭我的一张嘴，就事论事，干脆了当，我能把他们说得心服口服。对弟兄们呢，我得亲自去训练。他们之中有的是由别处调来的，有的是由我约来帮忙的，都当过巡警；这可就不容易训练，因为他们懂得一些警察的事儿，而想看我一手儿。我不怕，我当过各样的巡警，里里外外我全晓得；凭着这点经验，我算是没被他们给撅了。对内对外，我全有办法，这一点也不瞎吹。

假若我能在这里混上几年，我敢保说至少我可以积攒下个棺材本儿，因为我的饷银差不多等于一个巡官的，而到年底还可以拿一笔奖金。可是，我刚做到半年，把一切都布置得有个大概了，哼！我被人家顶下来了。我的罪过是年老与过于认真办事。弟兄们满可以拿些私钱，假若我肯睁着一只闭着一只眼的话。我的两眼都睁着，种下了毒。对外也是如此，我明白警察的一切，所以我要本着良心把此地的警务办得完完全全，真像个样儿。还是那句话，人民要不是真正的人民，办警察是多此一举，越办得好越招人怨恨。自然，容我办上几年，大家也许能看出它的好处来。可是，人家不等办好，已经把我踢开了。

在这个社会中办事，现在才明白过来，就得像发给巡警们皮鞋似的。大点，活该！小点，挤脚？活该！什么事都能办通了，你打算合大家的适，他们要不把鞋打在你脸上才怪。这次的失败，因为我忘了那三个宝贝字——“汤儿事”，因此我又卷了铺盖。

这回，一闲就是半年多。从我学徒时候起，我无事也忙，永不懂得偷闲。现在，虽然是奔五十的人了，我的精神气力并不比哪个年轻小伙子差多少。生让我闲着，我怎么受呢？由早晨起来到日落，我没有正经事做，没有希望，跟太阳一样，就那么由东而西地转过去；不过，太阳能照亮了世界，我呢，心中老是黑乎乎的。闲得起急，闲得要躁，闲得讨厌自己，可就是摸不着点儿事做。想起过去的劳力与经验，并不能自慰，因为劳力与经验没给我积攒下养老的钱，而我眼看着就是挨饿。我不愿人家养着我，我有自己的精神与本事，愿意自食其力地去挣饭吃。我的耳目好像做贼的那么尖，只要有个消息，便赶上前去，可是老空着手回来，把头低得无可再低，真想一跤摔死，倒也爽快！还没到死的时候，社会像要把我活埋了！晴天大日头的，我觉得身子慢慢往土里陷；什么缺德的事也没做过，可是受这么大的罪。一天到晚我叼着那根烟袋，里边并没有烟，只是那么叼着，算个“意思”而已。我活着也不过是那么个“意思”，好像专为给大家当笑话看呢！

好容易，我弄到个事：到河南去当盐务缉私队的队兵。队兵就队兵吧，有饭吃就行呀！借了钱，打点行李，我把胡子剃得光光的上了“任”。

半年的工夫，我把债还清，而且升为排长。别人花俩，我花一个，好还债。别人走一步，我走两步，所以升了排长。委屈并挡不住我的努力，我怕失业。一次失业，就多老上三年，不饿死，也憋闷死了。至于努力挡得住失业挡不住，那就难说了。

我想——哼！我又想了！——我既能当上排长，就能当上队长，不又是个希望吗？这回我留了神，看人家怎做，我也怎做。人家要私钱，我也要，我别再为良心而坏了事；良心在这年月并不值钱。假若我在队上混个队长，连公带私，有几年的工夫，我不是又可以剩下个棺材本儿吗？我简直地没了大志向，只求腿脚能动便去劳动；多咱动不了窝，好，能有个棺材把我装上，不至于教野狗们把我嚼了。我一眼看着天，一眼看着地。我对得起天，再求我能静静地躺在地下。并非我倚老卖老，我才五十来岁；不过，过去的努力既是那么白干一场，我怎能不把眼睛放低一些，只看着我将来的坟头呢！我心里是这么想，我的志愿既这么小，难道老天爷还不睁开点眼吗？

来家信，说我得了孙子。我要说我不喜欢，那简直不近人情。可是，我也必得说出来：喜欢完了，我心里凉了那么一下，不由得自言自语地嘀咕："哼！又来个小巡警吧！"一个做祖父的，按说，哪有给孙子说丧气话的，可是谁要是看过我前边所说的一大片，大概谁也会原谅我吧？有钱人家的儿女是希望，没钱人家的儿女是累赘；自己的肚中空虚，还能顾得子孙万代，和什么"忠厚传家久，诗书继世长"吗？

我的小烟袋锅儿里又有了烟叶，叼着烟袋，我咂摸着将来的事儿。有了孙子，我的责任还不止于剩个棺材本儿了；儿子还是三等警，怎能养家呢？我不管他们夫妇，还不管孙子吗？这教我心中忽然非常的乱，自己一年比一年的老，而家中的嘴越来越多，哪个嘴不得用窝窝头填上呢！我深深地打了几个嗝儿，胸中仿佛横着一口气。算了吧，我还是少思索吧，没头儿，说不尽！个人的寿数是有限的，困难可是世袭的呢！子子孙孙，万年永实用，窝窝头！

风雨要是都按着天气预测那么来，就无所谓狂风暴雨了。困难若是都按着咱们心中所思虑的一步一步慢慢地来，也就没有把人急疯了这一说了。我正盘算着孙子的事儿，我的儿子死了！

他还并没死在家里呀！我还得去运灵。

福海，自从成家以后，很知道要强。虽然他的本事有限，可是他懂得了怎样尽自己的力量去做事。我到盐务缉私队上来的时候，他很愿意和我一同来，相信在外边可以多一些发展的机会。我拦住了他，因为怕事情不稳，一下子再教父子同时失业，如何得了。可是，我前脚离开了家，他紧随着也上了威海卫。他在那里多挣两块钱。独自在外，多挣两块就和不多挣一样，可是穷人想要强，就往往只看见了钱，而不多合计合计。到那里，他就病了；舍不得吃药。及至他躺下了，药可也就没了用。

把灵运回来，我手中连一个钱也没有了。儿媳妇成了年轻的寡妇，带着个吃奶的小孩，我怎么办呢？我没法再出外去做事，在家乡我又连个三等巡警也当不上，我才五十岁，已走到了绝路。我羡慕福海，早早地死了，一闭眼三不知；假若他活到我这个岁数，至好也不过和我一样，多一半还许不如我呢！儿媳妇哭，哭得死去活来，我没有泪，哭不出来，我只能满屋里打转，偶尔地冷笑一声。

以前的力气都白卖了。现在我还得拿出全套的本事，去给小孩子找点粥吃。我去看守空房；我去帮着人家卖菜；我去做泥水匠的小工子活；我去给人家搬家……除了拉洋车，我什么都做过了。无论做什么，我还都卖着最大的力气，留着十分的小心。五十多了，我出的是二十岁的小伙子的力气，肚子里可是只有点稀粥与窝窝头，身上到冬天没有一件厚实的棉袄，我不求人白给点什么，还讲仗着力气与本事挣饭吃，豪横了一辈子，到死我还不能输这口气。时常我挨一天的饿，时常我没有煤上火，时常我找不到一撮儿烟叶，可是我绝不说什么；我给公家卖过力气了，我对得住一切的人，我心里没毛病，还说什么呢？我等着饿死，死后必定没有棺材，儿媳妇和孙子也得跟着饿死，那只好就这样吧！谁教我是巡警呢！我的眼前时常发黑，我仿佛已摸到了死，哼！我还笑，笑我这一辈子的聪明本事，笑这出奇不公平的世界，希望等我笑到末一声，这世界就换个样儿吧！